BRIE SPANGLER

Tradução

ERIC NOVELLO

seguinte
O selo jovem da Companhia das Letras

Copyright © 2016 by Brie Spangler

O selo Seguinte pertence à Editora Schwarcz S.A.

*Grafia atualizada segundo o Acordo Ortográfico da Língua Portuguesa de 1990,
que entrou em vigor no Brasil em 2009.*

A citação original utilizada nesta edição foi retirada de *Alice*, de Lewis Carroll
(Trad. de Maria Luiza X. de A. Borges. Rio de Janeiro: Zahar, 2013.
Ed. comentada e ilustrada).

TÍTULO ORIGINAL Beast

CAPA Leo Nickolls

CALIGRAFIA DA CAPA Bruno Romão

PREPARAÇÃO Paula Marconi de Lima

REVISÃO Larissa Lino Barbosa e Renato Potenza Rodrigues

Dados Internacionais de Catalogação na Publicação (CIP)
(Câmara Brasileira do Livro, SP, Brasil)

Spangler, Brie
   Fera / Brie Spangler ; tradução Eric Novello. — 1ª ed. — São
Paulo : Seguinte, 2017.

   Título original: Beast.
   ISBN 978-85-5534-033-8

   1. Ficção juvenil I. Novello, Eric. II. Título.

17-02447   CDD-028.5

Índice para catálogo sistemático:
1. Ficção : Literatura juvenil 028.5

[2017]
Todos os direitos desta edição reservados à
EDITORA SCHWARCZ S.A.
Rua Bandeira Paulista, 702, cj. 32
04532-002 — São Paulo — SP
Telefone: (11) 3707-3500
www.seguinte.com.br
contato@seguinte.com.br

 /editoraseguinte
 @editoraseguinte
 Editora Seguinte
 editoraseguinte
 editoraseguinteoficial

Para Matt.
Porque eu quis desistir mais vezes do que há palavras nesse livro, e você sempre repetia: "Continue escrevendo".

Para Matt.
Porque eu quis desistir mais vezes do que há palavras nesse livro, e você sempre repetia: "Continue escrevendo".

UM

NÃO SEI QUEM CAIU PRIMEIRO, a bola de futebol americano ou eu.

Em tese foi a bola, porque este cara aqui, feito de pura carne e músculo, não seria capaz nem de assoviar e mascar chiclete ao mesmo tempo, muito menos pegar uma bola perdida no telhado. Ainda bem que ninguém me viu subindo até lá, porque eu ia ouvir um monte. As mesmas coisas estúpidas de sempre, tipo: "Não faça isso", "Você é grande demais", "Você é alto demais", "Você é peludo demais". Todo mundo adora me lembrar da minha aparência. Como se eu não tivesse espelho em casa. Mas estava silencioso lá em cima. Nada se mexia, nem o vento. Me aproximei aos poucos do canto onde as calhas se juntavam e parei sobre uma fileira de telhas soltas. Minha sombra se estendia na grama lá embaixo, comprida e fina.

Eu não devia ter olhado.

Já é ruim o bastante ter um metro e noventa e três e pelos suficientes no corpo para isolar termicamente uma cidade pequena. E não é só isso, eu também tenho que comprar roupas na seção de minotauros. Uniformes de tamanho padrão não me servem. Antes do ano letivo começar, minha mãe teve que costurar o símbolo idiota da escola em jaquetas marrons e camisas polo brancas do tamanho de pequenos pianos. Pareço um ogro saído de debaixo da ponte Fremont para passear e, no meio do caminho, resolveu que estudar numa escola católica a preços razoáveis era uma boa ideia.

Hoje não tinha começado como o pior dia de todos os tempos. Enquanto eu tomava um leve café da manhã com seis panquecas, quatro torradas e um punhado de bacon, achei que talvez minha mãe soubesse do que estava falando quando disse: "Este é o seu ano, Dylan, posso sentir isso!". Porque, sei lá, depois da épica tempestade de merda que incluiu surtos explosivos de crescimento e a necessidade de me barbear desde os onze anos, talvez o segundo ano do ensino médio *realmente* pudesse ser bom. Seria uma mudança legal. Até vi uma moeda da sorte com a cara para cima enquanto andava até o ponto de ônibus. Um sinal do meu pai de que ele estava pensando em mim. Mas aquela falsa esperança de um ano bom foi por água abaixo quando o colégio St. Lawrence decidiu, de repente, proibir os meninos de usarem boné e de terem cabelo comprido. A escola inteira se virou para me encarar.

Todo dia eu uso o cabelo do mesmo jeito. Dividido ao meio, penteado para baixo e com o boné por cima para cobrir o máximo possível do meu rosto. Minha mãe odeia meu cabelo. Ela diz que fica caindo na minha cara. Que esconde meus olhos. Meu cabelo é meu toque pessoal.

Corrigindo: *era* meu toque pessoal.

Madison falou, do nada:

— Ai, meu Deus, agora vamos ter que ver a cara da Fera todo dia. — Desse jeito. Bem no meio da assembleia da escola. Eu estava sentado numa fileira logo atrás dela. É claro que o JP riu. Quando Fern Chapman revirou os olhos para Madison e mandou ela calar a boca, meu ânimo quicou do chão como uma bola de borracha.

Obrigado, Fern Chapman. É por isso que eu sou tão estupidamente apaixonado por você.

Ela é tão linda e é tão difícil estar na mesma sala que ela. Parece que o ar fica rarefeito.

— Leva a Madison pra sua caverna primeiro, Fera. — JP me cutucou com o cotovelo e esperou que eu risse. Foi o que eu fiz porque, caramba, é isso que você faz quando o diretor está de pé no palco, anunciando o plano do colégio St. Lawrence para exibir ao mundo a verdadeira aberração genética que você é.

Sentar ao lado do meu melhor amigo, JP, só comprovava meu teorema. Não de um jeito maluco tipo a lei da reciprocidade quadrática. Não, é tipo assim: qualquer uma das sardas do JP > toda a minha aparência física. Elevada ao quadrado. Em termos visuais, ele é o herói de armadura reluzente montado num cavalo branco, sacando uma espada larga de punho dourado e me esquartejando enquanto o povo do vilarejo comemora. O que é bem próximo da realidade. Seu lema é

Simul adoratur — se você puser no Google Tradutor, vai descobrir que significa "Ele é adorado", um jeito sutil de se gabar. Assistir ele conquistar garotas como quem coleciona borboletas me faz sentir uma pontada de dor toda vez que ele alfineta uma delas no coração.

Mas, estranhamente, eu adoro o JP, porque ele não tem medo de mim. Fazer amigos nunca foi fácil. Minha mãe sempre dizia: "Fale com as outras crianças. Mostre a elas seu lindo sorriso!". (Mães...) Mas, toda vez que eu tentava, elas corriam para bem longe. Ou, pior ainda, fingiam que eu não estava lá. Quando eu pesava uns dez quilos a mais do que qualquer outro aluno do primeiro ano na cidade, JP foi o único garoto que me perguntou se eu queria brincar. Era óbvio que eu queria. Quando ele me pedia de vez em quando para dar um susto em um ou outro folgado que aparecesse, eu fazia porque ele queria ser meu amigo. Não era de todo mau. Normalmente, chegar perto do moleque e fazer uma cara feia já bastava. Além do mais, hoje em dia, andar com o JP é uma medalha de honra no St. Lawrence. Eu não ia jogar fora o meu lugar ao lado dele na mesa do almoço.

Ele é o melhor, tirando as vezes em que eu o odeio. Como neste exato momento. Se não fosse pelo JP, talvez eu não tivesse subido no telhado e talvez ainda tivesse cabelo. Foi ele quem teve a ideia de passar no barbeiro depois da escola. Disse que ia pagar e eu pensei ótimo, porque ele é podre de rico e eu sou pobre pra caramba. *O JP deve ter percebido que eu estou mal de verdade*, pensei, sentando na cadeira. Foi um gesto legal da parte dele. Então falei pro cara que queria um corte igualzinho ao do JP. Ele joga o cabelo para o lado e sempre fica perfeito. As garotas nunca perdem uma chance de passar os dedos. É isso o que eu quero. Foi o que eu disse pro barbeiro, e o cara vai e raspa uma faixa bem no meio da minha cabeça. Que merda era aquela? Pulei da cadeira, com a capa estúpida de plástico, e peitei o cara. Ele recuou, como todo mundo sempre faz, e apontou para o JP. Disse que ele tinha dado vinte pratas pra ele fazer aquilo. Bem nessa hora, o JP começou a rir. Eu ri também, mas de um jeito diferente. Eu era obrigado.

Então agora eu tenho a cabeça raspada. Eu não gosto. Lembra demais a quimioterapia. Me pergunto o que meu pai acha do meu novo estilo. Se é que ele ainda acha alguma coisa. Ele seria um especialista nesse tipo de corte.

Tentei bloquear o ódio pela minha nova aparência, mas isso só durou até eu chegar em casa, tirar o boné e ver meu reflexo no espelho do corredor. Se alguém perguntar, pois é, o vidro quebrado e o rastro de sangue até o telhado estavam lá por minha causa. E daí? Eu precisava de ar fresco. Peguei a bola de futebol americano que tinha perdido lá em cima, respirei fundo, escorreguei e caí. O final perfeito para um dia perfeito.

E então ficou melhor ainda! Meus vizinhos, os Swanpole, me ouviram gritando de dentro da cratera que fiz ao cair e chamaram a ambulância. Agora estou no hospital, acordando da cirurgia, com duas fraturas espirais na perna direita, e os bipes dos monitores me deixam maluco. Precisa mesmo fazer isso para cada batida do coração? Queria que alguém fizesse isso parar. Os bipes, digo. Toda vez que apitam, ouço a voz da Madison repetindo: "Ai, meu Deus, agora vamos ter que ver a cara da Fera todo dia. Ai, meu Deus, agora vamos ter que ver a cara da Fera todo dia…".

Fecho os olhos para parar de ver o branco-branco-branco do quarto do hospital. Estou meio desapontado. Não achava que fosse parar aqui. Não era o que eu tinha imaginado. Minha perna direita está presa ao esqueleto de metal da cama, com pinos e fios saindo dela e, na minha confusão mental embalada pela morfina, é como se eu tivesse um show particular e esquisito de marionetes. Me ajeitei na cama e inspirei a esterilidade química do quarto como se fosse o perfume da Fern Chapman. Ou talvez fosse o desodorante — o que quer que a deixasse sempre com aquele cheiro inacreditável. Admito que já tive sonhos em que eu era invisível e tudo o que fazia era andar atrás dela e respirar fundo.

Pelo visto vou ter que mancar nos sonhos de agora em diante. Muletas são perfeitas. Vou ficar conhecido como o Cara das Muletas. "Ei, olha aquele cara de muletas", vou ouvir as pessoas dizerem ao passar por mim. Gosto da ideia. Parece tão incrivelmente comum.

O silêncio não dura muito.

Minha mãe entra no quarto de repente.

— Dylan! — Ela não está segurando o chá que sempre compra quando volta para casa. Deve ter vindo correndo de Beaverton, onde trabalha longos turnos e consegue comprar calçados com desconto pra gente. Uma onda de culpa se espalha sobre mim. Não há chá no mundo que acalme o coração de uma mãe que recebe uma ligação no trabalho informando que seu filho foi levado para o hospital e passou por uma cirurgia de emergência. Talvez ela precisasse de alguma bebida mais forte para se acalmar.

— Querido! — ela grita e atravessa o quarto correndo, me esmagando em um abraço. — Vim assim que pude. Seu médico me contou tudo enquanto você dormia. Ele disse que você vai ficar bem. Como você está?

Um pouco mais de morfina cairia bem. Não porque eu esteja sentindo dor, mas por causa da sensação que a morfina causa.

— Nunca estive melhor.

— Posso fazer alguma coisa por você?

Uma reformulação genética completa.

— Não.

Minha mãe se afasta e dá uma olhada geral na catacumba. Quer dizer, no quarto. Um arrepio percorre suas costas.

— Você parece tanto com seu pai — ela murmura. Com certeza. Me ver preso aos tubos, careca e mais pálido do que a parede devia ser como voltar para a época em que meu enorme pai estava esparramado em uma cama como aquela.

Ela dá um sorriso enorme, o mesmo que ela abre sempre que tenta não se emocionar muito. Minha mãe larga a barra de metal na lateral da cama.

— Mas eu gosto do novo corte de cabelo, agora consigo ver seu rosto. Você fica bem mais bonito quando não está escondido atrás daquele matagal. — Ela segura gentilmente meu queixo, do jeito que fazia quando eu era pequeno. — Você é igualzinho a ele.

Não falo nada, porque vi as fotos e é verdade. Dá para pegar uma foto do meu pai e dizer que sou eu.

O mesmo corpo enorme que preenche toda a fotografia e o mesmo rosto capaz de rachar a lente. Mas, para minha sorte, sou mais peludo.

— Ah, Dylan. — Minha mãe suspira enquanto afofa o travesseiro. — O médico me contou que você estava tentando pegar uma bola... Dava pra fazer isso de uma forma mais segura, sabia?

— Hummm.

— Achei que você odiasse futebol americano.

Finjo que não ouvi e estendo a mão para a bomba de morfina. Bombeia-bombeia-bombeia.

— Pare com isso — ela diz, tirando a bomba da minha mão. — A última coisa que preciso é te levar para a clínica de metadona toda manhã antes da escola. Nada de ficar viciado em morfina hoje, por favor.

— É muuuito legal.

— Aposto que sim — ela diz. — Bem, enquanto te esperava acordar, liguei para a escola para avisar que você vai dar o pontapé inicial da volta às aulas com uma perna só.

Reviro os olhos por baixo das pálpebras, sentindo uma onda provocada pelos analgésicos.

— Beleza. Pra quem mais você contou?

Fern Chapman?

Juro que vou morrer se a Fern entrar por aquela porta.

— Pra escola, pra família — ela diz.

— Meus amigos? — Tenho medo de perguntar. — Diga que vou ser o primeiro a contar pro JP.

— Não fique bravo, querido... — Ela morde o lábio.

— Mas você já mandou uma mensagem pra ele — termino a frase por ela.

— Não, não, ele que mandou uma pra mim! Ele soube que tinha acontecido alguma coisa com você e queria saber como você estava. Não é isso que os amigos fazem?

— Talvez.

— Não fique bravo com ele. Foram vocês que decidiram que eram irmãos quando pequenos, não eu. Ele estava preocupado. — Minha mãe tenta rir. — Bom, o JP pode não ter te visto em pleno voo, mas aposto que seu pai curtiu assistir ao espetáculo na primeira fila.

Rimos juntos, mas parece forçado. Afinal, o que nos resta fazer? Nada. O homem com quem eu me pareço mais a cada dia, da altura aos pelos, se foi há doze anos. Depois de uma luta longa e difícil contra o câncer, então espero que pelo menos esteja se divertindo lá em cima.

Minha cabeça está gelada. Encosto nela devagar e sinto só o cabelo bem curto e espetado, nada daquele volume ressecado com as pontas eriçadas. Isso já era.

— Cadê o meu boné de beisebol? — pergunto imediatamente.

Minha mãe dá uma olhada em volta.

— Não sei.

Sento e me mexo de um lado para o outro, procurando por ele.

— Não, sério, onde está?

— Deite — ela diz. — Dylan, sua perna, cuidado.

— Estou bem. — Coisas começam a apitar e os enfermeiros vêm correndo, pedindo para eu parar de me mexer. — Eu só quero o meu boné — tento dizer, da forma mais lenta e calma que consigo. Não funciona. Um bilhão de mãos e braços em pânico pressionam meu corpo para baixo. Pelo visto sou mesmo tão grande quanto dizem. — Não é a minha perna — tento explicar. Se alguém visse, ia achar que estavam tentando segurar um búfalo descontrolado. Sou só eu, gente! — É que eu gosto do meu boné, só isso.

— Boné? — uma das enfermeiras pergunta.

— Posso arranjar um boné para você — o enfermeiro chefe diz. — Já volto.

Minha mãe se aproxima e esfrega meu ombro.

— Está tudo bem, querido — ela diz. —Você é um garoto bonito, sabe disso. Não precisa se esconder atrás de um boné. Você é uma pessoa linda, por dentro e por fora, e um dia…

— Mãe, não.

Mãe. Deus, por onde começar? Pela generosidade profunda? Se um completo estranho machucar o dedão perto dela, ela vai ser a primeira a oferecer uma carona e metade de suas economias só para garantir que a pessoa fique bem. No meu caso, isso significa lembretes constantes para me convencer de que eu sou incrivelmente maravilhoso.

O fato de que ela precise se esforçar tanto me incomoda mais do que as palavras em si.

— Pronto. — O enfermeiro chefe volta com uma touca branca de algodão.

Dou uma olhada rápida e a deixo do lado da cama.

— Obrigado — digo a ele mesmo assim. Não tenho vontade de usar qualquer coisa que não seja meu boné de beisebol. Ele passou por poucas e boas comigo, é meu capacete de batalha. Essa touca de hospital não me protegeria de porcaria nenhuma. Olho para o sistema de polias e cabos que mantém minha perna parada e levantada. Minha perna. A sensação de vazio me invade quando olho direto para ela. Como se fosse inerte. Um peixe que lutou com bravura, mas acabou pendurado, pesado e medido nas docas.

— Dylan, querido, você está bem? — ouço minha mãe perguntar.

— Estou com dor. — Finjo alguma agonia física. Ela não se move, então me mexo um pouco mais. Ela estava tão feliz por me ver novamente, então faço uma cara de pura angústia só para ela, que acaba me deixando apertar a bomba. (Uhul.)

— Preciso falar com o médico.

O enfermeiro chefe testa a resposta dos nervos dos dedos enquanto outra enfermeira deixa o quarto.

—Vou procurá-lo — ela diz.

Mordo o lábio superior. Será que realmente deveria fazer isso? Perguntar para ele algo que só perguntei ao Google até hoje? Estou achando que sim. Uns vinte minutos depois, meu cirurgião ortopedista, dr. Jensen, entra e analisa a cena.

— Qual é o problema, sr. Ingvarsson?

Ele é bem direto ao ponto.

— Não é nada, não — murmuro, a vergonha voltando com força total. — Estou bem agora.

Todo mundo olha fixo para mim. O médico diz para a minha mãe:

— Posso ter um momento a sós com o paciente?

— Claro — ela diz. Mas não sai do lugar, piscando com inocência.

O médico levanta a sobrancelha enquanto a encara, até ela não poder mais ignorar a indireta.

— Eu vou, bem... Pegar alguma coisa para beliscar. Volto daqui a pouco. — Minha mãe para. Os enfermeiros também param no meio do caminho, prestes a sair com ela. — Quer alguma coisa?

— Não — respondo.

— Tem certeza? Posso dar uma saída e pegar um sanduíche ou algo assim, não? Uma torta de maçã? Você adora torta de maçã.

— Mãe!

— O.k., tudo bem, tô indo. — Ela desaparece.

O dr. Jensen me encara quando ficamos sozinhos.

— Certo, agora me conte, qual é o problema de verdade? Seus olhos são como lasers.

— É que... hã... bem... você pode... — balanço a cabeça, minha cabeça patética.

— Posso o quê? — Dr. Jensen olha para o relógio.

Suspiro e tento de novo. Talvez esta seja minha única chance.

— Pode me indicar alguém capaz de... me mudar?

DOIS

Não estou reclamando; é só que é injusto.

E o pior é que se puxo o assunto com qualquer pessoa, a única resposta que recebo é: acostume-se. A não ser que seja minha mãe. Nesse caso, ouço um "Você é incrível e maravilhoso e amo você pra sempre!", com direito a coreografia e pompons. E é por isso que não falo mais com ela sobre as coisas que realmente me incomodam. Além disso, ela não tem como impedir que eu fique ainda mais peludo.

Na primeira vez que fui à escola de camiseta, no sétimo ano, Madison disse que parecia que eu tinha me encharcado de cola e rolado no chão de um pet shop. Depois disso, não usei manga curta até o nono ano, quando rolou uma onda de calor no final de setembro e ficou tão quente que não dava para aguentar.

Não é por acaso que meu apelido é Fera. Ou Bola de Pelo, ou Lobisomem ou Pé Grande. Cada dia é uma coisa diferente. Eu dou risada, mas odeio todos eles. Preferia não ser um pedaço de carne peluda, e que minha barba não voltasse a aparecer ao meio-dia. Preferia não ter os dedos tão cheios de pelos que é impossível dizer se estou ou não com o anel do meu pai. Preferia que os pelos do peito não aparecessem por cima da gola da camiseta. Atrás e na frente.

Já ouvi garotas cochichando que sou nojento, esquisito. Estou ciente disso.

Um dos piores dias da minha vida foi quando depilei as costas. O fato da minha mãe estar disposta a me levar ao salão de beleza dela já era humilhante o suficiente, mas eu estava desesperado. No último verão, meus amigos e eu íamos a um parque aquático e eu queria provar para todo mundo que era capaz de deixar a fantasia de homem das cavernas de lado. Pode me julgar, mas achei que se certas garotas vissem que sou forte o bastante para fazer malabarismo com uma vaca enquanto exibo meus ombros lisos e sem pelos, mudariam sua percepção a meu respeito. Infelizmente, descobri que raspar as próprias costas é impossível quando você é tão flexível quanto um tiranossauro. Eu não conseguia alcançar sozinho e precisava da ajuda de profissionais, então minha mãe me levou ao salão. É nessa hora que entra aquela risada gravada de programa de auditório.

A mulher me levou para trás de uma cortina e eu fiquei lá, plantado.

Ela me olhou de cima a baixo e deu um passo para trás.

— O que você quer?

— Como assim?

—Você. — Ela gesticulou como se estivesse afugentando uma mosca gigante. — Onde quer a cera?

Se ela soubesse o quanto tinha sido difícil andar até aquela cortina branca esfarrapada, talvez não fizesse tanta cara de nojo. Engoli em seco e pensei no parque aquático. Em ser um adolescente normal de quinze anos.

— Nas costas? — eu disse, em voz baixa. — Nos ombros?

—Tire a camisa.

Obedeci.

Ela cerrou os dentes e suspirou.

— Deite.

Segui essa ordem também. Foram quatro horas. As quatro horas mais dolorosas da minha vida, mas quando ela terminou, estava tudo liso. A mulher desabou na cadeira e minha mãe deu uma boa gorjeta para ela.

Nós dois sabíamos que seria esquisito se minha mãe fizesse qualquer comentário, então ela não falou nada, mas quando cheguei em casa, segurei o cabelo e me virei de um lado para o outro em frente ao espelho, me olhando. Tudo tinha sumido. Eu não parecia mais um tapete. Parecia uma pessoa de verdade. Foi incrível. Estava pronto para a piscina. Pronto para que Fern Chapman subisse nos meus ombros para arrasarmos na briga de galo.

Fern. O que posso dizer sobre a Fern? Ela é linda e tem cheiro de flor. Ela é o tipo de garota que quero do meu lado para o JP assentir com a cabeça em aprovação. Ela tem grandes olhos azuis e é tão pequena que eu com certeza conseguiria salvá-la de um prédio em chamas, um acidente de carro ou coisa parecida. Tamanho portátil, JP diria. Ela é perfeita.

Mas o parque aquático não foi nada perfeito. Não deu para ir nos tobogãs. Era proibido escorregar de boné. Então só fiquei numa espreguiçadeira, porque não queria que ninguém ficasse olhando meu rosto. Menti descaradamente. Disse que não queria brincar e então, ha-ha-ha, todo mundo riu e disse: "É bom mesmo, senão o negócio vai quebrar". Para piorar, depilar meu corpo inteiro não adiantou merda nenhuma. Ninguém falou nada. Quero dizer, nada de bom. O JP perguntou: "Onde foi parar o carpete que te cobria do chão ao teto?". Mais risos. Batidinhas nas minhas costas lisas e doloridas, porque era muito engraçado.

E se eu era o alvo de todas as chacotas, por que todos mantinham distância? Garotas me evitavam como se estivessem com medo. Na lanchonete, me ofereci para pagar a porção de batata frita de uma garota da minha aula de espanhol porque faltavam quinze centavos. Nada de esquisito ou maluco nisso. Fui cavalheiro pra caramba. Fui cem por cento aquele cara que puxa a carteira, tira três dólares e diz: "Pode deixar que resolvo isso pra você". Estava de pé ao lado dela e olhei para baixo, gentil, com um sorriso de orelha a orelha. Do modo mais amigável possível. E o que ela fez? Sussurrou algo inaudível, fez uma cara de "ai-meu-Deus" para a amiga e foi embora correndo. Deixou a batata no balcão. Parece que não importa o que eu faça, continuo causando repulsa.

Então vesti uma camisa e sentei na espreguiçadeira de plástico sob um guarda-sol e fingi ler textos muito interessantes.

Tudo que ganhei com isso foi assistir, na primeira fila, ao JP emprestar uma toalha para Fern quando saíram da piscina juntos. Ela aceitou e sorriu para ele.

O dr. Jensen pigarreia para chamar minha atenção.

Uma cutucada no meu braço e o dia no parque aquático desaparece da minha cabeça. Minha perna. As paredes brancas. Dr. Jensen olha para o relógio.

— Ainda está aqui?

— Sim — resmungo. — Estou aqui. — Ainda no hospital.

— O que quer dizer com achar um médico para mudar você? Pode elaborar melhor?

— Elaborar?

— Significa explicar com mais det...

— Eu sei o que significa — retruco. Provavelmente de forma meio rude, mas não sou estúpido. Nunca fui nem vou ser. Só que a única coisa que quero elaborar é um agradecimento pela indicação.

Dr. Jensen folheia uns papéis na prancheta e faz algumas anotações. Seu olhar fixo parece uma adaga perfurando minha cabeça.

Retorço os dedos.

— Tipo cirurgia plástica ou algo assim — resmungo. Eles fazem milagres. Com certeza conseguem remover o ogro e substituí-lo por um ser humano normal. Já assisti ao Discovery Channel.

— Mas o que uma indicação de cirurgia plástica tem a ver com a sua perna quebrada? — ele pergunta.

— Não, não é isso... Tipo, dizer "cirurgia plástica" parece

errado. Mas é que, sei lá, isso é uma coisa que eu gostaria...

— De fazer assim que ganhasse na loteria?

— Preciso de uma explicação.

O calor aumenta e minhas bochechas começam a arder.

— É que... Uma pessoa de quinze anos não deveria ser assim.

— Acredite, meninos de quinze anos são de vários jeitos, têm aparências muito diferentes e existem situações piores do que ter mais de um metro e noventa e cento e quinze quilos. É um bom jeito de conseguir uma bolsa para jogar futebol americano, por exemplo — ele diz, tirando uma caneta do bolso. Reviro os olhos. É por isso que odeio futebol americano. É a única coisa que as pessoas acham que sou capaz de fazer. Grande + feio = futebol americano. O dr. Jensen vira uma página e rabisca alguma coisa. — Quando foi que você começou a julgar sua aparência?

— Julgar?

— Quando começou a achar que sua aparência era importante?

— Acho que lá pelo sexto ano.

— E quando entrou na puberdade?

— Com uns dez ou onze anos — respondi. — Tipo no quarto ano.

— Deve ter sido divertido. — Ele anota.

— Humpf. — Não, não foi.

— Como está sua autoestima?

Se eu for ser sincero, está uma droga. Se eu for sincero pra valer, tenho depressão há mais de quatro anos.

— Não está das melhores.

— Em uma escala de um a dez, sendo dez o maior valor, qual a importância da sua aparência no dia a dia? — o dr. Jensen pergunta. — Em relação a humor, atividades extracurriculares, vida social e assim por diante.

Onze. Eu daria qualquer coisa para ter uns quarenta quilos e uns quinze centímetros a menos. Para ser normal. É tudo que eu quero, ser normal.

— Não sei, talvez uns sete — minto.

— Sei — o médico diz, com uma fungada. — Já teve namorada?

— Não.

— Gostaria de ter?

— Sim.

— E por que você acha que ainda não namorou ninguém? Isso, cutuque ainda mais a ferida.

— Sabe uma cara que só uma mãe consegue achar bonita? — Aponto para a minha fuça.

— Não é tão ruim assim — ele diz. —Você é do tipo mais rústico.

Estou mais para o homem de Neandertal, mas tudo bem.

O dr. Jensen rabisca alguma coisa em uma folha nova.

— E a escola, como está?

— Tudo bem.

— Como vão as coisas em casa?

— Bem também.

— Mãe? Pai? Irmãos?

— Minha mãe é ótima. Meio sufocante. Não tenho irmãos. Meu pai morreu quando eu tinha três anos.

Ele para de escrever por um instante.

— Lamento.

—Tudo bem — digo. Sei que deveria me incomodar mais, mas não me incomodo. Ele morreu quando eu era novo demais e tudo que eu sabia era que ele estava muito doente. Até onde lembro, todo mundo dizia que era melhor morrer do que viver daquele jeito. Sempre entendi assim.

Ele volta a correr a caneta e faz mais anotações.

—Você diria que seu novo corte de cabelo foi um fator que contribuiu para quebrar sua perna? — ele pergunta, com precisão técnica.

— Hum…

— Por que a pausa?

— Como sabe que acabei de cortar o cabelo?

Ele sorri.

— O verão acabou, novo corte de cabelo para voltar às aulas. Parece que você usava boné também.

—Ah. Ah, bem… — Tento rir. — Eles criaram esse novo código de vestuário na escola e agora não podemos ter cabelo comprido nem usar boné. Proibiram bonés.

— Quando foi isso?

— Hoje. — A caneta rabisca furiosamente agora. — Mas, assim, é uma coincidência.

— E então hoje você caiu do telhado e quebrou a perna… — Ele folheia as páginas. — Por volta de três e meia da tarde.

— Eu estou bem.

—Você tem duas fraturas em espiral e pinos de titânio

para manter a perna inteira. Eu não diria que está bem — ele comenta. —Você tem algum histórico de automutilação?

— O quê? Não! É sério isso?

— Dylan, você caiu do telhado no dia que a escola proibiu o uso de bonés. — Ele levanta uma sobrancelha.

— Porque prefiro ser conhecido como o Cara das Muletas do que ser uma aberração!

— Pois é. — O dr. Jensen volta os olhos para a prancheta depressa e quase escreve um livro na última folha. — Tem alguém com quem eu acho que você devia conversar. Vou entrar em contato com ela. Seu nome é dra. Burns. Ela é a codiretora de psicologia e tem um ótimo programa de terapia em grupo voltado para adolescentes com problemas aqui no hospital.

— Mas eu não... Dr. Jensen, eu não tenho *problemas* — digo na minha cama de hospital.

Ele dá um tapinha no meu braço, vai em direção à porta e sorri.

—Vou ter uma conversa com a sua mãe.

— Não, não faça... — Ele desaparece e fico sozinho no quarto. — Merdamerdamerdamerda.

Por um minuto, tento pensar numa rota de fuga, até que minha mãe entra como uma bala, seguida pelo dr. Jensen.

— Ah, Dylan! — ela grita, se aproximando.

— Não, mãe, não. Não é o que está pensando! Eu estou bem.

—Você fez isso de propósito? — Ela passa as mãos sobre mim, ajeitando as partes soltas.

— Mais ou menos — confesso. — Mas não de um jeito ruim ou maluco. Foi um acidente.

— Sabia que você não tinha ido lá em cima atrás de uma bola! — Nunca me senti tão burro. — Bem, nós vamos fazer o que essa terapeuta recomendar, porque você não vai subir no telhado toda vez que a vida ficar difícil. Você poderia ter caído de cabeça e morrido!

Ela diz isso como se fosse ruim.

— Eu só queria torcer o pé.

— É por causa do seu pai? — minha mãe pergunta, pondo a mão três vezes menor do que a minha no peito. Ela é o total oposto de mim. Se sou o minotauro à espreita no labirinto, com os olhos marrons ardendo avermelhados nas sombras, minha mãe é uma cerva mastigando calmamente folhas de dente-de-leão no campo, os olhos enormes tão intensos que os caçadores decidem virar vegetarianos. Não entendo. Eu devia pedir um teste de maternidade. — Você sente muita falta dele? Quer fazer companhia pra ele no céu? — A culpa vai direto para o meu pai morto, porque esse é o automático dela quando tem algo de errado comigo. — É isso?

— Mãe, não, não é tão importante.

— É importante, sim — o dr. Jensen diz. Metido desgraçado. — Mas a dra. Burns é ótima. Ela vai te ajudar a aprender algumas estratégias de enfrentamento, para que o telhado seja menos tentador no futuro.

— Na verdade...

— Ele vai — minha mãe se intromete. — Sem falta.

— Que bom. — O dr. Jensen passa um cartão para a minha mãe. —Vou pedir que ela ligue para você ainda hoje e te passe todas as informações. — Ele vai embora para encher o saco do próximo paciente.

Quando ficamos sozinhos, minha mãe se vira rapidamente para me encarar e bate o cartão na palma da mão.

— Ei — tento interrompê-la.

— Nem tente escapar dessa, cara — ela diz. —Você vai fazer terapia.

TRÊS

— Lá vem a Fera sobre rodas! — JP diz alto quando me vê aparecer no corredor no dia que volto à escola. Minha perna direita abre caminho. — Abram alas, pessoal, tem um tanque chegando!

É uma comparação justa, já que me sinto como um rolo compressor. Mal consigo andar sobre duas pernas sem derrubar um monte de coisa, imagine numa cadeira de rodas. Pode esquecer. Rodas definitivamente não são para mim. São redondas demais. Desde que minha mãe me deixou na porta, já bati numa estante de troféus, no extintor de incêndio e num balde de água suja deixado pelos alunos de artes que pintavam um mural acima do escritório do diretor. A coitada da cadeira de rodas vai chorar antes de dormir.

Mas, aos poucos, começo a curtir a parada. Nela, fico com um tamanho normal. A Fera está contida. Não preciso abaixar para passar pelas portas e posso fazer contato visual com as garotas em vez de intimidá-las do alto.

— Ei, ei, abram caminho — JP diz, e o grupo de caras parados em semicírculo em torno dele se afasta para eu passar.

— Como você tá? Tá doendo muito? Recebeu a pizza que eu mandei? Eu não tinha certeza se o hospital ia aceitar.

— Eles aceitaram! Estava ótima, uma grande de pepperoni e…

— Cogumelo! — ele completa, e assentimos com a cabeça porque é a nossa favorita. — Ótimo, porque pensei, putz, não posso visitar, mas sei o que faz a vida valer a pena.

JP não consegue carona assim tão fácil. Seus pais não ajudam muito nisso. Não podemos dirigir ainda, mas pizza melhora qualquer coisa.

— Na mosca — digo para ele.

Um garoto começa a rondar o nosso grupo, tentando se aproximar porque ele e o JP estavam no mesmo time de beisebol no verão passado. O JP não percebe a presença dele, então também ignoro. O garoto continua tentando mandar sinais para o radar do JP. Tipo: *Qual é, JP? A gente era do mesmo time. Conversamos sobre garotas, rimos juntos e tudo. Por que você tá fingindo que eu não existo?* Tenho vontade de dizer: "Foi mal, cara". Se o JP diz que você não faz parte do grupo, você não faz parte do grupo.

— Finalmente você é o cara mais baixo — o JP diz.

— Né? — Pela primeira vez não preciso abaixar e me curvar para ouvir o que os outros estão dizendo.

— E aí, cara? Como você tá? — Bryce pergunta.

— Melhor do que apodrecendo no hospital. Nem acredito que fiquei lá uma semana inteira. — Encaro cada um deles.

— Quanto tempo vai ficar na cadeira? — Bryce pergunta.

— Umas semanas, até tirar os pinos laterais — respondo, olhando direto para os olhos dele. Bizarro. — Aí vou usar muleta. — Verdade seja dita, não quero me livrar da cadeira tão cedo. Tantas vezes as pessoas só jogam conversa na minha direção. Penso se, agora que estou mais baixo, vão realmente escutar o que tenho a dizer.

— Gente, o Dylan é muito foda — o JP diz, dando um tapa no meu ombro. Todo mundo em um raio de doze quarteirões assente, concordando com ele, e eu apenas aproveito o momento. Não consigo evitar. Sinto uma onda quente por dentro.

— Fui eu contra o telhado, e o telhado venceu.

— Gostei do capacete — JP diz, fechando a mão sobre meu crânio raspado. Odeio esse corte idiota, mas parece que meu amigo está me ungindo na frente da escola inteira, e a sensação é boa. Aqui está meu parceiro, meu padrinho de casamento. Aquele que escolho para ficar de pé ao meu lado. Ou sentado, no caso.

O sinal toca e eu deslizo em direção ao meu armário.

JP me acompanha. Como estou na cadeira, não posso topar com o calcanhar dele do jeito que costumava fazer, e ele não pode chutar minha bunda. Mas vamos encontrar uma solução.

— Aproveite isso aí o máximo possível. É um ímã de piedade — ele diz.

Um pretexto e uma ferramenta para atrair compaixão da população feminina? Cara, que tipo de perdedor desesperado se rebaixaria a esse nível? Resposta: eu. E como.

—Vou ver o que posso fazer a respeito.

— Seu sortudo do caramba. Sua casa depois da escola?

Normalmente, sim. Jogamos videogame na minha casa quase todo dia, até os olhos ficarem vermelhos, mas hoje não dá. Tenho a maldita terapia.

— Não posso — digo. — Médico.

Ele encolhe os ombros, desanimado.

— Que merda, Fera, acabei de comprar um controle novo. Talvez já tenha ouvido falar dele. Tipo, o mais incrível de todos os tempos.

— Fala sério, não pode ser, o Wormhole? Você comprou um Wormhole?

— Aham.

— Sério *mesmo*? — Esse troço custa uns quatrocentos dólares e tem uma lista de espera de uns cinco meses porque precisa ser enviado lá da Coreia em um berço de nuvens conduzido por anjos. É insano. É sensível à pulsação e responde automaticamente às batidas do coração, então se você fica animado e o coração acelera, ele ajusta o tempo de precisão. Eu me jogaria de outro telhado por um desses.

— E... Talvez tenha comprado um pra você também.

— Tá de brincadeira comigo.

— É seu. Mas ei, você conhece o Adam Michaels?

— O cara do último ano? Sim.

— Na próxima vez que vocês se encontrarem, lembre que

ele me deve aquele negócio, pode ser? Ele vai saber exatamente do que você está falando.

E eu sei exatamente do que o JP está falando. Balanço a cabeça, sonhando com o Wormhole.

— Feito. Pode deixar.

— Bom, vou nessa. — Ele dá um tapinha nas minhas costas e corre para a sala, abrindo caminho pela multidão.

Caramba, o Wormhole. Eu já não queria muito ir para a terapia antes, agora definitivamente não quero ir.

Faça isso pela sua mãe. É só uma vez e pronto. Lide com a merda épica hoje, jogue com seu novo Wormhole até as córneas se dissolverem amanhã.

Abro o armário e a porta bate no gesso.

— Ai, ai, ai, ai… — resmungo. Doeu pra caramba. Giro a cadeira em outra direção para abrir a porta toda. Porém, uma vez aberta, não consigo alcançar os livros. Estão bem no alto.

Esse negócio de não poder fazer algumas coisas sozinho porque seu corpo simplesmente não consegue te torna mais humilde. Por alguns instantes penso na possibilidade de pedir ajuda, mas rejeito a ideia imediatamente.

Então me apoio na perna boa e ignoro a onda de dor ao esticar o braço bem alto para pegar os livros e enfiá-los na mochila. Ei, olha só pra mim, *lidando* com a situação e criando *estratégias* para enfrentá-las! Não preciso de terapia hoje à tarde. É bem inútil: posso me virar sozinho, mas tanto faz. Vou um dia para deixar minha mãe contente e pronto.

Tenho todo o tempo do mundo para ir aonde quiser. Enquanto todos correm contra o tempo, eu ganho dez minutos adicionais para rolar minha bunda peluda pelos corredores.

Talvez esse segundo ano vá ser bom no fim das contas.

Me arrastar por aí em uma cadeira de rodas me faz sentir meio robótico e, na minha sala, todo mundo faz o maior auê em cima da minha perna. Um monte de gente assina o gesso. Só que a maioria é assim: "Melhoras, Bola de Pelo!"; "Se cuida, Fera!"; "Ei, Pé Grande, na próxima vez é melhor não sair da caverna!".

JP estava certo: isso é um ímã de piedade. Todas as garotas da sala fazem um "Oooooun…!!" naquele tom bonitinho e agudo. Elas encostam em mim. Dão tapinhas no ombro, pequenos abraços de lado e coisas do tipo. Nina me oferece um chiclete. Guardo a embalagem no bolso.

O sinal toca para a primeira aula e respiro fundo.

Apesar de termos esse horário idiota de aulas rotativas que nunca consigo lembrar, sei a agenda de outra pessoa melhor do que a minha. Se eu enrolar um pouco antes de ir para a próxima aula, alguém vai sentar na cadeira bem em frente à minha.

Dou um tempo e eis que Fern Chapman chega.

Ela entra na sala e é como se o tempo tivesse parado. O uniforme do St. Lawrence tem duas opções para as meninas, calça azul-marinho ou saia, e hoje ela escolheu a saia. Tenho quase certeza de que ela fez isso por mim, para me fazer sentir melhor, eu e minha perna quebrada. Ela chega mais perto e posso sentir a pulsação na ponta dos dedos. Minha caixa torácica pode ter o tamanho de uma pequena banheira, mas isso não impede que tudo lá dentro fique mole como gelatina.

Vou fingir que minha quantidade de pelos está diretamente relacionada à minha autoconfiança.

— Oi, Fern — digo, juntando meus livros e papéis em uma pilha.

— Oi — ela diz. E então dá um minúsculo sorriso. Acho que vou desmaiar.

Quando se trata de garotas, tento ser um cavalheiro, porque significa simplesmente ser gentil. É isso que tento ser. Gentil. Fico achando que, se for educado e legal e não um homem-urso-porco, tudo vai dar certo. Então lá vou eu.

— C-como você está? — Maravilha, gaguejei. Limpo a garganta e dou uma tossida. Ela franze a testa. Ótimo, agora não consigo falar nem respirar direito. Faço um ajuste de roteiro e tento recomeçar. — E aí? Como estão as coisas?

Fern senta e gira o cotovelo para trás da cadeira.

— Melhores do que pra você. — Ela ri.

Eu rio.

Nós compartilhamos uma risada! Hora de comprar ingressos para o baile de formatura.

— É, eu… Eu caí… Do telhado.

— Ouvi dizer — ela diz.

Fern vira de novo para o dever de casa da noite anterior e sublinha algumas respostas. Nenhum carinho ou solidariedade? Caio de um maldito telhado e isso é tudo que ganho da minha futura esposa?

Coração de pedra, Fern. Tão gelado. Dou uma olhada no relógio. Deveria ir embora, mas não quero. Mas ela sequer olha para mim.

— Hum — digo.

Ela levanta a cabeça, como se dissesse: "O que esse troglodita quer agora?".

—Você quer assinar meu gesso?

— Pode ser — ela diz.

—Tenho uma canetinha — digo, e estico a mão para oferecê-la.

Ela hesita antes de pegar.

— Por quê?

— Hã... — Porque estava esperando que você assinasse meu gesso desde que acordei da cirurgia. — Foi ideia do JP. Ele disse que caneta normal é uma bosta pra escrever em gesso. Ele está sempre cuidando de mim.

— Ele é tão inteligente — ela diz.

Não, não é. Ele "compara" seu dever de casa com o meu todos os dias porque é um preguiçoso. Vamos esquecer meu melhor amigo superatraente que já pegou metade da sala, pode ser? Ela se inclina para assinar no meu tornozelo. Quando termina, leio: "Pobre Fera. — Fern".

Hora de pedir um reembolso dos ingressos do baile. Pego a caneta e ponho os livros no colo. Dando ré, esbarro na mesa atrás de mim. Ela levanta os olhos com o barulho. Meu queixo endurece. Estou mal, mas ainda não fui derrotado. Faltam dois anos para o baile, tenho tempo.

—Vejo você na sala de estudos — digo.

— Quê?

— Não tenho mais educação física. Tenho sala de estudos no lugar — explico. No mesmo horário que ela. Prefiro ser chamado de observador a *stalker*. Só porque memorizei os horários dela não significa que vou me esconder em seu armário com um pano encharcado de clorofórmio. — Então te vejo lá.

—Tá — ela diz.

Espero. Ela vai dizer mais alguma coisa?

— Dylan… — A professora responsável pela minha classe, sra. Dobrov, se intromete. Ela aponta para a porta. — A aula está quase começando. Não abuse dos seus privilégios.

— Certo. — Reviro os olhos para Fern. — Porque quebrar a perna é um baita privilégio.

Fern ri outra vez e eu quase vomito. Consegui fazer ela rir duas vezes. Toma essa, JP.

— Dylan, sua aula aqui acabou! — a sra. Dobrov diz, ríspida.

— Tudo bem, estou indo — digo, e arrasto a cadeira de rodas por uma fileira inteira. Meu pé esticado se enrosca nas cadeiras e suas pernas de metal arranham o chão, mas não dou a mínima. Só faltam três aulas até a sala de estudos!

Depois disso, realmente não estava nem aí para o resto da manhã. Trigonometria: blá-blá-blá. Inglês: blá-blá-blá. Física: blá-blá-blá. Ah, sim, sala de estudos. Na qual não pretendo estudar nada.

Para minha sorte, física fica do outro lado do mundo em relação à biblioteca, mas tudo bem. Tenho rodas e levo quase sete minutos para chegar lá.

Entro na biblioteca e paro para prestar atenção. Se eu encontrar a Fern "por acaso" vai ser menos esquisito do que me jogar na frente da mesa dela, tipo "OI. SOU EU. ESTOU AQUI".

Na seção de biografias, ouço umas meninas conversando. Avanço devagar. É a Fern, com certeza. E talvez a Madison também.

Concluo que agora é a hora perfeita para dar uma olhada em uma biografia superinteressante.

Sigo pelos corredores com bastante cuidado, me concentrando para ficar no modo silencioso. Minha mãe ficaria orgulhosa. Nunca consigo ser discreto com meus dois pés, imagine sobre quatro rodas. Ela ficaria feliz de saber que não estou derrubando fileiras inteiras de livros das estantes e deixando um rastro de destruição.

— Ai, meu Deus, isso é tão bizarro — ouço Madison dizer. Estou prestes a virar no corredor. Respire fundo, mantenha uma atitude casual.

— Né? — Fern responde. — Ele veio todo: "Dã… Mim cair do telhado!". E eu pensando: que tipo de idiota cai do telhado? Fala sério!

Minha respiração congela na garganta. Eu sou um idiota? Que merda é essa? Tenho aula de trigonometria com o terceiro ano, Fern tem álgebra com o primeiro, e eu que sou idiota?

— Pois é — Madison diz. — Olho pra ele e fico achando que devia voltar pra caverna de onde saiu.

Fern ri.

— Me sinto mal, mas é tão verdade! Ele me dá arrepios,

sem brincadeira — ela diz. — Será que ele entende inglês? Eu só fico pensando: eca, não fale comigo.

— Talvez se você desenhar na parede ele entenda — Madison diz.

Elas dão uma risadinha e eu me recosto na cadeira.

— E aquele cabelo? Por que ele raspou tudo? Ficou ridículo.

— Ai, nem me fala. A cabeça dele é toda deformada em cima — Fern diz.

Toco o topo do meu crânio. É por isso que nunca quis raspar meu cabelo antes. Até meus ossos são feios.

— Eu simplesmente não consigo lidar com ele, sabe? — Fern continua, mas quero que ela pare. Por favor, pare. — Só falo com ele porque é o melhor amigo do JP.

— Ai-meu-Deus, pois é! — Madison diz numa vozinha esganiçada. — Não sei por que um cara tão gostoso quanto o JP anda com a Fera o tempo todo.

Viro as rodas e vou para longe. No canto atrás dos computadores, sigo para um daqueles cubículos de estudo de quatro décadas de idade que cheiram a xixi, e enterro o rosto nas mãos. Minha cabeça. Encosto nela. Passo os dedos pela pele do rosto até a nuca, sentindo os novos pelinhos curtos.

— Foda-se — resmungo. Engulo o choro.

Sinto uma vontade súbita de estudar. Não importa o quê, só preciso abrir um livro e ler coisas que me desafiem a entendê-las. Estou morrendo de vontade de ter um problema para resolver. Um que não envolva pessoas, a menos que elas estejam lá só para ficarem impressionadas. Como em trigonometria. Adoro resolver aqueles problemas, dar um passo para trás e ver a sala inteira admirada com o meu trabalho. Isso eu consigo fazer.

Meu celular vibra no bolso. Deixo ele lá. Mantenho a cabeça nas mãos, sentindo a aspereza do meu couro cabeludo com a ponta dos dedos. Como uma lixa.

O celular vibra de novo. E de novo. Pego ele do bolso.

A primeira mensagem parece gritar: *NÃO ESQUEÇA! Essa tarde você tem terapia. Bj, mamãe.*

E fica pior: *Você tem terapia, viu?*

E então muito pior: *Dra. Burns disse que vc precisa tentar uma sessão. Lembrando vc que é hj.*

E finalmente: *Só queria dar um toque. Terapia essa tarde, o.k.?*

Respondo: *Entendi.*

Outra vibração, olho para baixo e vejo: *Aliás, te amo.* Caramba, mãe, já chega.

Estarei lá. Chega de mensagens, respondo, antes que ela consiga escrever mais alguma.

O que realmente quero dizer é: me deixe em paz.

QUATRO

— Desculpe ter demorado tanto — minha mãe diz no banco da frente.

— Como assim? Você me pegou na escola na hora certa — digo, puxando meu boné de beisebol com força para baixo. Fim da aula, boné na cabeça.

Ela olha pelo retrovisor, me observando no banco de trás, onde estou preso como um garotinho por causa da perna. Franze as sobrancelhas de preocupação.

— Tive uma reunião que atrasou. Não queria que você achasse que eu tinha esquecido de você.

É mais fácil deixar minha mãe ficar inquieta sem motivo do que tentar ajudá-la a não se preocupar, porque — cuidado com o *spoiler*! — ela vai se preocupar de qualquer jeito.

Nos aproximamos do hospital. Minha mãe estaciona na vaga de deficientes e aciona o pisca alerta.

— Ninguém vai se importar, vai ser bem rapidinho — ela diz, abrindo a porta do meu lado.

Ela tira a cadeira de rodas do porta-malas e abre na calçada em frente à ala ambulatorial do hospital. As pessoas entram e saem lentamente pelas portas automáticas. Mulheres grávidas, crianças abraçando bichos de pelúcia com força, velhos com as costas curvadas em andadores, e eu. Estamos todos aqui para um pulinho na nossa hora marcada.

Solto o cinto e me arrasto para a cadeira sob o sol.

—Você está bem? — ela pergunta.

— Ótimo.

Ela deixa um tanto de dinheiro na minha mão.

— Para você comer — ela diz. — Tente achar alguma coisa saudável. Como uma maçã.

— Pode deixar.

— Talvez uma banana.

— Pode deixar.

— Ou uma laranja, se tiver.

— Eu sei o que é uma fruta, mãe.

Ela me dá um beijo na bochecha e aperta meus ombros.

— Quer que eu te acompanhe até a sala?

— Não.

—Tem certeza? Posso te ajudar a se ajeitar, achar um bom lugar, carregar sua mochila…

— Eu me viro, mãe.

—Tudo bem, então. — Ela suspira e sorri. — Preciso voltar ao trabalho. Venho te buscar assim que terminar. Vou te esperar no estacionamento. A não ser que você queira que eu fique aqui na entrada...

— Mãe, é sério, tá tudo bem. Te vejo em noventa minutos.

— Estou orgulhosa de você, sabia? — ela diz, e seus olhos se enchem de lágrimas. É drama suficiente para abastecer uma fábrica de cartões comemorativos.

— Tchau. — Deixo ela para trás e adentro a grande caixa de vidro com superfícies reluzentes. Encontro a sala doze, sem problemas, mas tudo que eu queria saber enquanto passava pela porta era como parecer *normal* o bastante para nunca mais ter que voltar aqui.

A sala onde nós devemos dar as mãos e cantar mantras juntos é simples. Piso cinza quadriculado de linóleo desbotado e paredes beges ao redor. Cortinas sem graça como as de chuveiro cobrem janelas previsivelmente retangulares. Mobília resistente a fogo disposta em um círculo malfeito. É o tipo de lugar em que você dá uma olhada e nem se dá ao trabalho de respirar, porque não vê motivo. Até as plantas murchas em seus vasinhos de vime parecem implorar para virar adubo.

Uma garota que parece entediada já está sentada em um dos sofás. Ela me encara com raiva e retoma seu passatempo: abrir novos buracos em suas meias arrastão já desfiadas. Cabelo escuro, maquiagem escura, roupas escuras, coturnos escuros, unhas escuras e uma aura lúgubre tão pesada quanto o cheiro da fumaça de seu cigarro velho. Dava para sentir a apatia no ar.

É claro que essa garota está cursando introdução à terapia para pessoas que se automutilam. Pra falar a verdade, imagino que os pais dela só a mandaram aqui porque não aguentavam mais ter o limite do cartão de crédito estourado numa loja de ferramentas, a julgar por todas aquelas correntes que ela usa no pescoço.

A garota de preto não fala nada. Puxo o boné de beisebol para baixo, paro num espaço vazio e tamborilo os dedos no braço da cadeira de rodas.

— Aí é o lugar da dra. Burns — ela diz.

— Ah. — Empurro a cadeira de rodas para a esquerda e me desloco para o lado de uma poltrona de madeira com almofadas de espuma. Olho para trás como quem pergunta se esse lugar é melhor, mas ela continua mexendo nas unhas, então solto a mochila no chão e fico ali.

Com o tempo, mais garotas chegam. A julgar pela Pollyanna lá no sofá, me pergunto se isso vai ser um poço sem fundo onde todas elas [preencha a lacuna] só para ver se conseguem sentir alguma coisa. Mas elas parecem mais normais do que a que me deu boas-vindas. Com sorte, essas garotas são iguais a mim e foram enviadas por médicos e mães cheios de boas intenções. Estamos todos ótimos e podemos ir para casa e esquecer tudo isso. Mas o jeito como ajeitam e puxam as mangas compridas é óbvio demais.

Não faz qualquer sentido que elas se machuquem, são todas muito bonitas. E todo mundo, com exceção da Garota Vampira, é amigável, acenando e dando oi. Não daria para adivinhar por que elas estão aqui. Elas poderiam ser quaisquer garotas de qualquer escola. Camiseta e jeans. Garotas normais. O círculo aumenta e a conversinha também, mas

43

fico na minha. Sou o único homem da sala. Não me encaixo no ambiente. Mas tudo bem. Vim só por um dia, não tem por que me intrometer.

Em vez disso, observo como se estivesse num laboratório de biologia.

Há uma garota que, cara, quando ela entra na sala eu preciso abaixar a cabeça porque tem uma parte de mim que mantenho trancada. Não a simpática bola de pelo que faz piada no corredor na escola. A parte que é de fato *fera*. Uma olhada nessa garota e sinto que a chave virou no cadeado. A jaula se abriu. Quero agarrar seu quadril e segurar por um bom tempo. O cabelo loiro ondula com cada passo que ela dá. Qual a palavra para isso? "Diáfana"? É, ela é isso também. Ela flutua. Senta como uma deusa num trono, e eu seria capaz de enfrentar todos os leões do Coliseu se isso significasse ter o corpo dela grudado no meu.

Quero botá-la no colo e rolar com ela porta afora, onde pegaríamos o primeiro ônibus até a minha casa porque minha mãe ainda está no trabalho e a gente... hmmm. Na minha cabeça, ela estaria muito interessada em ir comigo. Eu finalmente daria meu primeiro beijo. Um de verdade, não aquele idiota com Tara Jardin. Essa garota, essa deusa, ela me desejaria e... Ah, tudo o que eu faria com ela.

Só que, assim que a deusa senta, sua expressão corporal demonstra claramente que não está disponível. Ela não está aqui. Uma parte não se encaixa direito e vem à tona quando ela segura os joelhos e começa a balançar, meio que tentando pôr o que quer que esteja errado de volta no lugar.

Quero arrancar meu esqueleto pelas narinas para poder me dar um soco na cara.

Não há esperança. Preciso aprender aos poucos a me transformar numa pedra e parar de cair de quatro por qualquer pessoa que use o pronome feminino para se referir a si mesma.

Não posso me apaixonar por outra garota de novo. Não posso. Olho para a Rainha das Trevas e isso ajuda. Ela é tipo um balde de água fria ambulante. A verdadeira fera volta para a jaula e eu a tranco lá dentro. Lembro a mim mesmo quem prefiro ser. Um homem gentil.

Percebo que há um pôster na parede que faz graça com um filhote de gato tentando se equilibrar, escrito AGUENTE FIRME em grandes letras brancas. Meu olhar recai sobre um busto de Nefertiti. Só que ela dá uma fungada e limpa o nariz. Puta merda, ela é real.

Bem na minha frente uma garota muito alta senta em uma cadeira dobrável de alumínio. Sinto uma conexão imediata com ela. Mesmo que não queira, porque garotas... sabe como é. Garotas me desprezam, então por que com essa seria diferente? Mas ela se destaca. Como uma bolha de neon amarelo flutuando acima de todos. Em vez de se ajustar, ela mudou o mundo inteiro de lugar e disse: "Pronto. É assim que devia ser". Tudo nela é bom e diferente: a saia, o cachecol, as botas. Ela não tem um visual gasto nem desleixado. Sem marcas, sem dobras. É tudo novo. O que sei sobre isso? Uso uniforme todo dia. Ela pode usar o que quiser para ir à escola.

Ela está lendo um livro que li nas férias e dá pra ver que está quase na melhor parte. Quero começar um clube do livro com ela e encontrá-la para comer cookies e conversar sobre aquele final estranho em que tudo só foi banhado pela luz do sol e, então, acabou.

Enquanto ela lê, algo nela parece capturar a luz, segurá-la em sua pele e distribuí-la pela sala como cartas no pôquer. Suas pernas, suas longas pernas delgadas. (Pare... mantenha as observações científicas). Ela tem duas pernas. Ela as cruza como uma dama, apesar — ou por causa — de sua saia supercurta e suas botas muito altas. Seus joelhos salientes têm covinhas que sorriem como se estivessem felizes de estar ali. Ela brinca com os longos cabelos castanhos e encaracolados e veste um cachecol roxo com pontinhos brilhantes. Nossos olhares se cruzam quando ela o ajeita suavemente em volta do pescoço.

— Olá — ela diz, com uma voz que me lembra canela sendo raspada sobre uma xícara de chá de maçã quente.

— Oi.

—Você é novo aqui.

Faço que sim com a cabeça.

— Me chamo Jamie.

— Dylan.

— Olá — ela repete, e retorna ao livro. Mãos longas seguram a lombada. Dedos compridos viram as páginas, uma depois da outra.

— Desculpem o atraso. Oi, pessoal! — Uma mulher entra acelerada pela porta, segurando um travesseiro em forma de trapézio e arrastando uma cadeira de escritório atrás dela. Não é possível que seja a médica. — Estou atrasada, bem atrasada, que péssimo, me perdoem — ela diz. Dá para notar que deve ter sido uma graça quando era criança. Do tipo que veste macacão e fala enrolado de um jeito fofo: "Moço, você gostalia de complar uma limonada?". Os anéis e as sardas a entregam.

Ela ajeita o travesseiro trapezoide na cadeira e se aconchega. Quando senta, sua calça sobe, mostrando que veste uma meia diferente em cada pé. Agora estou irritado. Ela é médica. Deveria estar de jaleco, ser pontual e usar roupas que combinam.

— Ahhh — ela suspira. — Nunca levantem uma televisão sem ajuda, mesmo sendo jovens, pessoal. Pode não doer agora, mas juro para vocês que suas costas nunca vão esquecer. — As garotas riem, mas eu dou um sorriso de canto, imaginando qualquer pessoa deste círculo levantando qualquer coisa mais pesada que um lenço.

— Então, temos uma pessoa nova. Bem-vindo! — ela anuncia. — Eu sou a dra. Burns e este é meu grupo. Nos reunimos uma vez por semana, mas penso nisso mais como um tempo que passamos juntos dentro de uma sala horrorosa.

— Mais risos das garotas. A dra. Burns põe a mão dentro da bolsa e tira um caderno encardido com a lombada descolando, cheio de anotações e *post-its*. — Tudo o que vocês têm a dizer é muito importante para mim, então, por favor, não se incomodem se eu fizer anotações. Alguém gostaria de repassar algumas regras? Jamie?

Jamie mantém as pernas cruzadas e se inclina para a beirada da cadeira. Que beirada sortuda.

— Tudo é confidencial. Estamos aqui para compartilhar,

não para dar conselhos. Sem interrupções. Qualquer um pode perguntar o que quiser, mas ninguém é obrigado a responder — ela recita, como um animal treinado.

Parece ter bastante experiência.

— Muito bem — a dra. Burns diz. — E, acima de tudo, acredito no humor, então fiquem à vontade para se entregar ao riso se quiserem.

Dou uma olhada na Gótica Suave e, para minha total surpresa, ela está sorrindo.

— Como temos um novo participante... — Ela consulta as anotações. — Dylan, por favor, levante a mão. Enfim estamos em número par! — A dra. Burns faz um "toca aqui!" no ar. Meu Deus. — Então vamos quebrar o gelo em dupla com a pessoa que estiver diretamente na sua frente. Quero que contem um ao outro cinco coisas boas sobre si mesmos. Depois, seu parceiro vai compartilhar suas coisas boas com o grupo, então prestem atenção ao que o outro diz. Pode ser qualquer coisa. O.k.? Podem começar.

A sala se enche com as vozes e os barulhos das garotas mudando de lugar, e eu observo Jamie levantar e arrastar a cadeira pela sala. Ela a posiciona com firmeza na minha frente e senta, cruzando no mesmo instante um joelho sobre o outro. Eles se alinham com perfeição. Me divirto tentando adivinhar qual é qual.

— Imaginei que seria mais fácil vir até você — ela diz, ajeitando o cachecol. — O que aconteceu com a sua perna?

— Quebrei.

— Ah — ela diz. — Quantos anos você tem?

— Quinze.

— Eu também — ela diz. — Achei que fosse mais velho.

— Imaginei.

—Você é tão grande, qual a sua altura?

—Você quer mesmo conversar sobre isso?

— É só que... Eu sou alta também. — Ela desvia o olhar.

— Quer começar? — pergunto. Ela provavelmente já fez isso um bilhão de vezes, então faz sentido que seja a primeira.

— Claro — ela diz e respira fundo. — Cinco coisas boas sobre mim... Humm... Lá vai. Um: ajudei minha mãe a preparar o café da manhã e fiquei quieta, quando poderia ter dito algo para irritá-la. Foi difícil, mas consegui. Dois: vou ser transferida de escola, finalmente! Três: meu pai disse que eu estava elegante hoje. Isso foi incrível. Humm. Quatro... É... Tá. Quatro: vi uma estrela cadente ontem à noite e fiz um desejo...

—Você desejou ter coisas fascinantes para dizer? — interrompi, tentando fazer uma piada.

A cara dela pareceu desabar no chão.

— O que você quer dizer com isso?

Faço uma careta. Fui longe demais.

— Estava só... Bem... Não sei.

— Sorte sua que sou obrigada a falar com você agora. Por que você tiraria sarro do desejo de alguém? Sabe quantas estrelas cadentes eu já vi na vida? Uma. E você acabou de cagar em cima dela.

Abaixo a cabeça e aliso as articulações peludas da mão com o dedão da outra.

— Qual foi o seu desejo?

— Até parece que eu te contaria.

— E se eu te contar um dos meus? — Ela me espia de canto de olho, esperando pela minha confissão ou algo do tipo. Não sei o que dizer; nunca conto esse tipo de coisa para ninguém. Como se o JP fosse dar a mínima para o que eu desejo… Ele só tentaria comprar o que quer que fosse para mim, mas o que eu quero não pode ser comprado. Penso em um desejo bem seguro. Um que tenho certeza de que todo mundo já teve pelo menos uma vez. No meu caso, no mínimo umas cinquenta mil vezes. — Gostaria de poder acordar e ser alguém diferente. Só por um dia.

Isso anima um pouco Jamie.

— Em que sentido?

Ah, no sentido óbvio de não ser um ogro?

— Minha aparência.

Ela deixa as costas retas e assente com a cabeça.

— Certo. Claro, é. A embalagem. Eu entendo. — É claro que entende. Ela tem dois olhos que funcionam e eles estão voltados para mim.

Jamie enfia a mão dentro da bolsa e vasculha um pouco, puxando uma câmera.

— A quinta coisa que vou dizer é que sou uma fotógrafa realmente boa. Talvez se eu tirasse algumas fotos suas e te mostrasse como a luz…

— Odeio câmeras.

— Ah. — Ela guarda a câmera de volta na bolsa.

— Digo, se você gosta, legal. Eu não gosto.

— Você sabe alguma coisa sobre fotografia?

— Fotos são legais.

— Fotos são legais — ela repete. Jamie se ajeita mais uma vez na cadeira e esconde os longos dedos sob as coxas. Imagino que esteja bem quentinho ali. Ela aperta os olhos e sorri.

— Como fotos podem ser legais se você odeia câmeras?

Ela está me pressionando e começo a suar. Preciso cortar o mal pela raiz senão vou começar a feder.

— Posso só dizer minhas cinco coisas boas?

Jamie franze a testa. Ficou desapontada. Tudo bem, estou acostumado.

—Vá em frente. Sua vez — ela diz.

— Beleza. — Como essa é minha única sessão, não tem por que ir além do mais básico. — Cinco coisas boas sobre mim. Um: tenho um bom relacionamento com a minha mãe. Ela é irritante às vezes, mas amo ela demais. Dois: estou em todas as aulas de nível avançado da escola e tenho a maior média da minha turma. Três: tenho um ótimo lugar para sentar na hora do almoço, porque é do lado do JP, e nós fazemos tudo juntos. Quatro: sou um cara legal. Cinco: não tenho nada do que reclamar, estou ótimo.

Ela assente com a cabeça.

— Então tá, né.

— Então tá.

—Você não tem nada do que reclamar.

— Não.

— Embora tenha feito aquele desejo.

— É.

— Sorte sua — ela diz.

— Não é à toa que me chamam de Dylan Sortudo.

— Só que você não tem cara de Dylan.

— Achou que meu nome fosse qual? Throg, o Esmagador de Pedras?

Ela dá uma risadinha. Depois da Fern na biblioteca, nunca mais quero ouvir uma garota rindo na vida. Mas a risada dela é incrível.

— Admiro você por fazer piada. Ainda não cheguei nesse ponto.

Agora sou eu que aperto os olhos para ela.

— Sobre o que você precisaria fazer piada?

— Hum, talvez sobre tudo! — Seu riso vem de algum lugar bem profundo e parece explodir. — Não foi o desejo que fiz para a estrela ontem à noite, mas eu também já quis o mesmo que você. Talvez seja por isso que nem o meu nem o seu foram realizados. Estamos sobrecarregando o sistema.

— Talvez a fábrica de desejos precise de uma nova central de atendimento.

—Você é engraçado — ela diz. — Mesmo que seja mentiroso.

— Quê? Por que sou mentiroso?

Jamie se inclina para a frente, tão perto que consigo ver seus poros. Só que ela não tem poros. A pele dela é a mais perfeita que já vi. É como um creme. Seu rosto me faz lembrar de amêndoas. Seu queixo, sua testa, suas bochechas, é tudo liso, mas com traços e angulações bem definidos.

— Se a sua vida é tão incrivelmente fantástica — ela sussurra —, por que você está aqui?

CINCO

POR QUE EU ESTOU AQUI? Porque caí de um telhado, óbvio, mas eu jamais contaria isso a ela.

Encaro Jamie direto nos olhos.

— Não sei por que estou aqui.

— Humm. — Ela olha para os joelhos, e parece que alguém alterou a luminosidade do lugar. Tudo fica monótono. Ela troca as pernas, recruzando-as do outro lado. Penso que talvez ela vá olhar de novo para mim e trazer a luz de volta, mas não. Aqueles olhos, com os cantos levantados apesar das olheiras, observam tudo na sala, exceto a mim. As plantas de plástico, o chão monótono de linóleo. Se fixam por alguns instantes na interpretação que o hospital dá ao termo "decoração". Como aquele pôster do gatinho pendurado no galho. AGUENTE FIRME. Um gatinho com problemas de coordenação motora pode ajudar a resolver os nossos problemas? Então pronto. Posso ir para casa agora?

A atenção de Jamie eventualmente se volta para o meu gesso. Depois que lê os desenhos e recados, ela levanta a cabeça e me encara. Volto a ser banhado de luz (não olhe diretamente para ela, não faça isso, não se entregue), e fecho os olhos.

— Fera? — ela pergunta. Abro os olhos e lá está ela. O rosto que lançou mil… carros. Não, rebocadores. Navios. Um desses.

— Esse é seu apelido? — ela pergunta. — Te chamam de Fera?

— Pelo visto, sim.

— Por quê?

Ergo meu antebraço e mostro para ela. A palma da mão virada para mim, e o casaco de pele cobrindo toda a extensão virada para ela. Pelos por toda parte, de cima a baixo, até nas articulações.

— Posso tocar? — ela pergunta.

— Hã… Tá.

Ela alisa o dorso da minha mão de forma gentil, como se estivesse encostando na cabeça de um recém-nascido.

— É macio.

Puxo a mão discretamente. Agora sou tipo um cachorro? Ela fez um carinho como se eu fosse um bichinho de estimação?

—Vamos nos reunir? — a dra. Burns pergunta. — Alguém tem um tópico que gostaria de abordar?

Uma garota no canto levanta a mão e, se eu a visse andando na rua, abriria caminho para não atrapalhá-la com a minha respiração. Tudo nela é de uma precisão perfeita. O cabelo parece dividido por um raio laser, e os botões da roupa estão completamente alinhados. Enquanto minha mochila está largada no chão com todas as tralhas se esparramando para fora, a bolsa dela permanece em posição de alerta aos seus pés, como um cão de guarda.

— Dra. Burns — ela diz. É uma afirmação e não uma pergunta.

— Sim, Gabrielle?

— Ainda é difícil explicar pra minha família que as coisas pelas quais estou passando são preocupações reais. Eles acham que eu estava maluca quando me cortava — Gabrielle disse.

— Eles dizem que isso é coisa de garotas brancas, que meninas negras não fazem esse tipo de coisa.

— Como isso fez você se sentir? — dra. Burns pergunta. Eu aproximo um pouquinho minha cadeira da porta. Se é essa a pergunta que vem depois que qualquer coisa é dita, não me surpreende que essas garotas sejam robôs.

— Como se eles não se importassem — Gabrielle responde. — Como se ninguém se importasse.

Tenho que me segurar para não rir. Ah, Gabrielle, vai por mim. Ninguém dá a mínima para como você realmente se sente. Nem seus amigos nem ninguém.

— Obrigada, Gabrielle. — A dra. Burns assente com a cabeça e olha para mim. — Dylan? Você gostaria de acrescentar algo?

— Eu não me corto com lâminas de barbear — digo. — Então não acho que deveria estar aqui.

Uma garota magra demais, Hannah, pula da cadeira. Fico surpreso que ela tenha força para isso.

— Se ele acha que não deveria estar aqui, então deveria ir embora — ela diz. — O que ele disse é ofensivo.

— Concordo — Jamie diz.

Jamie se mexe como se tivesse sido perfurada por um alfinete. De repente, me sinto mal.

A Dama da Escuridão capitã do navio da melancolia levanta a mão. A dra. Burns aponta para ela.

— Sim, Maldita?

— *Maldita?!* Seu nome é *Maldita*? — eu digo, surpreso.

— Nós tratamos os outros com respeito aqui — a dra. Burns diz para mim.

— Desculpe, desculpe, não deveria ter dito isso. Mas é tão perfeito.

— Vai se foder, homem das cavernas — Maldita retruca, ríspida.

— Olha o xingamento — a dra. Burns fala, fazendo seu papel de juíza.

— Posso escolher o nome que eu quiser — Maldita diz, com raiva. — Não preciso de nenhum machistinha agindo como se eu precisasse da opinião dele. — Ela parece prestes a jogar uma cadeira na minha cabeça. — Você nem me conhece.

— Posso dizer o mesmo — respondo.

— Ah, mas tudo bem você bancar o superior por causa do nome ou da aparência de alguém? — Ela fecha a cara.

— Pelo menos você escolheu… — eu paro. Puxo a aba do

boné para baixo e encolho os braços. *Cala a boca, cala a boca, cala a boca*, repito mentalmente enquanto cerro as mãos.

— Pelo menos o quê, Dylan? — a dra. Burns pergunta.

— Nada. — Olho fixamente para as minhas unhas. Minhas mãos relaxam e levanto a cabeça. Dou um sorriso forçado para que elas vejam que não tenho más intenções. Sou um cara legal. Além do mais, sei quando estou em desvantagem. Não quero que elas se revoltem e me afoguem num mar de gloss. — Nada. Esquece tudo que eu disse.

Maldita dá um suspiro e revira os olhos.

— Gostaria de saber o que você estava prestes a dizer.

— Somos duas — diz Gabrielle.

— Somos três — concorda Jamie.

Ela sorri na minha direção, numa discreta oferta de paz.

Segurando a mandíbula, passo os dedos pelo queixo. A barba por fazer que apareceu depois do almoço faz mais barulho que papel de lixa. Respiro fundo.

— Eu ia dizer... — Reflito sobre como me expressar. — Que pelo menos a Maldita pôde escolher seu nome e a maneira como se veste. É isso.

— Hã... — uma voz baixinha sussurra.

— Diga, Emily — a dra. Burns diz para a deusa loira. Só que ela não é uma divindade e eu não sou um gladiador prestes a traçá-la no assento de trás da minha carruagem dourada. Somos apenas duas pessoas sentadas em círculo.

— Entendo essa sensação — ela sussurra. — Porque tenho doze anos e, às vezes, me sinto presa. Como se não tivesse escolhido ser desse jeito, como se não houvesse escapatória. É uma jaula. Ou uma cadeia, ou qualquer coisa parecida. Tenho medo de levantar a mão na sala de aula. Não quero que ninguém tenha motivo para me olhar.

— Obrigada, Emily — a dra. Burns diz. — Isso foi muito sincero.

Ela dá um sorriso para a dra. Burns. Vejo que usa aparelho roxo nos dentes e me sinto enjoado. Ela tem *doze anos*? Minha garganta aperta e quase engasgo. Meu Deus, eu sou um pedófilo.

Não é de estranhar que toda garota no mundo inteiro me evite como se eu fosse a praga.

Me desligo do ambiente.

A sessão parece durar eras e, além de contar para todo mundo as cinco coisas boas sobre Jamie, não abro mais o bico. Durante o resto do tempo, fico ausente. Isso não é para mim e eu aceito, tudo bem. Vim para deixar minha mãe feliz. Tentei e agora chega. Fim.

Emily me cutuca com o cotovelo.

— O quê? — pergunto.

Ela aponta para o resto do grupo. Todas estão me encarando. Jamie se remexe, um sorriso nervoso estampado naquelas bochechas vermelhas.

— Você ainda está entre nós, Dylan? — a dra. Burns pergunta.

— Hã... Sim?

— Que bom! O que gostaria de acrescentar à discussão? Quer dar alguma contribuição a respeito do que Jamie acabou de falar? — a dra. Burns questiona.

A respeito do que Jamie falou? As cinco coisas boas?

— Eu... Bem... — Merda. As garotas sequer piscam. Elas esperam uma resposta.

Deve ser essa a sensação de estar sob julgamento num tribunal.

— Acho que tudo bem.

— É mesmo? — Jamie pergunta.

Dou de ombros.

— Hum, é claro. Por que não acharia isso? Não tem problema.

Ela sorri. Um sorriso de verdade, não falso como antes.

O tempo acaba e junto minhas coisas para voltar para casa. A dra. Burns põe a mão no meu ombro quando estou quase saindo.

— Espero te ver por aqui na semana que vem.

Balanço a cabeça.

— Só tinha que vir aqui uma vez e acho que já está bom.

— Bem, então foi um prazer te conhecer — ela diz, recuando para me deixar sair.

Liberdade! Até o ar tem um cheiro melhor fora daquela sala. Tão claustrofóbica. E não me viro para ver as garotas irem embora, sem chance. Empurro minha cadeira para o corredor e sigo em frente. Não quero ver Emily voltando para a aula no sexto ano. Nem sentir os olhares letais no rosto quase transparente de tão magro de Hannah. Não quero ouvir os sapatos polidos de Gabrielle ecoando pelo chão enquanto ela marcha para conquistar o mundo. E com certeza não quero ver a Maldita. Tipo, por nenhum motivo, em qualquer momento do futuro. Passo.

Elas não vão sentir minha falta. Jamie também não. Ela já tem namorado. Talvez até uns nove. *Não é, pai? Você assistiu a todo esse espetáculo ridículo? O que você acha de eu ser desprezado por uma sala inteira de garotas? Nada de novo sob o sol, né?* Olho rapidamente em volta, procurando algum sinal de concordância vindo do além. Uma listra torta em um padrão, um cadarço desamarrado de alguém que passa por perto. Qualquer coisa.

Estou sempre procurando alguma coisa fora do lugar que possa confirmar que ele está me ouvindo. Se estou perdido em algum pensamento incômodo, qualquer detalhe — uma página da internet que não carrega, o leite que vai vencer em um dia, qualquer coisa — pode ser meu pai me dizendo: "Está tudo bem. Eu estou contigo. Ainda estou aqui".

Porém, não capto nada. Só o silêncio de sempre, então guardo a falta de resposta em um cofre dentro de mim e tranco. Assim que está tudo escondido, meu celular vibra. Tiro do bolso e vejo que tem uma mensagem do JP que diz: *Você já falou com o Adam Michaels?* Droga, ainda não. Não estou com pressa: ele é do último ano e do time de basquete. Dessa vez, a cobrança pode ser um desafio.

As outras dezoito mensagens de texto são da minha mãe, todas usando gírias da internet porque ela é uma *mãe descolada*, e é isso que *mães descoladas* fazem.

Mals! Atrasada, mega reunião!

Dsclp querido <3! Trabalho… vc sabe como é.

Pfvr ñ fique puto!

T <3 d+, ñ esquece!

Compenso c Mac!

(Se bem q Mac eh uma empresa do mal)

Sei q vc <3 nuggets!

Te levo um pct de 20

(Ainda q seja gosma de galinha triturada)

(Elas são torturadas em gaiolas pquenas)

Blz?

Ou vc quer um big mac?

2 big macs? (Se bem q as vacas sofrem p fazer carne + queijo)

Avise assim q puder...

Depois disso veio a onda de emojis. Emoji de coração roxo, emoji sorrindo, emoji de coração rosa, emoji de panda (por que panda? O McDonald's vende McPanda agora?), emoji de hambúrguer e batata frita... *Recebi suas mensagens*, respondo. *Vou estudar enquanto te espero. Pare de se preocupar.*

E qt aos nuggets?, ela responde na hora.

Pode ser, respondo. Pego o dinheiro que ela me deu e compro um chocolate e uns pretzels. Penso na possibilidade de pegar um suco também, mas acabo desistindo. Fodam-se as frutas.

T <3!!!, ela me envia.

Suspiro. Não é que não tenha tentado encorajá-la a fazer uso correto da língua; eu tentei, mas ela ficou presa em 2003.

Te amo também, respondo. Preciso fazer isso. Se não puser um fim na conversa, uma avalanche de emojis vai destruir meu plano de dados, e preciso dele para conversar com meus amigos de verdade. Tipo quando o JP se vangloria que não comeu a última gostosa que caiu no colo dele porque "ela merece um cara que se importe com ela". Tão altruísta da parte dele.

Com os doces no colo, sigo até a frente do hospital. Sento sob o grande toldo e espero. Não tem muito que olhar. À esquerda, tem uma saída para a estrada. À direita, o ponto de ônibus. Nada especial, só uma caixa lisa e monótona de metal com alguns pôsteres, um banco e um cronograma em um poste. Um dos pôsteres chama minha atenção. Parece a propaganda de um *podcast* que eu curto sobre coisas que você perdeu na aula de história. Chama literalmente Coisas que Você Perdeu na Aula de História. Sempre ouço enquanto faço o dever de casa porque gosto de sentir como se meu cérebro quicasse de um lado para o outro e as informações colidissem, ecoando entre os hemisférios. A sensação de fazer o gráfico de uma derivada de f enquanto aprendo sobre um surto de terror causado por vampiros no século XVIII na Nova Inglaterra deve ser parecida com a de fumar um baseado inteiro.

Empurro a cadeira até o ponto de ônibus. No fim das contas, era um pôster de uma banda qualquer. Um show marcado para os próximos dias. Uma banda se chama Coisas (tão original) e a outra se chama História Perdida. Cerro os punhos e sacudo eles no ar, como um velho irritado. Maldito pôster. Me fez vir até aqui por uma propaganda enganosa, que absurdo. Estou prestes a voltar quando freio de repente.

No canto mais distante, sob o domo gigante de acrílico, encolhida como uma bola minúscula de botas, pernas e saia, Jamie está ajoelhada.

SEIS

— Jamie? — eu digo, e ela levanta rápido.

— O que você tá fazendo aqui?

Olho de relance para a esquerda e de volta para ela.

— Estava vendo aquele pôster. E você?

Ela olha para a câmera que tem nas mãos.

— Estava tirando fotos.

— Do quê?

Jamie dá de ombros com a velocidade de um relâmpago, como uma mola pressionada com força.

— Tem uma, hã, ferrugem, sabe, ali no canto — ela diz. — É vermelha. O poste é azul. É uma imagem interessante.

— Ferrugem. — Recuo a cadeira um pouco, e seus ombros suavizam e relaxam de imediato. Começo a ranger os dentes. Nós conversamos uns vinte minutos. O que aconteceu com nossas cinco perguntas? Ela está agindo como se eu estivesse prestes a assassiná-la ou algo assim. — Certo. Vou te deixar em paz, então.

Viro a cadeira na direção oposta à do ponto de ônibus quando de repente a roda de trás escorrega na calçada e vai parar em um pequeno trecho de terra, perto de crisântemos recém-plantados. Minha perna direita estica de forma estúpida, cheia de recados medíocres, e fecho a cara enquanto tento sair dali. Minha mãe vai chegar a qualquer momento, e não estou pronto para sua avalanche de perguntas. Giro em torno do próprio eixo e empurro, mas não saio do lugar.

Olho para baixo, ao redor da cadeira. Um calombo me impede de ir para a frente. Estou preso.

—Vai. — Dou um empurrão nas rodas, jogando meu peito para a frente para ganhar impulso.

— Eu te ajudo. — Jamie se aproxima por trás.

— Não. Eu consigo.

Ela se afasta com mãos para o alto enquanto volto a grunhir para a calçada.

—Tudo bem aí? — ela pergunta.

Não respondo. Talvez essa seja uma das regras da terapia; como é que eu vou saber? Segurando as rodas, viro em direção ao hospital. Minha mãe vai surtar se eu não estiver lá.

— Ei — Jamie chama.

Eu paro.

— Posso tirar uma foto de você na cadeira de rodas?

— Não.

Ela corre para a minha frente.

— Não?

— Não — repito, cabeça baixa, olhando fixamente para o colo. Aqueles joelhos felizes dela estão bem na minha frente.

Não posso sair pegando atalhos por aí, isso já aprendi. Tenho que ir pela calçada, nem que precise passar por cima dela.

— Não posso fotografar nem uma vez? Só uma? — ela pergunta.

— Sem chance — digo. — Não deixo nem a minha mãe tirar foto de mim.

— Jura? Por quê?

Levanto o rosto para ela.

— Por que você se importa?

Ela fica boquiaberta.

— Não precisa ser grosso.

— Calma aí. Foi você que agiu como se eu fosse cortar sua garganta no ponto de ônibus, e agora entra nessa de fique paradinho aí e pose para uma foto?

— Você me pegou de surpresa.

— É um espaço público.

— Bem, talvez eu fique nervosa em espaços públicos.

— Bem, talvez você seja maluca.

Ela alisa a saia.

— Talvez você não saiba como é ser uma garota.

Um enorme sinal vermelho de PARE aparece dentro da minha cabeça. Abortar missão. JP sempre diz que, quando garotas começam a choramingar sobre como é difícil ser uma garota, sorria e concorde e mude de assunto assim que possível.

— Você tem razão.

— Obrigada. Posso tirar sua foto, então?

— Não!

— Dylan...

— O quê?

— Olha. — Jamie se aproxima, abaixa e me mostra a tela da câmera. — Eu realmente sou boa. Está vendo? — Ela muda de uma imagem para outra. Sombras atrás de uma porta, um lápis de ponta quebrada, uma seringa vazia cercada de agulhas, as costas nuas de alguém, um fio de tecido, comida intocada, frascos vazios de remédio, uma cortina meio puxada, um close de seu olho e, finalmente, a ferrugem.

—Você não sabe o que está fazendo — digo.

— Como assim? — ela retruca, furiosa.

— Não que você não saiba como usar a câmera... mas do que são essas fotos?

— Da vida, seu babaca — ela dispara. — Porque somos seres humanos e deveríamos nos importar com o fato de estarmos vivos, não com o triunfo de sentar ao lado de um idiota na hora do almoço.

— Peraí. Não use uma das minhas coisas boas contra mim. Não é justo — digo. — Eu tinha que dizer alguma coisa naquela sala idiota, e sim, talvez ter um bom lugar para sentar ao lado do cara mais popular da escola seja um bônus para alguém como eu.

— Alguém como você.

—Você sabe o que eu quero dizer. — Inclino a cabeça para baixo outra vez e me escondo sob o boné.

Jamie desliza a tampa da lente sobre a câmera e a guarda de volta na bolsa.

— É, eu sei. Tolice minha achar que havia algo além. Agora, se vai continuar bancando o babaca misterioso, meu ônibus está chegando.

— Não estou bancando o misterioso — digo, rodando atrás dela. Ela não desacelera. Isso só me faz falar mais alto. — Não estou!

Jamie entra no ônibus e paga a passagem. O motorista me vê e aciona o mecanismo para rebaixar o ônibus para perto da calçada com um ruído estridente. Uma aba de metal se desdobra e o motorista espera que eu suba, o que faço. Se um carro branco passar, agora mesmo, neste instante, será um sinal do além de que devo entrar no ônibus.

Um carro vermelho passa voando, seguido por um caminhão prateado. Em seguida, um carro branco.

Foi perto, pai.

O ônibus me engole, fecha a porta hermeticamente e leva meu dinheiro. Respiro fundo. Estou dentro. Estou no ônibus. De olhos arregalados, observo o estacionamento. Se minha mãe está lá, não a vejo. E então me dou conta de que não me importo.

Estou no ônibus, indo para bem longe, para algum lugar distante e isso é incrível. Abro um sorriso tão grande que sinto que queimei a cara de sol. Aperto os apoios de braço da minha cadeira e observo, distraído, as árvores que passam voando por mim.

— Está tudo bem com você? — Jamie pergunta.

— Estou muito bem agora.

— Você parece chapado.

— Não estou drogado — resmungo. — Mas não saberia dizer, essa é mais a sua praia.

Ela balança a cabeça.

— Desculpe, acho que não ouvi direito o que você disse, porque, por um segundo, fiquei com a impressão de que você me chamou de drogada.

— As seringas. — Me inclino para a frente e sussurro. — Na sua câmera. Eu vi, mas não se preocupe, não vou contar pra ninguém.

Quanto mais o pescoço de Jamie se inclina para trás, mais seus olhos se fixam nos meus.

— Não passou pela sua cabeça que aquelas agulhas e seringas poderiam ser dos remédios que me mantêm viva?

— Tipo para diabetes?

— Algo assim.

— Então... — digo, lentamente. — Você é diabética?

Ela aperta os lábios como se estivesse chupando um limão.

— Sim — ela diz, finalmente.

Olho para seus pulsos, mas ela está de manga comprida.

— Cadê seu bracelete?

— Meu o quê?

Aponto para suas mãos.

— Para os técnicos de emergência médica. Caso a sua insulina baixe demais e você desmaie atravessando a rua.

Ela esconde as mãos rapidamente sob as axilas.

— Eu não uso. Eles são feios, então pare de olhar.

Coço o queixo.

— Imagino que você tenha diabetes tipo 1, então não

tenho certeza para que são os frascos de comprimido. Talvez doses altas de...

— O.k., chega, dr. Sabe-tudo. Já entendi: você é inteligente — ela diz, me interrompendo. — Mas não estamos numa mesa-redonda sobre o histórico médico da Jamie, então vamos falar do clima.

— Mas você está na terapia.

— Você também.

Balanço a cabeça.

— Na verdade, não. Só fui a uma sessão para deixar minha mãe feliz.

— Sua mãe te mandou para a terapia?

Existem tantas, mas tantas maneiras de responder essa pergunta.

— Hã, não. Não exatamente. Meu ortopedista que fez isso.

— Um ortopedista te mandou para a terapia? Puta merda, Dylan, você quebrou a perna de propósito?

— Quê? Não!

Agora é ela quem se inclina para perto de mim. Tento não deixar a proximidade me inebriar.

— A nossa terapia é voltada para pessoas com comportamento autodestrutivo. — Ela gesticula em direção à minha perna. — Então, se fez isso com você mesmo, precisa de bem mais do que só uma sessão.

Eu me viro para a janela.

— Para onde estamos indo?

— Nós? — ela diz, quase engasgando. — Desculpe, você estava achando que *nós* estávamos indo a algum lugar? Porque você subiu no ônibus sozinho. Não costumo passear de ônibus com pessoas que insultam meu trabalho e presumem que eu injeto heroína.

Ela muda para um assento do outro lado do corredor, sentando de braços cruzados e pernas dobradas.

De repente, o ônibus fica frio.

— Eu não entendo nada de fotografia — digo.

— Isso é óbvio.

— Por que você gosta de fotografia?

— Por que eu deveria te contar?

— Porque quero aprender.

Os olhos de Jamie se voltam de novo para mim. Ela põe a mão na bolsa e tira a câmera, apertando as laterais da tampa da lente e guardando-a em um bolso. Seus dedos tocam um botão, e o obturador acorda com um clique. Ela olha pelo visor e tira uma foto do fundo do ônibus.

— Ela enxerga mais do que eu. Captura momentos imperceptíveis. Coisas que você acha que são fluidas, mas na verdade são sólidas. Como a luz — ela diz, mas mal consigo ouvir a sua voz com o som do motor. — Coisas inesperadas. Vulneráveis.

Ela aponta a câmera para mim e eu me escondo com o braço.

— Não faça isso.

A câmera desce, revelando o rosto dela.

É um rosto tão interessante.

— Tire uma selfie — eu digo.

— Já tirei — ela responde. — Milhares.

— Milhares?

Jamie encosta a câmera na bochecha.

—Você acha que sou egocêntrica?

— Não. — Mas talvez tenha um pouco de inveja.

Ela puxa a saia para baixo e ajeita a câmera sobre a perna. Juro que ela se aninha ali como se fosse um gato de estimação.

— Eu poderia tirar uma foto legal de você com uniforme, se quiser.

— Que uniforme?

— Seu uniforme de futebol americano.

— Eu não jogo futebol, do mesmo jeito que você não é viciada em heroína.

— Não joga? — Odeio a surpresa no rosto dela. — Imaginei: temporada de futebol, sua perna, não pode jogar. Vai pro banco de reservas. Depressão, autodestruição, aquela coisa toda.

— É hora de rever seus conceitos.

Não consigo voltar a encará-la depois disso.

O mundo nunca vai me ver como o cara inteligente, o cara que saboreia equações como pedaços de pão mergulhados em sopa quente. Todos, exceto a minha mãe, acham que as fileiras de dez nos meus boletins são erros trimestrais. Por que estou me matando por notas quando poderia estar dando empurrões em outros brutamontes, trazendo glória para a cidade?

Se fosse um magricela franzino de quarenta e cinco quilos que mal consegue botar uma mochila nas costas, ninguém pensaria duas vezes. Seria: "Oh, vejam só! Olha o Dylan no topo das menções honrosas outra vez. É claro que ele conseguiu; não é um menino extraordinário? De fato. Vamos enviá-lo para Oxford com uma bolsa de estudos Rhodes, onde ele poderá se esconder em uma torre e acabar com a visão lendo todos aqueles maravilhosos livros de história".

E aí está. Meu sonho.

Nunca contei para ninguém que queria essa bolsa de estudos. Que quero acordar em um dormitório de oitocentos anos de idade na Inglaterra e correr para ter aula num prédio que parece ter saído de um livro do Harry Potter. Que quero beber num caneco alto de cerveja e conversar sobre tudo na The Bird and Baby, a taverna onde J. R. R. Tolkien almoçava com C. S. Lewis toda terça-feira.

Quero entender o câncer e não só o tipo celular. Todo câncer, porque essa merda está em todo lugar, de várias formas diferentes. Existe pouquíssima diferença entre um tumor maligno e os julgamentos das bruxas de Salem em 1692. Com o mundo indo todo para o buraco, um fazendeiro de setenta anos chamado Giles Corey se recusou a se declarar culpado pela prática de bruxaria, então o prensaram até a morte. E o que ele fez? Encarou todos os presentes e disse: "Mais peso". Isso é impressionante para mim. Gosto de pensar que meu pai agiu de forma parecida em seus últimos dias. Ele morreu com vinte e seis anos. Gosto de imaginar que ergueu as duas mãos para mostrar o dedo do meio e disse "manda mais", porque foda-se o câncer.

Não sei se existe algo como um oncologista histórico ou um oncologista historiador, mas não vejo por que eu não poderia ser o primeiro. É uma melhoria e tanto em relação a um curso idiota tipo introdução ao artesanato com miçangas pra vender na praia. Oxford é o lugar ideal para o dr. Dylan Ingvarsson, mestre e PhD, fazer um pouco das duas coisas.

Só meu pai conhece meu sonho mais secreto. Estar morto o torna mágico porque ele virou oficialmente parte da história, por menor que seja. Mas, se eu contasse para uma pessoa viva que meu maior desejo é, de alguma forma, misturar história da Idade Média com a cura do câncer, ela diria: "Ah, legal, toma aqui uma bola de futebol".

Tente não mordê-la com muita força.

Meu estômago parece cair num poço e, nesse exato momento, tudo que quero é ir para casa e afundar na cama. Pego o celular e acendo a tela. Vinte e duas mensagens, todas da minha mãe. Eu deveria sair desse ônibus e ligar para ela. Dizer que pensei em facilitar a vida dela e ir para casa de ônibus.

Um ônibus que acabou indo na direção errada.

— Ei — Jamie diz, levantando. — Vem comigo.

— Pra quê?

O ônibus desliza até parar em um espaço vazio reservado na calçada. A porta se abre. Ela olha por cima do ombro.

— É agora ou nunca.

Ela atravessa o corredor pisando firme com as botas. Meu celular começa a vibrar. Não paro para pensar na rapidez com que o enfio de volta no bolso. Estou ocupado demais dando um grande empurrão na cadeira. O motorista me vê e o ônibus começa a baixar. É agora ou nunca.

SETE

O CENTRO DE PORTLAND PARECE TER SIDO PROJETADO por um garoto de cinco anos para quem alguém deu um pedaço de papel e uns lápis de cor e disse: desenhe uma cidade. Os quarteirões quadrados têm prédios retangulares de alturas variadas com janelas de vidro. Muito básico. Ponto fácil numa partida de Imagem e Ação. Mas, como qualquer cidade, não são os prédios que a tornam um bom lugar para visitar, são as pessoas — e essa cidade é uma mistura completa. Ciclistas, ativistas ambientais, pessoas que curtem steampunk e comida gourmet, marmanjos em minibicicletas, esnobes viciados em cafeína. Você precisa achar alguém com um garfo tatuado no pescoço? Nós resolvemos o problema. Depois de uns anos tomando a chuva daqui, todos têm a mesma camada fina de musgo. Ela nos mantém juntinhos e nos faz amar donuts temáticos de Dia das Bruxas e nunca usar guarda-chuva, mesmo quando está chovendo torrencialmente.

São as pessoas que tornam a cidade incrível, e hoje isso significa nós dois. Jamie e eu, nós somos incríveis.

No meio dessa selva de pedra há um lugar onde o piso é todo de tijolos, chamado Pioneer Courthouse Square. É uma praça onde nós dois sentamos, perto dos degraus, eu na cadeira de rodas e ela em uma cadeira dobrável, segurando copos de café. Meu primeiro. Jamie comprou para mim.

— Acha que vai dar certo? — pergunto.

— Foi por isso que comecei a beber. Um metro e setenta e cinco é altura suficiente. Não tenho a menor vontade de ser uma girafa. Então, por favor, café... — Ela o embala delicadamente nas mãos. — Pare meu crescimento.

Jamie sorri enquanto toma um gole.

— Não te culpo. Também acho que garotas devem ser mais baixas — digo, enquanto tomo um gole do meu copo.

— Espere aí, não ponha palavras na minha boca — ela diz.

— Estou falando de mim. Meu pai foi jogador de basquete dos Trail Blazers, minha mãe é sueca e estou tentando me manter com menos de um metro e oitenta para conseguir encaixar os joelhos na poltrona do avião com algum conforto.

— Seu pai é um Blazer?

Ela me olha como se eu tivesse nove cabeças.

— Você prestou atenção em alguma coisa do que eu disse?

— Bem... Sim, mas você precisa admitir, essa é uma curiosidade interessante.

— Uma curiosidade. Claro. Ele jogou por duas temporadas até romper os ligamentos cruzados dos joelhos e ser obrigado a se aposentar. Nessa cidade, só os mais aptos sobrevivem. Agora ele vende equipamento de navegação. — Jamie dá uma olhada no celular para ver a hora.

— Entendo o que sente — digo logo em seguida. Não quero que ela vá embora. — Sobre o avião. Aquelas poltronas são tão pequenas, é insuportável.

— Mas o que você quis dizer exatamente com essa história de que garotas devem ser mais baixas?

Dou de ombros.

— Foi o que ouvi falar.

— Quem falou?

— Meu melhor amigo, o JP. Ele tem padrões específicos. Garotas devem ser mais baixas, não falar enquanto você está jogando videogame e ter cabelo comprido.

— Ele parece um verdadeiro príncipe, hein?

Faço uma careta e baixo o olhar para o café. A bebida está muito quente. Até agora o gosto é horrível.

— Só estou dizendo.

Ela gesticula na direção de uma mulher que atravessa a praça.

— Ela. Aquela mulher de óculos, o que acha dela?

— Você diz de um modo geral? — Dou uma olhada de cima a baixo. — Ela deve ter quase quarenta anos, meio velha para vestir moletom e jeans. E estão furados. Ela parece uma sem-teto.

Jamie assente discretamente e aponta para outra moça.

— E ela?

— Ela precisa endireitar a coluna, está corcunda demais. Tipo, ela seria bonita se tentasse, mas dá pra perceber que não está tentando.

— Que pena.

— Bem, mais ou menos — digo. — Acho que ela seria uma garota simpática se sorrisse.

Jamie pega a câmera e tira fotos das duas antes que desapareçam, seguindo seus caminhos.

— Sabe o que eu acho? Elas são fenomenais do jeito que são. Talvez você entenda isso um dia. — Ela levanta, guardando as coisas. — Acho que não quero saber o que você pensa a meu respeito. Até mais. — Jamie arremessa o copo vazio na lixeira e se afasta.

— Espere — eu grito atrás dela.

Ela vira.

— De todas as pessoas do universo, quem você pensa que é para julgar os outros, Dylan?

Eu solto meu café e líquido marrom se esparrama pelos tijolos enquanto rodo a cadeira atrás dela.

— Porque eu vivo isso, entende? Todo dia. É pra mim que todo mundo olha e pensa: "Graças a Deus, pelo menos não me pareço com aquilo".

Ela ajeita o cachecol no pescoço quando o vento o tira do lugar.

Ela está de pé na minha frente com todos os ossos alinhados da forma estética mais agradável possível, e agora quem revira os olhos sou eu. Que piada. Ela é linda e sabe disso. Sempre em busca de aprovação. Olhando em volta o tempo todo para ver quem está olhando para ela e, quando fazem contato visual, joga o cabelo para o lado e dá um sorrisinho. Como se assinalasse outro quadradinho na coluna do "sim".

Jamie pode ser toda "nossa, você é tão babaca, olha como você julga os outros", mas ela é perfeita. Não existe lugar onde não seria bem-vinda, porque é uma garota muito atraente e humanos gostam de olhar para pessoas atraentes. É ciência.

Eu pressiono.

— Alguém como você não saberia nada sobre isso.

Ela pega a câmera com as duas mãos e fita o visor por um bom tempo até levantar a cabeça para me olhar.

— Estou feliz por ser quem sou.

— Claro que está. Você é maravilhosa.

Ela começa a rir de um jeito nervoso.

— Ai, céus. — Jamie vira a cabeça para longe, escondendo as bochechas coradas.

— Mas quem liga, não é? — digo. — Porque a aparência não importa, certo? Somos todos raios de sol sorridentes no céu, no chão, sob as árvores, somos todos pétalas de flor iguais e superespeciais, ou qualquer coisa do tipo. — As palavras explodem para fora da minha boca, ganhando impulso dentro de mim. — Se você acredita nesse lixo de que somos todos lindos flocos de neve, ótimo. Eu não acredito. Desde o sexto ano não acredito mais nisso, e não é agora que vou voltar a acreditar.

O rosto dela é tomado de pena e sinto raiva de saber que é direcionada a mim.

Recuo a cadeira.

Minha perna está me matando. O dr. Jensen me passou uma receita de demerol e implorei para minha mãe comprar o remédio, mas ela se recusou. Pelo visto, basta um demerol e vou acabar em algum buraco sujo, fazendo oral em estranhos em troca de metanfetamina. Em vez disso, ela encheu um saquinho plástico com ibuprofeno e guardou na minha mochila. Pego o saquinho agora e engulo tudo de uma vez.

— Acho melhor ligar para a minha mãe.

— Não, não faça isso — ela diz, com uma suavidade que não estava lá antes. — Mães devem ser evitadas a todo custo.

— Bom, minha mãe provavelmente já preencheu um boletim de ocorrência porque desapareci.

— E daí? — Jamie diz. Ela pega a câmera e tira algumas fotos. — Não merecemos um pouco de tempo só para a gente?

— Ah, agora estamos falando de *nós*? Porque achei que você estivesse indo embora.

— Talvez eu tenha mudado de ideia.

Ela observa minha cadeira e perambula lentamente em torno da estrutura de cromo e das superfícies de borracha, se segurando para não apertar o botão da câmera. Eu desisto.

— Pode tirar foto da cadeira — digo a ela.

— Obrigada! — Ela se abaixa sobre um joelho e liga a câmera. — Da sua perna também? — pergunta, sem mudar de posição.

— Tá bom, mas só isso.

Ela vibra de alegria. Provavelmente estava louca para fazer isso desde que nos conhecemos no grupo. O botão clica um milhão de vezes. Quando Jamie levanta a cabeça para respirar, ela lambe os beiços. Saciada.

— Sabe, não somos tão diferentes. — Ela mexe na tampa da lente sem colocá-la no lugar. A coisa ainda está viva. — Tenho uma confissão a fazer. Talvez seja mais um aviso. — Jamie ajeita uma mecha de cabelo rebelde atrás da orelha. — Aqueles pensamentos que você tem? Julgando a aparência das pessoas? Eu também tenho, e não consigo evitar. Minha última escola tinha um monte de garotas maldosas e eu era uma delas. Você não podia dar dois passos sem uma de nós fazer um comentário sarcástico do tipo "ai, que nojo, ela parece um botijão de gás, esse jeans é muito menor do que ela deveria usar". Já fiz muitas garotas chorarem no passado e não quero repetir isso. Estou tentando ser uma pessoa melhor. Pelo menos, quero ser melhor. — Ela sorri, iluminada. Praticamente uma escoteira.

—Você teria falado comigo na sua antiga escola?

Seu sorriso se desfaz.

— Provavelmente não.

— Essa doeu.

— É verdade — ela diz. — Tenho… problemas. Quando você me surpreendeu no ponto de ônibus, me trouxe de volta lembranças ruins. Estou tentando deixar isso para trás.

— Então qual é a sua? Passar tempo comigo é tipo uma limpeza cármica pra você? Já que costumava ser má com pessoas feias, ganha créditos porque me comprou um café?

— Soa bem mal quando você diz desse jeito, né?

Parece que levei um soco.

Me ajeito na cadeira de rodas e olho fixamente para o céu. Nenhuma nuvem. Nenhum pássaro. Só uma neblina cinza opressiva. Quando volto para a Terra, Jamie está sentada na cadeira ao lado da minha como se nada tivesse acontecido. Se as minhas pernas estivessem funcionando, eu daria um largo passo para longe dela.

Mas… Por que faria isso? Porque ela é uma pessoa que se arrependeu de ter sido ruim? De certo modo, eu ainda sou.

— Resumindo, somos pessoas horríveis — digo.

Ela dá aquela risada expansiva.

— Se isso significa que podemos tentar ser um pouco melhores a cada dia que passa, então sim, torço para que sejamos pessoas bem horríveis.

—Vamos lá chutar uma pilha de gatinhos dormindo.

— Pfff! — ela zomba. — E você lá tem perna pra isso? Vamos socar uns bebês.

— Sempre se superando, hein?

— Sim. — Sorrimos um para o outro, mas ela cede. — Jamais daria um soco num bebê.

— Então quer dizer que ainda há chances de chutar gatinhos?

—Você é terrível.

—Você quis dizer horrível.

Jamie segura uma taça invisível.

— A nós, as pessoas mais horríveis do mundo.

— Tim-tim — digo, e brindamos com os copos de café. Bebemos ar.

— Mas obrigada — ela diz. — Por ser legal. Comigo. Isso é incrível.

— Hum… Por que eu não seria?

Ela ergue a mão para brindar outra vez antes de espalhar o que restava no copo falso ao vento.

— É por isso que você é tão legal. — Ela sorri.

Morri. Tento evitar, mas não consigo. Poderia pedir para ela me beliscar, mas tecnicamente isso é contato imediato e talvez me matasse um pouco mais. O máximo que consigo fazer é esticar a mão e coçar os pelos curtos no meu queixo.

— De nada.

— Dylan! — Minha cabeça gira à menção do meu nome. Droga. Minha mãe.

Com o casaco bege voando, ela dispara na minha direção.

— Aí está você! Querido, que susto você me deu! O que aconteceu? Onde você estava? Quem era aquela garota?

Começo a fazer uma apresentação apressada, mas Jamie já foi embora, correndo escada abaixo.

— Jamie! — grito, mas ela já está de costas. Ela não olha para trás, andando rápido pelos tijolos como se estivesse atrasada para pegar outro ônibus.

— Ela já foi — digo.

— Por que você não estava no hospital?

— Ela nem disse tchau.

— Dylan. — Minha mãe põe a mão no meu ombro.

— Foi mal — digo, meio zonzo.

— Isso é tudo que você tem a dizer? *Foi mal?* — Minha mãe segura o pegador da minha cadeira de rodas e me dá um bom empurrão. O carro está estacionado em fila dupla, bloqueando o tráfego. Sou levado até o banco de trás; minha mochila é removida e arremessada pela porta aberta. Ela põe as mãos sob as minhas axilas, como se conseguisse me levantar, e então eu acordo.

— Eu consigo — digo a ela, e entro no carro sozinho.

— Ótimo — ela diz, com um leve tom de sarcasmo. — Estava duvidando um pouco. Pensei que talvez tivesse sofrido algum dano cerebral ou qualquer coisa terrível.

—Você quis dizer horrível.

— Que seja. Por que você não estava me esperando no hospital?

A cidade passa voando. Em algum lugar atrás de mim, Jamie está tirando fotos. Queria estar junto com ela, enquanto procura rachaduras e marcas que possa registrar com a câmera.

— Dylan!

— Desculpe. — O interior da minha cabeça parece estar com a mesma consistência de creme de manteiga batida. Resgato minha história lá de dentro. — Pensei em facilitar sua vida e pegar um ônibus para casa. Era o ônibus errado. Acabamos parando no centro.

— Quem era aquela garota?

— Jamie. Nos conhecemos no grupo.

— Se vocês estão no grupo juntos, então é lá que deveriam estar. Não perambulando pela cidade.

O carro parece menor do que o normal, considerando que o banco do passageiro está todo abaixado para apoiar minha perna quebrada e meus dedos quase encostam no porta-luvas.

—Você devia ter ligado, Dylan. Ou mandado mensagem. Revirei o hospital inteiro. Perguntei para a equipe de segurança, para cada médico e enfermeiro no corredor. Ninguém sabia onde você estava. Foi péssimo. Estou muito chateada.

—Você já disse.

— E você não se importa!

— Eu me importo — resmungo. Jamie não se despediu.

— Tem que me ligar antes de fazer uma dessas — ela resmunga, antes de dar um longo suspiro. — Tá bom. Vamos fazer um acordo. Você pode andar de ônibus com sua amiga, mas tem que me ligar antes.

— Eu não posso ter um tempo só para mim?

— Não vou ter essa discussão com você agora, Dylan.

— Não é uma discussão!

— Não levante a voz para falar comigo.

Olho bravo para ela pelo retrovisor. Brigar com a minha mãe é uma batalha perdida, então desisto. A arma secreta dela é a culpa. Não importa o que eu faça, ela me derruba com seus trunfos: viúva, mãe solteira e sem dinheiro. O que quer que eu esteja enfrentando, não é comparável às dificuldades dela. Porque eu não tenho a menor noção do quanto a vida dela é difícil… Normalmente, corro para o quarto com meus livros, mas dessa vez estou preso no carro com ela e acho que nem estudar me faria sentir melhor agora.

— Como você sabia onde eu estava?

Ela olha para os céus.

— Pedi que seu pai me desse um sinal. Ele me disse aonde ir.

Arregalo os olhos.

Minha mãe leva a mão ao coração e continua a dirigir. Seguimos para casa. Fico quieto e observo o céu com ciúme. Ao longo dos anos, pedi um milhão de vezes ao meu pai para me ajudar com um milhão de coisas diferentes. Estou esperando a resposta até agora.

OITO

No DIA SEGUINTE, parece que a minha escapulida para o centro nunca aconteceu. Esta noite minha mãe e eu estamos aninhados na nossa casa minúscula de dois quartos com um prato a mais na mesa. Mas não nos importamos. JP tem um palácio com quartos e banheiros infinitos, cheio de coisas, lá longe em Irvington, mas prefere morar na casa na árvore que seu pai construiu para ele. É uma casa na árvore bem bacana, não me leve a mal, com eletricidade e tudo, mas no inverno fica meio fria e desconfortável, então de vez em quando ele aparece aqui. É uma casa no solo, onde pode sentar, comer e se sentir um garoto normal. Quando éramos pequenos, eu sempre queria ir para a casa dele — os brinquedos eram muito melhores —, até que percebi que havia uma diferença brutal entre a maneira como as nossas mães criavam os filhos.

Nunca conversamos sobre isso. Nunca. Mas o assunto paira no ar, como uma sombra, te seguindo em silêncio. Porque, puta merda, se eu fosse o JP também nunca voltaria para casa. E também ficaria na sala do meu melhor amigo jogando videogame, que é exatamente o que estamos fazendo.

— Dá o fora daqui, seu bosta. — Os dedos do JP voam com o controle novo.

Passo correndo por cima de seu cadáver enquanto ele evapora e troco de arma.

— Toma essa — digo.

— Ah, é assim? — JP gasta uma vida e reaparece no início do nível, bem longe, perto do Empire State em ruínas. — Me aguarde — ele diz, e corre para tentar me alcançar.

— Tô morrendo de medo — digo. — Pode voltar. Ainda vou te matar. — Posiciono meu carinha para saltar de uma pilha de táxis amassados e hesito. Odeio essa parte. É aqui onde sempre me ferro. Não me sinto mais confortável com a ideia de pular.

Droga. Morro e volto para perto do Empire State.

— E a Fera está no sufoco outra vez — JP diz.

Às vezes é *ele* que eu tenho vontade de sufocar. Ele é sempre... Sei lá. Sortudo. Ele é sortudo. Não sei como consegue, mas seja qual for o truque que guarda na manga, as garotas praticamente fazem fila para esperar sua vez. Ah, se elas soubessem que essa pose toda de *brother* do skate é puro fingimento... Ele se faz de skatista durão, mas na verdade desce do ônibus dois pontos antes para fingir que foi de skate para a escola.

JP me xinga depois de eu matá-lo:

— Chupa, seu monstro peludo.

— Chupa você.

— Não preciso, a Katie vai fazer isso pra mim mais tarde.

Resmungo em voz baixa porque esta é a questão: não tenho a menor ideia se é verdade ou não. JP costuma se dar bem, com certeza, mas não tem como saber se está dizendo a verdade ou exagerando. Ele já foi pego fazendo os dois, então deixo para lá.

JP diz que já transou, mas foi com uma garota que conheceu quando estava no acampamento de beisebol. Calma aí, existem garotas no acampamento de beisebol? Ah, o.k., ela estava no acampamento de *softball*. Mesmos campos, prédios diferentes. Claro. Por que não? E ela era da Califórnia, onde eles não têm e-mail nem celular, então não há como manter contato. Claro.

Estranhamente, agora eu tinha o mesmo problema. Queria contar a ele sobre Jamie, mas não havia como provar. Nenhum número, nenhum e-mail, sapatinho de cristal, nada. Jamie existe, mas ela parece boa demais para ser verdade. Uma garota — não, espera — uma garota *interessante*, que até o JP acharia gostosa, comprou para mim (sim, para mim!) um café e nós dois conversamos. Por um bom tempo, em um dia perfeito de outono, houve um "nós". Nunca soube como era essa sensação antes (foi incrível) e talvez nunca mais saiba, o que é deprimente.

— Ei, hum, e o Adam Michaels? Já falou com ele?

— Merda. — Esqueci completamente. E também meio que torcia para que Adam Michaels já tivesse pagado. Ele é um pouco mais velho e não tão grande quanto eu, mas tem tamanho suficiente para causar algum estrago. Prefiro quando eles não têm chance de lutar. — Pode deixar.

—Valeu, cara. — JP dá uma guinada para lançar outra chuva de balas de fogo nos guardas que protegem o grande vilão. — O que está achando do controle?

— Incrível — digo, porque realmente é. Então rio comigo mesmo, porque é engraçado, as coisas estúpidas que fazemos um pelo outro, JP e eu. Mas tudo bem, eu vou lá falar com o tal do Adam Michaels.

Minha mãe aparece na porta da cozinha e o cheiro de molho de tomate invade o ambiente.

— Prontos para o jantar?

— Com certeza — JP responde por nós dois.

Ele pausa o jogo, salta do pufe e corre em direção à cozinha como se fosse um garoto da fazenda quando a mãe chama pro rango. Deixado para trás, arrasto meu corpo das profundezas, grito mentalmente em agonia porque minha perna dói pra cacete quando me mexo, e dou pulinhos ridículos até chegar ao meu lugar na mesa. Embora ainda não devesse andar, não tenho opção. Minha cadeira de rodas está dobrada e recostada na porta como um guarda-chuva porque nossa casa é pequena demais para usá-la aqui dentro. Em vez disso, uso uma bengala para me locomover entre os aposentos. Tento me mover graciosamente, mas isso não acontecia nem quando as minhas duas pernas funcionavam.

A cadeira de madeira range sob meu peso. Levanto o gesso para deixá-lo elevado e espero a dor passar. Não passa, e fico desejando ter a capacidade de esfregar os ossos até colocá-los no lugar. Minha mãe distribui almôndegas orgânicas alimentadas com grama nos pratos repletos de massa e molho. Duas para ela, cinco para o JP, doze para mim. Justíssimo.

— Prontos? — ela pergunta.

Os dois abaixam a cabeça. Minha mãe agradece ao Universo. JP agradece a Deus porque, ao contrário de mim, ele é um católico de verdade, que não frequenta o St. Lawrence só porque é a melhor escola da cidade. Enquanto dizem suas palavras sagradas, eu finjo. Como nunca sei para onde endereçar minhas preces, simplesmente penso: *Oi, pai.*

Os dois levantam a cabeça novamente e começamos a comer.

—Vai com calma nesse queijo — minha mãe me diz.

Levanto o parmesão do ralador.

— Por quê?

— Porque esse é o último do mês.

Dinheiro. Ou seja, quando terminar de jantar, tenho que ir estudar para poder entrar em Stanford, Yale, Harvard ou MIT com tudo que tenho direito. Um dia esse cachorro vai ter pedigree.

Mas, enquanto levo a comida à boca (mesmo com as despesas de alimentação cada vez maiores, nunca pedimos para o JP ajudar a pagar porque aparentemente garotos perdidos comem de graça), eu me pergunto... Eu trocaria de lugar com o meu melhor amigo? A resposta é sim. Sem pensar duas vezes.

Me imagino acordando no corpo dele. Um sorriso com meus dentes perfeitos que se alinham numa fileira perfeita sobre a outra e já estaria colecionando garotas em meus braços esguios. Meu cérebro com o corpo e o dinheiro dele? Eu seria invencível. O mundo não está pronto para isso. Eu nunca devolveria seu corpo. Ele ficaria preso dentro do meu corpo antigo e, cara, seria um sofrimento para ele. Mas aposto que sem sombra de dúvida ele pegaria meu corpo e faria algo bem estúpido. Não leria um livro para equilibrar um pouco as coisas. Ele deixaria seus piores instintos aflorarem e acabaria na prisão. Sem dúvida.

Cerro o punho embaixo da mesa. Às vezes me pergunto o que aconteceria se meu pavio realmente acendesse. Não soco ninguém desde o ano passado. Foi algum cara do penúltimo ano. JP tinha me pedido para fazer isso, como sempre, mas daquela vez eu gostei. Gostei mais do que deveria. Não é meu tamanho que me assusta. É o que carrego dentro de mim. Meu Hulk secreto está sempre logo abaixo da superfície, me provocando. Mas conheço os truques para mantê-lo adormecido.

O JP não tem controle. O ego dele é controlado pelo id: eu quero, eu quero, eu quero.

Ele teria vontade de esmurrar alguém e não saberia quando parar.

Deixo essa fantasia para lá. Ele sempre será ele, e eu sempre serei eu. Ele terá seu rosto, seus genes. Tudo que precisa fazer é aguentar mais alguns anos e estará pronto para a próxima. Seu pai pagará a universidade sem qualquer problema. Meu amigo poderá vagabundear por quatro anos e conseguir um diploma qualquer, sorrir com seus dentes perfeitos e ficar numa boa para sempre. Eu, não.

Mas tudo bem. Culpa da ciência. Paciência.

Minha mãe põe a mão no meu ombro.

— Está tudo bem, querido?

— Hein? — digo, voltando a mim.

—Você parece um pouco chateado.

— Estou bem — falo. Meu prato está vazio, a comida foi engolida no piloto automático.

JP arrasta metade de uma almôndega pelo molho vermelho espesso, seus olhos acompanhando a trajetória.

— Foi uma semana difícil.

— Né? — digo.

—Você tem razão — minha mãe concorda.

— Não consigo acreditar que ainda é quarta-feira.

— Meio da semana é um inferno. Mal consigo esperar até sexta — JP diz. — Mas não quero ter que lidar com sábado e domingo.

—Você sabe que é sempre bem-vindo aqui — minha mãe responde.

JP assente com a cabeça.

— Obrigado. É só que... Não sei, minha mãe está ainda pior esses dias e parece que não importa o que...

Minha cadeira range alto quando a arrasto para o lado para levantar.

—Tenho prova na sexta. Preciso estudar. — Minha perna começa a latejar assim que levanto.

Os dois me encaram, surpresos. Minha mãe franze a testa.

JP adota a mesma expressão que usa na escola quando está falando com os caras na mesa do almoço. Aquele meio sorriso ligeiramente vidrado. Sua máscara.

— Arrasa na prova, Fera — ele diz, levantando o queixo para pontuar o fim da frase.

Os dois continuam de onde pararam, JP explicando o último surto da mãe. Ela é cruel quando está bêbada. Isso só me faz sair de lá mais rápido. Não consigo ficar para escutar, não sei por quê. Eu queria apoiá-lo, mas prefiro deixar quieto. Te entendo, somos amigos, mas bola pra frente. Ouvir os problemas dele com a mãe me deixa com vontade de descer até o porão e ver os trens.

Quando meu pai recebeu o diagnóstico, começou a construir trilhos para trenzinhos. Eu era um bebê na época, então minha mãe só me contou mais tarde, mas tudo ainda está lá embaixo. Empoeirado e perdido. Com o passar dos anos, meu pai ampliou a construção e adicionou pequenas montanhas e vilarejos. Ocupa um canto inteiro do porão, próximo de espelhos grandes. Talvez ele quisesse que as arvorezinhas e trilhos se refletissem até o infinito. Um pai e um filho em miniatura esperam na estação de trem vermelha desbotada por uma locomotiva que nunca virá.

A coisa toda funciona. Todas as luzes, todos os interruptores e todas as casas com portas e janelas que realmente abrem. Ele até deixou uma decoração de natal para enfeitar a cidade inteira no fim do ano. Minha mãe tentou despertar meu interesse por trens aos oito anos de idade, e de novo quando eu tinha dez. Nunca quis apertar aquele botão e ligar tudo. A coisa toda me deixava muito triste, mas não sabia ainda como nomear esse tipo de tristeza.

Ainda não sei.

Cambaleio até a sala para pegar minha mochila da escola, mas minha perna dói tanto que preciso descansar. Minha mãe teria aceitado pegar aqueles malditos remédios se soubesse qual a sensação de ossos tentando se expandir dentro do gesso.

Estou crescendo de novo. Eu sei disso. Não há nenhum livro, teste de revista ou *podcast* capaz de me salvar.

Penso em Jamie. Ela me entende.

Outro copo de café parece uma ótima ideia neste momento — vamos cortar o crescimento dessas pernas pela raiz! —, mas o dia da reunião está muito longe ainda. Mais uma semana. Tudo que preciso fazer é aguentar firme e poderemos ser horríveis de novo.

Afundo na cadeira mais velha e macia que temos e desapareço no meio das almofadas. Sem madeira para ranger, só umas molas gastas que cederam anos atrás. Minha mãe odeia essa cadeira. Quando senta nela, não consegue se levantar porque é um abismo de tecido xadrez puído e espuma gasta. Um dia foi do meu pai, mas eu tomei posse dela.

Puxando alguns livros da mochila, abro um e balanço a cabeça rápido e com força. Foco. Estudo. Química. Vamos nos *atrair* pela lei de Coulomb (trocadilho proposital), porque cargas opostas produzem uma força de atração enquanto cargas similares produzem uma força de repulsão. Sou feio pra cacete, então vamos pegar umas equações adoráveis para dançar pra mim.

— Como estão as coisas em casa? — minha mãe diz, alto o suficiente para que eu ouça também. Eu deveria ter ido lá em cima.

JP suspira.

— Ela tropeçou na mesa de centro e apagou. De novo.

—Você acolchoou as beiradas, como conversamos?

— Sim, mas isso deixou ela ainda mais furiosa e ela jogou as proteções fora. Ela entrou numa de "não sou um bebê!" e tal, mas está realmente mal agora.

— E você mandou aquele e-mail pro seu pai?

— Ele não dá a mínima — JP diz. — Eu poderia pagar para um avião escrever isso no céu em cima do escritório dele e ele não faria nada. Ele diz que ninguém pode fazê-la voltar para a reabilitação, então não é mais problema dele.

Ouço ruídos de tecido. Não preciso vê-los para saber que estão se abraçando.

Minha mãe abraça, eu bato. Vai entender.

Quando o JP começou esse negócio de empréstimo lá no oitavo ano, não dei muita atenção. Por que daria? Estava lá quando aconteceu a primeira transação. Chase Cooper queria um pacote de chiclete e faltava um dólar. JP cobriu o pagamento dele e, uma semana depois, com a minha ajuda, obteve dois dólares de volta. Preciso admitir, até que foi divertido empurrar Chase contra a parede. Gosto da adrenalina. Agora estamos no ensino médio e seu projeto paralelo se ampliou para a escola inteira, o que é estranho. Ainda mais porque ele não precisa de dinheiro, nunca precisou, mas essa é sua peculiaridade, e cada um tem a sua. Algo para se distrair da vida real. Ele se diverte transformando caras que precisam de um favor em clientes que devem algo a ele. Então, se posso deixá-lo feliz de alguma forma, é isso que faço para ajudar. Melhor do que ficar sentado na cozinha.

Quando minha mãe levanta para colocar mais gelo nos copos, guardo minhas coisas na mochila discretamente e me afasto furtivo do sofá. A bengala é de madeira e tem uma ponta de borracha desgastada que costuma fazer barulho quando toca o chão, mas me esforço para ser tão leve quanto uma bola de algodão.

Leva uma eternidade. Volto a respirar quando estou no quarto com a porta fechada. Pulo até a janela e observo o telhado. A bola de futebol continua me provocando. Fecho a cortina e sento à escrivaninha, ignorando a tentação de ir pegá-la. Procuro algum *podcast* que ainda não tenha escutado, mas já escutei todos, por isso escolho aleatoriamente um sobre camuflagem ofuscante. A lombada do livro de química estala quando o achato contra a madeira plana. Estou lendo, mas meu olhar escapa da página. Minha mãe e meu melhor amigo estão lá embaixo falando sobre o melhor jeito de desviar de garrafas de vinho, enquanto minha perna berra de dor.

Tipo, Deus do céu. A mãe dele arremessa garrafas vazias nele. Eu já vi as marcas. Ele me mostrou. E, depois disso, jp balança a cabeça, com seu cabelo perfeito, corpo perfeito e rosto perfeito, então desaba contra a parede, parecendo um jovem deus grego num dia ruim. Me ocorre que eu ainda trocaria de lugar com ele. A qualquer momento. O que isso diz sobre mim?

NOVE

—Tire a roupa e suba na cama — o enfermeiro diz. — Precisamos medir sua altura.

Esse é o sonho de qualquer adolescente às oito e meia da manhã de uma terça-feira. Ficar seminu em um hospital e ser levado de maca até o setor de cirurgia. Ontem tive uma consulta de emergência com o dr. Jensen e ele viu os exames e disse: "É, esse gesso precisa ser retirado o mais rápido possível".

—Você deveria ter me contado assim que sua perna começou a doer — minha mãe diz.

— Sua mãe está certa — o enfermeiro concorda. Ele dá entrada no computador e digita algumas coisas. — As placas de crescimento podem ficar desreguladas, se é que já não estão.

Minha mãe inspira abruptamente, como se fosse ela que estivesse com dor.

—Você precisa tirar a roupa — ele me diz, e lança um olhar para a minha mãe.

—Vou dar uma saída. — Ela sai da sala de exame e fecha a porta, com um clique da maçaneta de metal.

O enfermeiro vira a cabeça na minha direção.

— Alguma coisa que queira perguntar enquanto sua mãe não está aqui?

Sacudo a cabeça em negação.

— Agora é a sua chance — ele diz, tentando me convencer.

O que ele acha que eu poderia querer perguntar? Onde fica o prostíbulo mais próximo? Inclino o boné e levanto a cabeça para olhar para ele da cadeira de rodas.

— Não tem nada, obrigado.

— Tudo bem, então. Roupa de baixo e camisola. — Ele joga um negócio verde minúsculo no meu colo.

Ele deve estar de sacanagem, né? Esse treco tem o tamanho de um lenço.

— Obrigado.

— Sem problemas. Estarei no corredor com sua mãe — ele diz, e sai com a prancheta.

Um espelho de corpo inteiro parece me chamar atrás da porta fechada, e eu viro a cadeira para longe dele. Ficar pelado, mesmo que não completamente, é uma das coisas que menos gosto de fazer. Especialmente quando sempre espero ver outra pessoa olhando de volta.

Mas não hoje. Tenho que ir para a cirurgia, para que substituam esses pinos estúpidos e ponham um novo gesso. Que divertido. É por isso que estou aqui, quando preferia estar na aula de trigonometria.

Está todo mundo meio preocupado com a recuperação da minha perna em um espaço apertado. Os ossos vão se pressionar uns contra os outros e posso ficar todo torto. E a minha resposta para isso é que não me importo. Terei uma desculpa para relaxar a postura.

Uma batida na porta e o enfermeiro entra antes de eu terminar.

— Ainda não terminei — digo, brigando com o jeans. Minha calça está presa.

— Posso te ajudar — ele diz, estendendo a mão para puxar minha calça antes de eu responder. Mas fico lá, mudo e sentado, enquanto ele briga para arrancar minha calça por cima do gesso. Quando termina, ele me devolve a camisola e de repente se dá conta do óbvio. — Opa, cara, isso não vai servir. — O enfermeiro Ryan, de acordo com sua etiqueta de identificação, vasculha embaixo da bancada e puxa uma que é mais próxima do meu tamanho.

Ele fica de pé ao meu lado.

— Tem certeza de que tem só quinze anos? — Ele emite um som que poderia ser confundido com uma risada.

Me empurro para fora da cadeira de rodas e fico mais alto que ele. O enfermeiro é uns quinze centímetros mais baixo que eu. Visto a camisola, mas não sei bem por quê. Recato? Orgulho? Duvido que ainda tenha algum desses.

— Sim, tenho quinze anos.

— O.k., exibido. — Ele aponta para a balança. — Vamos pesá-lo primeiro. Sobe aí.

Fácil para ele dizer isso.

Ele mexe nos ajustes e arregala os olhos.

— Cento e vinte e três quilos.

— Isso é ruim?

— Não. É puro músculo — ele diz, apertando meu bíceps para demonstrar. O enfermeiro me leva até a cama de hospital coberta por uma folha branca e limpa de papel. — Deite aí.

Duas batidas na porta, e minha mãe enfia a cabeça pela brecha para dar uma espiada.

— Posso entrar agora?

Ei, ei, venham todos, a turma toda está aqui. O enfermeiro gesticula para ela ocupar a cadeira vazia ao lado das minhas roupas. Giro minha perna ruim para cima e ela amassa o papel.

—Você está fazendo cara de dor. — Minha mãe esfrega as mãos. — Cuidado, vai com calma.

— Ele está ótimo. — Ryan bate nas minhas costas com tanta força que me sinto ferroado por um milhão de vespas. — Ele aguenta, não precisa se preocupar.

Você está certo, só sinto dor quando estou sendo estripado por um mastodonte.

— É hora de medir a altura. Deite-se reto e não se mexa. — Ele pega um rolo amarelo do bolso e passa a ponta para a minha mãe. — Coloque essa ponta perto do calcanhar dele. — O enfermeiro desenrola a fita em direção à minha cabeça. Ele a pressiona na lateral do cocuruto. — Um metro e noventa e sete. Não me admira que sua perna esteja doendo: você cresceu quase cinco centímetros — o enfermeiro diz. Ele pega a fita métrica e a enrola em torno do meu antebraço. — Flexione.

— Hein?

— Contraia o músculo.

Eu aperto com força.

— O que isso tem a ver com a perna dele? — minha mãe pergunta.

— Nada. Só estava curioso. — Ele pega a fita de volta e a prende entre dois dedos, verificando a extensão dela com um sorriso imbecil no rosto. — Jesus... Cinquenta e três centímetros! Quanto peso você consegue levantar?

Ponho meu boné de novo.

— Nenhum.

— Não acredito nisso. Os braços do Schwarzenegger tinham cinquenta e sete centímetros quando ele estava competindo. Não tem como você ter cinquenta e três sem fazer nada.

— Estamos aqui por causa da minha perna — digo, com a voz mais profunda e gutural que consigo. Tão gutural que meu peito chega a tremer enquanto falo. — Vai logo.

Ryan recua.

— Ei, cara, sem problema. — Ele ergue as mãos, as palmas viradas para mim.

Minha mãe e eu trocamos um olhar e ela se volta para ele.

— Ficaríamos muito gratos se isso pudesse ser resolvido o mais rápido possível — ela diz. — Dylan quer voltar logo para a escola. Ele adora a escola, é muito inteligente.

O enfermeiro sorri, mas dá para perceber que ele quase mijou nas calças com minha pose de macho alfa.

— É só conversa de homem — ele resmunga. Liga o computador, puxando meus exames, e agita seu pequeno cursor sobre toda a tela. — Bem, cá estamos. São os pinos que estão causando o problema, porque estão parafusados nos ossos e, como você cresceu, estão fazendo pressão contra o gesso. Daí a dor. Então o dr. Jensen quer adiantar o cronograma, instalar placas novas e refazer o gesso para ficar liso. Sem pinos.

Ótimo. Já tínhamos repassado isso ontem durante o surto de pânico. Quando descobrimos que meu osso podia estar permanentemente fodido.

— Você deveria ficar orgulhoso — o enfermeiro diz. — Normalmente eles tiram os pinos com você acordado, mas sua fratura foi tão feia e você cresceu tanto que precisa de cirurgia.

"Defenestrar" é uma das minhas palavras favoritas. Não no sentido de mandar alguém para o olho da rua, embora eu realmente quisesse despedir esse enfermeiro, mas no sentido original da palavra, de arremessar janela afora. O rei Jaime II da Escócia defenestrou um sujeito e, se funcionou para ele, imagino que funcionaria para mim também. Por que não? Gostaria de pegar o enfermeiro Ryan com meus poderosos braços de cinquenta e três centímetros e defenestrá-lo.

Plaf.

Aposto que minha mãe abriria a janela pra mim.

Ela continua sentada, com as pernas subindo e descendo como um pistão. Sua boca cerrada parece uma linha fina e afiada, tão furiosa que mal consegue falar.

— Quanto tempo mais?

— Ele está agendado para nove e quinze da manhã — o

enfermeiro diz. Ele bate com a mão nas minhas costas outra vez e minha pálpebra treme. — Tudo bem, então, cara. Vou lá falar com o doutor. Sem comida. Sem líquidos. Vejo você daqui a pouco.

Minha mãe grunhe assim que a porta se fecha.

— Dizem que esta é a melhor clínica ortopédica de Portland — tento justificar.

— Quase não me importo mais. — Minha mãe levanta e vem até onde estou desabado na cama. Ela põe a mão sobre a minha. — Você deve estar tão cansado disso — ela diz.

— Acontece todo dia — eu digo.

Ela assente com a cabeça.

— Quando vou parar de crescer?

— Não sei.

— Por que você é tão pequena e eu sou tão grande? — pergunto.

— A genética é esquisita. — Ela aperta minha mão e eu aperto a dela também. — Você herdou isso do seu pai. Ele era um cara grande. Você é igualzinho a ele em todos os aspectos — ela diz.

Isso quer dizer que vou morrer daqui a onze anos?

Ela limpa fiapos invisíveis da minha camisola superelegante.

— Só queria que você soubesse que não está sozinho. — Ela encosta o nariz no meu ombro. — Caso se sinta grande demais, saiba que é só porque às vezes o mundo é meio pequeno.

Repouso minha cabeça idiota em seu ombro. Sua bochecha faz pressão no topo do meu cabelo curtinho, e ela abraça o máximo do meu ombro que consegue alcançar.

Uma nova batida na porta, e ambos ficamos tensos. Chegou a hora.

— Sim? — pergunto.

Uma moça entra com uma cadeira de rodas de tamanho normal.

— Estou aqui para levá-lo para a cirurgia — ela diz, mordendo o lábio quando me vê. — Ah... Eu acho que não... Espere, vou trazer outra cadeira.

Salto para baixo e sento na minha antiga. Superluxuosa e supergrande.

— Sem problemas, eu uso a minha — falo. Ela me empurra e dou um tchau para minha mãe. — Vejo você daqui a algumas horas, quando voltar para este mundo enorme.

DEZ

Acordar da cirurgia não foi tão legal como da última vez. Nenhuma bomba de remédios para dor com um botão divertido para apertar. Tenho certeza de que foi minha mãe quem deu um basta nisso. Pois bem.

Ela está sentada no canto mais distante do quarto escuro de hospital, lendo um livro. Na capa, um pirata beija intensamente o pescoço de uma mulher de vestido vermelho rasgado e cabelo bagunçado. A lombada do livro está marcada. Deve ser um dos seus favoritos. Aposto que é um dos cento e noventa romances que ela esconde sob a cama e eu às vezes encontro quando estou procurando bastões de esqui.

— Que horas são? — pergunto, tossindo.

—Você está acordado — ela diz, enfiando o livro na bolsa. Em um piscar de olhos ela está do meu lado, puxando um banquinho e sentando perto da minha cabeça. — Como você está?

— Bem. Grogue. — Esfrego os olhos e apalpo a cabeça com a palma da mão, o cabelo teimosamente começando a crescer de novo. A sensação é a de esfregar a mão em um porco-espinho.

— Isso é normal — ela diz. — O dr. Jensen disse que correu tudo bem e que amanhã você pode voltar para casa. Quer ver seu gesso novo?

Rolo para o lado e dou uma olhada. Todos os nomes sumiram. Não tem mais a assinatura da Fern Chapman. Sorrio. Ótimo. Ela não está autorizada a assinar este aqui.

— Legal.

—Você teve uma visita.

—Tive? — Ela dá um sorrisinho sorrateiro e aponta. Duas margaridas estão em uma garrafa velha de chá gelado na mesa de cabeceira. — De onde veio isso?

— Uma garota deixou aqui. Acho que é a mesma daquele dia na praça — ela diz. — Jamie? É esse o nome?

Quase caio da cama.

— Jamie esteve aqui?

Como ela soube que fiz uma cirurgia? Ela entrou no quarto? Com margaridas? Será que devo cheirá-las para achar alguma pista ou algo do tipo? Levanto a garrafa. As duas margaridas se inclinam. Não são margaridas compradas. As pétalas têm aquele odor característico e foram mordidas por insetos. As duas hastes irregulares estão nadando em água turva de torneira.

— Então, como foi? — pergunto, no tom mais desinteressado que consigo fingir. — Ela veio aqui?

— Foi tão estranho. Eu estava sentada, lendo meu livro, quando ela irrompeu porta adentro, com um monte de sacolas e botas e só então consegui achar a garota atrás disso tudo. Ela é bonita.

Ela diz isso como se fosse uma surpresa — talvez porque ela tenha vindo atrás de *mim*.

— Ela falou alguma coisa?

— De cara, não. Eu disse, tipo, posso ajudá-la? E ela quase foi embora, mas eu a convenci a ficar.

Aposto que sim. Santa Padroeira da Conversa Fiada.

— O que você contou?

— Como assim?

— Que história constrangedora você contou pra ela?

— Me dê um pouco de crédito. — Ela dá uma fungada. — Descobri que vocês se conheceram no grupo. Jamie estava aqui para uma consulta médica também e descobri que seu prato preferido é bolinho de caranguejo. Taí.

Bolinho de caranguejo. Vou lembrar disso.

Minha mãe se aproxima devagar.

— Então essa é a garota lá da praça.

— Mistério resolvido.

— Queria que ela não tivesse fugido correndo aquele dia; ela é um doce. E coitada… Ela tem um caminho tão difícil para percorrer. — Sua cabeça se inclina para o lado, cheia de empatia.

Fico confuso. Não é como se diabetes fosse uma sentença de morte imediata. A descoberta da insulina pôs um fim nisso.

— Ela não escolheu ser assim; é como ela nasceu. Não acho que tem nada de errado com ela.

Minha mãe assente com a cabeça.

— Quer saber? Bom para você, Dylan. Essa é a atitude certa. Desde que esteja ciente.

Mamãe, a rainha do drama. Volto minha atenção para as flores.

— Mas ela trouxe essas flores?

— É, quanto a isso... — O jeito que ela fala me faz pensar que tem algo de errado. — Jamie pediu para te dizer em letras garrafais que essas são margaridas, e margaridas são para amigos.

— Sério? Sério mesmo que ela falou isso? Você não está inventando?

— Juro que ela falou.

— Então tá bom.

— Ei, você recebeu flores de uma garota, não foi? — ela diz. Ela tem um ponto. — Tenho que admitir que concordo com ela. Acho que vocês dois serão ótimos amigos. E é bom ter amigos.

— Concordo.

— Então é nesse ponto que está o relacionamento de vocês?

— Mãe, não existe relacionamento nenhum. — Ainda. Mas estou na torcida. Mesmo que essas margaridas tenham mandado a esperança direto para o espaço.

— É o melhor mesmo — minha mãe diz, e sorri. — Jamie tirou umas fotos antes de sair.

Seguro no triângulo de metal pendurado em cima de mim e dou um puxão para sentar direito.

— Do que ela tirou foto?

Minha mãe morde o lábio.

— De você.

— O quê?!

— Eu pedi para ela.

— Como você pôde fazer isso comigo?

— Dylan...

— Eu estava inconsciente!

Ela senta e põe as mãos nas pernas.

— Quero ir para casa — digo.

— Nem pensar! Você precisa descansar.

— Sabe que odeio quando as pessoas tiram fotos de mim.

— Escuta — ela interrompe. — Jamie disse que era a primeira vez que via você sem uma carranca.

— Uma carranca. — Dobro os braços. — De novo... Sério mesmo?

Os olhos da minha mãe reviram tanto que apontam para o teto.

— Certo, esse foi o meu jeito de falar, mas tudo bem. *Jamie* disse que era a primeira vez que você não parecia um assassino mal-humorado pronto para matar alguém com um machado. Então ela perguntou se podia tirar umas fotos. Disse que tinha esquecido a câmera, mas que o celular serviria.

Então ela me postou no Instagram. Com um filtro e tudo.

— Ela me mostrou, e pedi para me enviar algumas porque sou sua mãe, você é meu filho, e não tenho fotos suas.

Nenhuma. Você não me deixa tirar fotos suas desde o quinto ano. — Minha mãe vira o rosto, esfregando a ponta do olho com os dedos.

—Você não tem esse direito.

— Bem, talvez você não tenha o direito de fingir que não existe. Já parou para pensar nisso? Pois fique sabendo que você existe, sim. E há pessoas que te amam. — Ela observa o celular aninhado nas mãos juntas. Pondo o celular na minha cara, ela clica para abrir uma imagem com o dedão. —Veja.

É uma foto minha. Um close. Muito parado e quieto. Meus olhos estão fechados, com sombras suaves flutuando em torno da bagunça de ossos que dão forma ao meu rosto.

— Olhe só como você é bonito — minha mãe diz.

— Parece que estou esperando alguém colocar uma máscara de gesso na minha cara.

Minha mãe puxa o celular e o esconde novamente nas mãos.

— Ah, tenha santa paciência, que mentira. — Ela passa o dedo pela lateral do aparelho. — Acho que ela capturou sua essência.

— Apague isso.

— Não.

— Como conseguiu essa foto, aliás?

—A Jamie me mandou por mensagem.

Me apoio no cotovelo.

—Você tem o número dela?

Minha mãe me encara com um brilho nos olhos.

— Eu tenho o número dela.

— Passe pra mim.

Ela sorri.

— Veja só, olha como de repente não é mais tão *irritante* que a sua velha mãe seja amigável com seus amigos, hein?

— Mãe...

— Do nada a foto que tenho no *meu* telefone ficou bem interessante, não é?

— Não me faça implorar.

— Tudo bem, então. — Ela gira o celular. — Tenho uma proposta para você.

— O que é?

— Se eu te der o número dela, fico com a foto.

— O.k. — Anda, me dá isso logo. Tenho margaridas para discutir.

— Além de — ela complementa — qualquer foto futura que ela tirar de você.

— Não haverá nenhuma.

Ela dá um sorriso de canto de boca.

Meus olhos começam a revirar.

— Negócio fechado. Mande pra mim.

Seus pequenos dedos de vaga-lume começam a digitar, e meu celular vibra. Pego ele rápido da mesa de cabeceira. Minha mãe veste o casaco.

— Você deve estar com fome. Vou pegar uma pizza — ela diz.

Aceno para me despedir. Pelo menos, acho que fiz isso. Estou ocupado demais trabalhando no que espero ser a primeira mensagem perfeita. *Ei, Jamie. É o Dylan...*

ONZE

Quinta-feira. É a última aula do dia, e só consigo pensar em Jamie, Jamie, Jamie...

— Dylan?

Só que ainda estou na aula de inglês. Levanto a cabeça, parando de desenhar *O doutor e a senhora Ingvarsson* nas margens do meu caderno, rabiscando por cima com tanta força que rasgo o papel.

— Sim?

A sra. Steig espera pacientemente, mas dá para perceber que está irritada.

— Qual a sua opinião sobre *A letra escarlate*?

— Qual parte? A parte em que uma mulher é malvista por ter desejos sexuais? A era vitoriana cheia de puritanismo? A culpa que Nathaniel Hawthorne sente porque seus ancestrais foram uns babacas em Salem?

A sra. Steig já está cansada desse meu comportamento, mas

sorri porque me adora, então eu só espero ela suspirar e jogar as mãos para cima. Ela cumpre com a expectativa. Bem na hora certa.

—Você já leu o livro ou essa é uma daquelas horas em que você sai pela tangente?

— Sim, li. — Lá pelo oitavo ano, num dia em que fiquei entediado, mas tanto faz.

— Pelo visto você não está interessado em *A letra escarlate* — ela diz.

Dou de ombros.

A sra. Steig olha o relógio. Faltam dez minutos para o sinal tocar.

—Tudo bem, vai fundo.

— Então, não se trata realmente de *A letra escarlate*, certo? Porque todo mundo já disse o que tinha para dizer sobre o livro. Já entendemos. Foi impressionante na época, revolucionário, um grande tapa na cara da sociedade. Todo mundo é hipócrita e ninguém é melhor do que ninguém, então pare de julgar, mas para Hawthorne foi uma grande coincidência, porque foi quase uma profecia sobre o futuro.

Ela cruza os braços e dá um sorriso de canto de boca.

— Como assim?

— Ele se alinha perfeitamente ao contexto da metrópole, a Inglaterra, como um último suspiro antes da Restauração, quando tudo deu meia-volta assim que Carlos II voltou ao trono — eu digo. — Tipo, estamos falando de Nathaniel Hawthorne usar Hester como uma metáfora, fórmula, analogia ou algo do tipo, mas sabia que uma das autoras mais prolíficas e vendidas na Grã-Bretanha, principalmente durante o período de Hester, foi uma mulher chamada Aphra Behn?

A sra. Steig deixa os braços caírem.

— Nunca ouvi falar dela. Ela foi mais prolífica que Shakespeare?

— Não, ele já estava morto quando ela apareceu — digo.

— Mas escreveu bastante e ganhou um bom dinheiro com isso. Ela era escritora em tempo integral, que não é o que se pensa quando se imagina caras de collant e longas perucas encaracoladas. — A Restauração é um dos meus períodos favoritos. Você acha que todo mundo era certinho e casto, mas era o total oposto. — Leia o poema dela "A decepção" e veja se não concorda que Hester poderia ter sido contemporânea de Aphra.

É um poema ousado.

Uma pastora está doida por um pastor e quer perder a virgindade transando loucamente com ele. E esse poema vendeu como água em 1600! É muito maluco.

A sra. Steig puxa o celular e procura o poema. Ela posiciona a cabeça e ombros em um falso estilo teatral, bem brega, e lê com uma voz retumbante:

> "*Lisandro Amoroso*, certo dia,
> Tomado por uma Paixão impaciente,
> Surpreendeu a bela *Cloris*, criada atraente,
> Que se defender não mais podia;
> Tudo conspirou para seu Amor,
> O Planeta dourado do Dia,

Em sua Carruagem conduzida pelo Furor,
Agora descia até o Mar,
Não deixando Luz para guiar o *Mundo*,
Além da que os olhos de *Cloris* pareciam irradiar.

Num *Arbusto* isolado, feito para que o Amor viva,
A Criada consente silenciosa,
Ela com uma Languidez charmosa
Permite sua força, mas gentilmente se esquiva?
Suas mãos encontram suavemente seu Peito..."

A sra. Steig para. Ela continua lendo, de olhos arregalados, e devolve o celular à bolsa.

— Céus, não podemos ler isso em sala de aula. — Agora todo mundo está anotando o nome do poema para ler depois. Sorrio para mim mesmo. Se tem uma coisa que sobrevive ao tempo é o fato de que seres humanos são um bando de nerds excitados que só querem falar sobre *aquilo*.

Espere até eles chegarem ao fim. O tal do pastor não consegue *desempenhar*, por assim dizer, e a garota — a garota! — fica na vontade. Eu nem sabia que isso era possível, mas pelo visto estou uns quatrocentos anos atrasado.

— Bem, taí uma saia justa que eu não previa — a sra. Steig diz. — Onde descobriu Aphra Behn?

— Num *podcast*. — E então encontrei um livro dela na livraria e li.

Todo mundo na sala vira para olhar para mim, mas de um jeito positivo. Estão impressionados. Eu e a Bailey competimos em relação às notas, mas até ela franze o nariz em admiração.

— Deve ter sido um *podcast* e tanto — a sra. Steig diz quando o sinal toca.

Me misturo no fluxo de pessoas no corredor e sou levado até meu armário. Um recado é largado no meu colo por uma garota bonitinha que sai correndo tão rápido que mal tenho tempo de ficar confuso. Acho que é a mais nova namorada do jp. É difícil guardar quem é quem. Tudo que o recado diz é "Adam Michaels?".

Merda. Me viro na direção oposta para achar a ala onde ficam os armários do pessoal do último ano. Todo mundo na escola mal pode esperar até chegar à ala do último ano, porque os armários são pintados de preto brilhante e ficam na parte de trás da escola, onde ninguém os incomoda. Encontro Adam Michaels abaixado, enfiando umas coisas de última hora na mala tiracolo.

Ele dá uma olhada na minha cadeira.

—Você está devendo pro jp — eu digo, abaixando o tom da voz e olhando fixo e sério para ele.

— E daí? — Adam Michaels levanta, com seu mais de um metro e oitenta e seus noventa e tantos quilos fazendo sombra sobre mim. Bem, isso nunca aconteceu antes. Curioso. Justo hoje eu precisava estar nessa cadeira?

Levanto também, e agora fico maior que ele. Também posso entrar no jogo.

Adam Michaels junta o resto das coisas e acelera para longe de mim. Pés velozes, um Hermes e tanto.

— O que um aleijado como você vai fazer a respeito? — ele diz, me deixando sozinho no corredor como uma freada numa cueca branca nova.

— Merda — digo para mim mesmo. Merda de cadeira. Merda de JP.

Não vou atrás dele, sem chance.

Desabo na cadeira e torço para que ninguém tenha visto a cena. Aí eu penso... Droga. Agora me sinto na obrigação de dar uma bela surra nele só para manter minha reputação.

Tive um incidente similar no ano passado, mas não terminou bem para o cara. Um garoto do penúltimo ano que queria umas calotas bacanas que pareciam arame farpado para o carro, mas não estava a fim de esperar até o Natal (porque, vamos ser honestos, Jesus, Papai Noel e o Coelhinho da Páscoa iam rir pra caramba desse pedido). Então JP emprestou o dinheiro a ele. Infelizmente, o cara achou que podia se safar e não pagar de volta um magricela do primeiro ano. Mostrei que ele estava enganado.

Não soquei mais ninguém desde aquele cara. Porque sim. Vê-lo no chão rolando de um lado para o outro, segurando o rosto. Não sei. Não foi a primeira vez que derrubei alguém, mas foi diferente. Quebrei seu nariz e a maçã do rosto com um soco. Machuquei ele de verdade. Isso me assustou. A sensação parou no meu estômago, como um machado fincado em uma árvore.

Perguntei ao meu pai sobre isso, mentalmente. *Isso foi certo? Isso foi aceitável?* Sei que quando meu pai entrava em um bar, analisava o recinto procurando o cara mais bêbado, porque era só uma questão de tempo até o babaca querer provar sua masculinidade e puxar uma briga. Minha mãe me contou essa história quando tentou me preparar para o que meu tamanho traria. Ele olhava para o lugar inteiro do alto, estudando a multidão, e ela sempre levantava e ajoelhava em um banco de bar para perguntar para ele: "Está procurando o quê?".

E ele dizia: "O maior idiota".

Meu pai fazia isso — dava socos em outras pessoas. Então deve ser aceitável, porque é isso que estou fazendo, socando idiotas.

Só que não quero sair na porrada com Adam Michaels. Mas temo que farei isso, e agora fico me perguntando: o que isso significa? É como subir de nível? Talvez seja o curso natural das coisas.

É como ter os ímãs mais fortes do mundo dentro de mim, fazendo pressão um contra o outro. Socar, aniquilar, esmagar ossos. Não, não faça isso: deixe pra lá, seja da paz. Use a cabeça dele como pano de chão; você não pode deixar alguém te desrespeitar desse jeito. Dê uma risada e esqueça, quem se importa, águas passadas. Empurra, puxa. Eu quero as duas coisas e não quero nenhuma delas.

Talvez se deixar Adam Michaels em coma, nunca mais terei que fazer isso pelo JP. Minha reputação falará por si.

É uma ideia atraente.

O que será que o Adam quis? Fones de ouvido moderninhos? Tênis novos? Como eu disse, não é da minha conta. Não me importo. Além disso, quem se importa com Adam

Michaels quando Jamie está na minha cabeça? Ela está sempre na minha cabeça, cada hora em um canto.

Ouço uma voz chamar meu nome.

— Dylan! — Tá, Dylan sou eu. — Dylan! Uma palavrinha, por favor! Não vá para casa ainda!

Não estou no clima para mais atrasos.

— Ei, treinador Fowler.

Ele acelera o passo, e seu apito prateado balança de um lado para o outro. Meu caro, pra mim você perdeu a dignidade quando começou a me encher o saco para praticar um esporte pelo qual não tenho o menor interesse. Ofegante, ele chega e põe a mão pesada no meu ombro.

— Sei que já tivemos essa conversa antes... — ele começa.

— Sim, e minha perna ainda está quebrada.

— Mas ano que vem não vai estar! — ele diz. — Seria incrível se pudéssemos contar com você. Seria uma grande ajuda para a escola ter você no time.

— Sabia que o mais longe que cheguei foi jogar numa escolinha quando tinha dez anos de idade?

Ele joga as mãos para o alto.

— Não me importo! Serei seu mentor, te darei uma recomendação para qualquer escola que quiser. Puxa, eu até te levo de carro para fazer um tour das universidades!

— Já disse que não. — Vai, time Cérebro.

— Se está preocupado em ficar para trás, você tem tempo de sobra para aprender.

Não é tão difícil aprender a ser uma parede de tijolos.

— Mais uma vez, não estou interessado.

— Dylan, por favor... — Ele se aproxima, sussurrando. — Pense nas garotas!

Eu sorrio.

— Já tenho uma — digo, virando a cadeira para ir embora. — Até mais, treinador.

Deixá-lo lá de mãos abanando no corredor foi bom, mas sabe o que foi ainda melhor? Ir ver Jamie para conseguir mais. Mais passeios de ônibus e mais cinco coisas boas sobre ela e simplesmente mais de *tudo*. Eu quero mais. A gente só se viu numa sala cheia de gente biruta — mas agora sou eu quem está sentindo algo meio maluco. Estou sentindo esperança.

Minha mãe me pega e começa a dar um sermão assim que afivelo o cinto.

— Nada de escapulidas hoje. Você cumprimenta aquela garota e vai na reunião, mas fica no hospital, entendeu?

— Aham.

— *Sim* — ela exige.

Cristo.

— Sim.

Ela começa a divagar sobre a terapia e como está preocupada e blá-blá-blá. Não consigo convencê-la de que estou ótimo e não preciso de terapia, então só assinto com a cabeça ritmicamente. Sim, estarei lá quando você for me pegar. Sim, ouvirei o que a médica tem a dizer. Sim, irei participar. Mas o tempo todo meu coração está batendo no ritmo de Ja-mie, Ja-mie, Ja-mie, Ja-mie...

Desaceleramos perto da entrada e ela me ajuda a descer. Minha mãe me passa a mochila e me olha direto nos olhos.

—Vai me esperar aqui daqui a quanto tempo mesmo?

— Noventa minutos.

Ela me sufoca em um abraço apertado.

—Te amo, querido. Tenha uma boa sessão. Seja forte.

Dentro do lobby, rodo a cadeira até nossa sala deplorável e me pergunto se ela vai ter chegado mais cedo, como eu.

— Ei — ela diz, atrás de mim.

Eu giro. É ela.

Jamie se reclina contra uma caixa de extintor de incêndio.

— Quer dar o fora daqui e fazer algo horrível?

—Agora mesmo.

DOZE

Dez minutos depois estamos do outro lado da rua em um pequeno parque onde crianças minúsculas se revezam em um escorregador para cair em uma esponja molenga disfarçada de grama. Mães fingem não olhar o celular enquanto empurram os filhos nos balanços. Me pergunto se elas realmente têm algo para ver ou se só estão entediadas. As crianças não se importam. Elas balançam, pulam e brincam sob as folhas que flutuam entre os últimos raios de luz da tarde.

Não é que Jamie e eu queiramos estar aqui com essas mães, mas o parque é perto o bastante para eu poder voltar ao hospital em noventa minutos. Perambulamos sem destino específico e acabamos sob um antigo domo que foi transformado em coreto. Ela se segura no poste de ferro e deixa a gravidade puxá-la para o degrau de pedra abaixo com um baque.

— Só não queria ficar ali, sabe? — ela diz. — Estou cansada daquilo. Da verborragia.

— Sei como é. — O ar está fresco sem a ameaça de chuva, e levanto o rosto para o sol. Meus olhos podem estar fechados, mas consigo enxergá-la claramente entre as folhas vermelhas e amarelas fulgurantes. Jamie está na minha cabeça como uma imagem esculpida em diferentes camadas de pedra. Forte e inesperada. Por mais nervoso que eu esteja de estar aqui, e estou extremamente nervoso, me sinto feliz.

Espero que ela se sinta da mesma forma.

Jamie levanta e tira algumas fotos aleatórias do parque.

— Decidi que não preciso mais de terapia — ela anuncia.

— É? Por quê?

Ela dá de ombros.

— Porque sou a pessoa mais normal que conheço.

— Também acho que não preciso. É um grande desperdício de tempo.

— Um viva para nós; estamos curados.

— Prefiro estar aqui.

Ela arrasta os pés de leve e ri.

— Eu também.

Jamie está reclinada contra um poste, observando as crianças brincarem. Sem tirar fotos, mas abraçando a câmera como se estivesse melancólica. Sonhando.

— Uma moeda pelos seus pensamentos — eu digo.

— Mão de vaca. — Ela sorri. — Estava só pensando em quando eu era pequena. Tipo, eu sabia exatamente quem eu queria ser, mas não tinha ideia de como chegar lá.

— O que você queria ser?

Ela me encara, olho no olho.

— Acho que queria ser mãe, mas não entendia isso ainda. Faz sentido?

— Hum... — Olho de relance para as crianças e depois novamente para ela. — Então é só ter uns filhos daqui a dez anos quando você for bem velha, tipo quase trinta. Não é tão difícil.

— Para mim é — ela diz. — Não posso ter filhos.

A diabetes. Eu já tinha ouvido falar sobre isso. Minha mãe sempre chora quando assiste *Flores de aço*.

— Adoção. Barriga de aluguel. Existe um milhão de jeitos de contornar o problema. Você ainda pode ser mãe.

— Eu sei, eu sei. — Jamie vira a câmera para as árvores e tira fotos da luz sarapintada do sol e das folhas caídas. — E vou ser. Só estou me acostumando com a ideia agora. — Ela para de tirar fotos por tempo suficiente para me dar um sorriso contido. — Você não acha esquisito eu querer ser mãe?

— Não. — Balanço a cabeça de um lado para o outro. — Por que acharia? Muitas garotas querem ser mães, não?

Ela suspira, abrindo um sorriso despretensioso, como uma folha ao vento.

— Eu gosto de sair com você.

Hum, dã, estar no parque em um dos dias mais bonitos do ano com ela é incrível.

— Também gosto de sair com você.

— É por isso que você é tão legal, Dylan. Pontos para a humanidade.

— Posso trocar meus pontos para perguntar uma coisa?

Jamie muda de posição e senta direito.

— Pode.

— É algo que estou morrendo de curiosidade de saber.

Ela endireita as costas.

—Vai fundo.

— As margaridas — digo. Eu estava envergonhado demais para mencioná-las antes. Pensei em mandar uma mensagem dizendo:"E essas margaridas, hein? São as melhores flores do mundo!". Mas pareceu muito idiota. Eu simplesmente apagava a mensagem e falava sobre filmes, músicas, livros favoritos... Tudo, menos as margaridas.

— Ai, é mesmo, as margaridas! Tinha esquecido delas!

— Bom, eu não esqueci.

— Desculpe — ela adiciona depressa. — Não quis dizer nesse sentido.

—Tudo bem. Como você soube que eu ia fazer uma cirurgia?

—Tenho meus informantes.

— Não pode simplesmente me contar? — JP diz que garotas fazem joguinhos. Esse deve ser um deles.

— Vou ao hospital um milhão de vezes por semana. Eu conheço o pessoal de lá.

— Mas como me encontrou?

— É meio constrangedor. — Os dedos de Jamie roçam a lateral do seu rosto, mas ela está nervosa e eles vão parar no brinco, como um porto seguro. — Mas talvez eu tenha contado para uma certa pessoa que trabalha na praça de alimentação do lado dos quartos da ala de ortopedia sobre um café que comprei para um cara. E talvez tenhamos conversado bastante sobre isso. E talvez ela tenha visto ou ouvido falar de alguém que correspondia à sua descrição sendo conduzido para uma cirurgia. E talvez ela tenha quebrado todas as regras de confidencialidade ao me contar isso, então não diga para ninguém. Não quero que ela seja mandada embora.

—Você conversou com alguém sobre mim?

Jamie vira a câmera para o próprio rosto e faz uma careta horrível com a boca, puxando os cantos para baixo e pressionando os dentes uns contra os outros enquanto o botão da câmera faz clique-clique-clique. Ela retorce o rosto de vários jeitos diferentes, com sorrisos de escárnio de dar medo e caretas com o queixo protuberante. Parece que alguém está marcando ela com ferro em brasa.

— O que está fazendo? — pergunto.

— Autorretratos — ela diz.

— Por que está fazendo essas caras?

— Porque é como estou me sentindo.

Ela começa a fazer outra expressão monstruosa e eu abaixo a câmera.

— Pare.

— Oi? — ela puxa a câmera.

Seu olhar me faz sentir como se tivesse sido mergulhado em água fervente. Em carne viva.

— Não quero ver você assim.

— E se este for meu verdadeiro eu? Acha que pode lidar com isso?

Eu pisco. Talvez essa seja a fera da Jamie emergindo.

— Sim. Posso.

Ela abaixa a câmera e repassa as fotos mais recentes, apagando algumas e mantendo outras.

— Por que você passa tanto tempo no hospital? — pergunto.

— Eu te conto se você me contar — ela diz, sem levantar a cabeça.

— Negócio fechado.

— Terapia. — Jamie se abaixa perto de mim. — Vou a tantas terapias, às vezes nem sei onde minha cabeça está — ela diz. — Terapia familiar, terapia individual, terapia de grupo, não termina nunca.

— E por que tanto?

— Meus pais se "preocupam" comigo — ela diz, fazendo aspas no ar. — Houve um incidente na minha antiga escola. Descontei algumas coisas em mim mesma. Eles entraram em pânico. Agora minha mãe diz que tudo faz parte do processo de cura.

— Um incidente?

— Fui espancada, o.k.?

— Por uma daquelas garotas?

— Não. Por um cara.

Fico furioso.

— Um cara te bateu? Tá de sacanagem comigo? Que tipo de lixo humano faria isso com uma garota?

— Pontos! — Ela faz a mímica, jogando-os no ar na minha direção.

— Quem é ele? — grunho. Quero saber.

— Tão cavalheiro… — O rosto de Jamie se ilumina com a

ideia. — Mas então, isso aconteceu, e aí fui pega fazendo uma coisa estúpida que não quero contar. Sua vez.

— Coisa estúpida?

— Que não quero contar. Sua vez.

Minha vez.

— Eu caí de um telhado.

— Caiu ou pulou?

Não existe um verbo que descreva o que realmente aconteceu. Eu meconfundipuleicaí. Tento escolher entre uma infinidade de palavras, mas fico com uma só.

— Caí.

— É isso? E aí você foi parar no grupo?

— É.

— Bom, isso parece meio superprotetor.

— Não é? — eu pergunto.

Qualquer coisa de nervosismo que tenha sobrado desaparece. Some. Estou com Jamie e Jamie está comigo, e é como se as borboletas no meu estômago tivessem sido dopadas.

Ela levanta de repente e tenta escalar o gradil do coreto.

— O que você está fazendo?

— Quero ter uma visão ampla do parque — ela diz. — A luz está muito boa.

— A que altura você quer chegar? — Levanto da cadeira de rodas e dou pequenos pulos até ela.

— Como assim?

Me inclinando para a frente, ofereço a mão para ela pisar.

— Eu te levanto.

— Não quero te machucar — ela diz.

—Você não vai.

Ela pisa bem de leve com a planta do pé na palma da minha mão.

— Espero que entenda o quanto estou confiando em você. Completamente.

— Não vou deixar nada de ruim acontecer. Prometo.

— Pronta. — Jamie segura a câmera em uma mão e se segura no poste com a outra.

Firmo o pé esquerdo e a levanto, devagar e tranquilo.

— Caramba! Caramba! — ela grita. —Você está fazendo isso com uma mão só?

O sol cobre seu cabelo com um brilho amarelo e joga uma sombra sobre seu rosto. Ela está bem no alto, acima de mim. Tão leve que eu poderia fazer isso por horas. Sinto o peso dela mudar na minha mão, como uma vassoura que você guia para manter reta.

— Não se preocupe — digo, tentando não olhar por baixo de sua saia. Mesmo querendo. — Te pego se você cair. Tire a foto.

Seus dedos seguram o domo, testando seu equilíbrio. O abdome de Jamie se contrai e envia vibrações que chegam até o meu. Estou segurando. Ela não vai cair. O peso diminui depois que ela tira as fotos, e verifico se ela está bem apoiada no coreto. Espero que tenha conseguido o que queria.

— Uma última coisa — ela diz.

Olho para cima.

A câmera está apontada para mim.

— Posso? — ela pergunta. —Você deixa? Isso é incrível demais para ignorar.

Uma virada do meu pulso e ela poderia ir parar na grama, mas esse impulso desaparece. Não tenho vontade de me esconder. Não com ela.

—Tá bom — digo a Jamie, meio que esperando que cada clique do obturador seja como uma gota de ácido, mas não é o que acontece. Está tudo bem.

Com cuidado, a desço até o chão, e ela dá um pulinho minúsculo.

— Isso foi maravilhoso — ela diz, animada.

Abaixo a cabeça.

—Ah.

— Não, foi mesmo… foi impressionante. Não conheço ninguém no mundo inteiro que consiga fazer isso. Foi tipo… voar!

— Se você quiser, eu realmente posso te arremessar.

— Sem dúvida, você é megaforte. Tipo, insanamente forte. Eu peso mais de cinquenta quilos e você foi tipo, olha só, vou te levantar uns dois metros e meio no ar, como se não fosse nada. Incrivelmente forte.

Aperto a boca.

— Eu sei — digo, enfim.

— É uma coisa boa!

Percebo que essa é a primeira vez que estamos de pé um do lado do outro. Já faz tempo que estou na cadeira de rodas, e é ela quem levanta a cabeça para olhar para mim, o que é novidade. Ela fala e realmente consigo ouvir o que ela diz. Eu sorrio. É algo inédito. Um brinde às garotas altas.

— Hoje é uma coisa boa.

— Sinta-se orgulhoso.

De uma forma nova, estou mesmo.

— Obrigado.

Minha cadeira parece rígida e triste. Deixo-a ali nos degraus; quero ficar um pouco livre. Relaxo na grama, que está úmida e pegajosa. Jamie senta do meu lado, sem precisar pedir.

— Pus um alarme no celular.

— Por quê?

— Para te levar de volta ao hospital — ela diz. — Caso a gente perca a noção do tempo. — Me aproximo para beijá-la.

— Não faça isso — ela me interrompe.

— Qual é o problema?

— Você quer mesmo fazer isso?

— Jamie, estou tão a fim de você. — Fico nervoso ao dizer isso para ela, mas seu sorriso é tão grande que sei que não tem problema nenhum.

— Pontos, pontos, pontos. — Ela se inclina para perto, pressionando gentilmente os lábios nos meus.

Fico zonzo. Nos beijamos, mas de um jeito meio travado. Cada batida do coração é mais descompassada do que a anterior. Estamos tentando demais agir como em todos os filmes que já vimos e é horrível. Ela inclina a cabeça, eu faço o mesmo, mas pro lado errado, e nossos dentes se chocam. Eu riria, mas estou envergonhado demais. Já li não sei quantos livros e assisti sei lá quantos filmes e é assim que coloco a teoria em prática? Me sinto uma fraude.

Existe uma parede de dentes cerrados que me mantém à distância. É como se ela estivesse apavorada. Eu também estou, porque esse é meu primeiro beijo de verdade. Esse realmente conta e quero que seja bom. Na verdade, quero que seja incrível. Quero que esse dia nunca termine.

Mas ela não está ali. Eu me afasto.

— Você está bem?

Seus olhos estão apertados com força.

— Não. Podemos parar?

Desabo por dentro. Um penhasco se solta no oceano.

— Estou assustada — ela sussurra.

É tão injusto. Agora sei o gosto do gloss dela: abacaxi.

— Fiz algo errado?

Jamie abre os olhos. Sua mão é macia quando toca minha bochecha.

— Não — ela diz com firmeza. — Você é incrível.

O calor volta a subir pelas minhas costas e preenche meu peito. Uma outra pessoa, que não é minha mãe nem um parente de sangue, acha que eu sou incrível.

— Não precisamos fazer nada que você não queira.

Sua cabeça recosta no meu peito.

— Obrigada — ela murmura.

Vamos simplesmente fingir que nunca aconteceu. Estendo a mão para pegar sua câmera e colocá-la em seu colo.

— Aqui. Tire algumas fotos.

Ela empurra a câmera para o lado.

— O único objeto que quero fotografar está proibido.

Estendo outra vez a mão para a câmera, tiro a tampa da lente e ligo. O aparelho faz uns ruídos e desperta, empurrando as lentes para dentro e para fora. Passo para Jamie.

— Divirta-se.

— Sério?

Suspiro.

— Sério.

Ela mira a câmera em mim. Meu rosto se contrai em um sorriso. A sensação é pior do que ter as costas depiladas, mas quero fazer isso. Por ela.

— Seja natural — ela diz com o dedo no botão. — Finja que não estou aqui.

— Impossível.

— Tudo bem, então pense em algo que te deixa feliz.

Penso nela e fico vermelho. Ela tira um milhão de fotos, e eu me jogo para trás na grama para absorver o sol. Jamie flutua e se aproxima de mim, sorrateira, sem parar de tirar fotos. Não existe outro lugar onde eu preferia estar. Não existe outra coisa que preferia fazer. Lá longe criancinhas gritam e brincam, e sinto a mesma felicidade que elas.

Aquela época mágica em que você era muito, muito pequeno e encontrar um balanço desocupado era a coisa mais importante do mundo. De volta a um tempo em que você esquecia tudo e corria do jeito que bem entendesse. Antes que as opiniões das outras pessoas importassem. Estar com a Jamie me traz essa sensação. Livre e boa. Eu não sabia que outra pessoa poderia fazer você ser uma versão melhor de si mesmo. E o sol está brilhando e dizendo: "Bem-vindo ao mundo, tolinho". Uma história tão antiga quanto o tempo.

Mas é bem legal quando a história é sua. Sorrio e ela ri comigo.

— Eu gosto de você — digo para ela.

—Também gosto de você — ela diz. —Você é um garoto maravilhosamente horrível.

Ela abaixa a câmera e nossos narizes se aproximam lentamente.

O alarme em seu celular toca, cortando o ar entre nós como uma farpa. O dia que eu desejava que durasse para sempre acabou. Manco e bufo de volta para a minha cadeira. Jamie segura nos pegadores e me empurra.

Eu deixo.

TREZE

Sou cético em relação à sorte.

Nada dramático, só muito acostumado ao fato de que, se for pegar o pé de um coelho da sorte, o coelho vai virar de repente e me morder. Quando eu era criança e as coisas davam errado, eu pedia ao meu pai para por favor me ajudar. *Por favor, faça com que esse garoto me convide para sua festa de aniversário. Por favor, me diga todas as palavras certas antes de eu tentar conversar com aquela garota. Por favor, dê um sinal de que pode me ouvir.*

Se qualquer coisa remotamente boa acontece, é obra do meu pai lá de cima, porque a sorte e eu não nos damos bem.

Isso não se aplica à escola. Desde que eu me esforce muito e estude bastante, minhas realizações acadêmicas nunca são tocadas pelo dedo gélido do azar. O que vai por água abaixo, de vez em quando, é todo o resto. Quando as coisas começam a dar certo para mim, eu sento e espero a porrada.

Oh, encontrei uma camisa de verdade que veste bem, com

botões e tudo? Brincadeirinha. Ela rasga embaixo do braço quando vou pegar um pote numa prateleira alta. E aquele dia feliz quando achei vinte pratas na rua? Ah, cara, comecei a planejar imediatamente toda a comida que poderia comprar. Um cheeseburger duplo com bacon e vários pacotes de Doritos para acompanhar. Todas as coisas que minha mãe odeia que eu coma. Mas espere! Uma mulher veio gritando e brigando e começou a vociferar que eu tinha roubado o dinheiro dela. Não tinha como ser verdade, já que ela estava pelo menos vinte passos atrás de mim quando encontrei o dinheiro, mas a mulher fez tanto escarcéu que as pessoas começaram a sair na rua para assistir ao espetáculo, então eu simplesmente dei a nota para ela. Quando sua aparência é o oposto da imagem que as pessoas têm de inocência, sem qualquer sinal de olhos arregalados ou bochechas de querubim, você acaba suspirando e dando de ombros com bastante frequência.

Então quando perguntei a Jamie se ela queria me encontrar no jardim de rosas do parque da Península, tinha minhas dúvidas se as coisas continuariam mesmo ótimas.

Aceno para um ônibus e faço uma viagem longa e lenta até lá porque ela disse que iria. Não importa o quão feliz ela parecesse quando nos falamos ao telefone; ainda estou preocupado. Talvez este seja o dia em que ela vai enfim me dar um tapinha amigável na cabeça e dizer: "Pare de sonhar".

Mas aí está o problema. Eu não consigo parar.

Na minha cabeça, nós passamos os dias perambulando preguiçosamente por canteiros repletos de flores em volta de uma grande fonte circular. Gotículas de água reluzem sob a luz do sol. Rosas despontam de arbustos de todas as cores e tamanhos. Minúsculas rosas brancas aparecem entre enormes rosas vermelhas. Milhares de rosas florescendo juntas. Ela caminha sobre a trilha de tijolos antigos, minha cadeira deslizando ao lado dela. Talvez nós dois nos inclinemos para cheirar a mesma rosa ao mesmo tempo, e meus lábios vão tocar a bochecha dela. Haverá raios de sol dourados para nos aquecer e nos conduzir adiante até o último dos nossos dias.

Ai, céus, cala essa boca.

Encosto a cabeça na janela do ônibus. Tudo lá fora é desolador. Nuvens pesadas e cinzentas. Tenho uma pontinha de esperança de que o sol vai abrir quando eu chegar ao parque, só para nós, mas uma sensação cada vez maior de temor vai tomando conta de mim: é o cenário perfeito para Jamie se despedir e seguir seu caminho.

O ônibus desacelera até parar. Estou bem em frente ao parque. Tem uma calçada e uma rampa dos dois lados do jardim de rosas, o que é legal. Até cheguei na hora certa. Ainda assim, o temor aumenta. Quero cancelar. Talvez ficar no ônibus e seguir viagem.

Porque… e se Jamie só estiver se divertindo comigo?

O ônibus abaixa e eu saio. Meu estômago volta ao normal. Fui eu que liguei para ela, lembro a mim mesmo. Quero ver Jamie porque, talvez, esse seja o único dia em que a minha camisa não vai rasgar. Tremo cada vez mais à medida que me aproximo do nosso ponto de encontro perto do pequeno coreto. Não a vejo. Corri para chegar aqui assim que o sinal tocou e ainda estou com a cara da escola: de uniforme, levando minha mochila de livros. Paro por um instante para tirar a gravata. Não quero parecer tão desesperado.

Quando chego ao coreto, Jamie não está lá. Dou uma olhada no celular para ver as horas. Cheguei cedo e não recebi mensagem dela. Talvez ela esteja tirando fotos em algum lugar. Há uma vasta pradaria, marrom e empoeirada por causa do sol incansável do último verão, cercada por pinheiros altos que sobem até os céus. Ela não estaria tirando fotos da grama ou das árvores, então em vez disso procuro por algo que possa estar enferrujado ou rachado e vejo se ela não está agachada por ali, se esforçando para achar beleza em coisas esquecidas e grotescas.

— BU! — A respiração de Jamie atinge meu ouvido como um tiro.

—Você quase me matou de susto! — Dou um pulo e abro um sorrisão estúpido no rosto.

Ela dá um pulinho e vem para a minha frente.

— Queria te fazer uma surpresa. — Um pouco de cabelo ficou preso no gloss e ela puxa para soltá-lo. O fiapo voa de volta e se mistura com o resto do cabelo, que hoje está solto e liso. Acho que sinto cheiro de perfume, mas talvez sejam as flores.

— Foi a melhor surpresa que tive a semana toda — digo. — Quer ver as rosas?

— As rosas? Hum… — Jamie faz uma cara estranha. — Acho que tenho más notícias para você.

Lá vem.

— Bem, era meio inevitável, né? — ela diz.

— Eu sei, eu sei. — Vai logo, arranca esse esparadrapo de uma vez.

Jamie aponta para o jardim de rosas embaixo do coreto.

— Elas estão mortas. Acontece.

— Espera, quem morreu?

— As rosas. Tipo, não dá pra ver as rosas hoje — ela diz meio preocupada. — Você está bem? Parece um pouco distante.

Olho para as fileiras de canteiros vazios. Estão todos podados. Alguns estão envoltos em juta. Meu sonho já era.

— O que aconteceu com as flores?

— É outono. Elas secaram. Velhinhas com chapéus engraçados vêm com tesouras de poda e as cortam. — Jamie tira uma foto. — Mas é um dia lindo, ainda assim.

— É? — Está nublado e as rosas estão mortas.

— Quer que seja um dia incrível ou prefere ficar de bode? Me avise para eu me planejar de acordo. — ela diz, sem tentar esconder o sarcasmo.

À medida que ela cruza os braços e sua decepção aumenta, minha apreensão se dissipa. Jamie não vai me dizer que prefere que a gente seja só amigo. Ela está comigo em um parque sem graça em um dia de merda sem nada para fazer além de observar um bando de arbustos ressecados. Isso significa que ela realmente quer estar aqui. Comigo. Sinto vontade de estender a mão e falar "toca aqui" para o mundo.

Recupero a coragem, como se tivesse tomado um antídoto depois de uma mordida de cobra.

— Estou contente por você ter vindo — eu digo.

— Eu também. É bom te ver.

Na última vez que passamos um tempo num parque, acabamos nos beijando. Acho que hoje já deveríamos começar com um beijo porque quero que seja tudo que deveria ter sido na semana passada: estonteantemente perfeito.

Fico em pé ao lado dela, me equilibrando no coreto, e me deixo levar pelos violinos que tocam na minha cabeça. O parque se desfaz e se transforma em um estúdio. É a nossa grande cena em um filme. Maquiadores fazem um alvoroço em torno de Jamie, usando todo o vermelho em seus lábios. As fãs vão inundar o Tumblr com GIFs do nosso beijo: Jamie está arrebatada em meus braços como se fossem o último refúgio do planeta, e eu a abraço com força contra os ventos cruéis da tundra devastada. Ou selva, ou cenário pós-apocalíptico, ou qualquer coisa mais interessante do que Portland em um dia nublado.

Estamos no palco. Conforme ela gira na minha direção, as máquinas de vento aceleram aos poucos, e o rosto dela se ilumina e reluz. O diretor me ajuda e diz: "Se incline um pouco mais para a frente… Devagar. Mais devagar. Agora segure o queixo dela com a palma da mão. Toque a pele dela de leve, sem exageros, apenas o suficiente. Muito bom, agora…".

Jamie segura minha mão e a abaixa.

— O que você está fazendo?

Eu pisco. Os microfones e refletores desaparecem.

O parque nos cerca, envolto pela velha depressão do outono.

— Eu ia te beijar — digo, desanimado por ela ter interrompido.

— Isso eu entendi. Talvez você me ache uma puritana, mas, por favor, não faça isso. — Jamie se encolhe um pouco e se abraça. — Cheguei no parque e foi como se seu cérebro tivesse evaporado e, de repente, bum, do nada você está colado em mim e eu… Sei lá.

Sento de novo na cadeira.

— Não fique chateado — ela diz. — Posso te contar uma coisa?

— Qualquer coisa.

— Estou apavorada.

— Está? Por quê? Por minha causa?

— Não! É que eu nunca fiz isso antes. Todo esse lance de estar-com-alguém.

— Fala sério.

Ela ri.

— Por que está tão surpreso?

— Porque imaginei que você já tivesse tido milhares de namorados, que já tivesse ficado com garotos desde o sexto ano ou coisa do tipo.

— É? Não é bem assim.

— Não quero dizer isso de um jeito ruim. É só que… como alguém como você pode estar disponível?

— Alguém… como… eu… — Jamie diz com uma lentidão dolorosa. Ela estreita os olhos.

— Engraçada! Inteligente! Bonita! — digo, porque ela está me observando com um olhar furioso.

— Ah. — Ela sorri. Adoro quando ela sorri. O sorriso de Jamie a cobre da cabeça aos pés.

140

—Você já devia ter se dado bem há muito tempo — digo.

— Quer dizer, isso não aconteceu comigo por razões bastante óbvias. Mas com você já é outra história.

— Mas você é inteligente e engraçado também.

—Você esqueceu de dizer bonito.

Ela desvia o olhar. Ela tem consciência disso.

—Você é um cara, não precisa ser bonito — ela diz. — Mas eu já gostei de alguns garotos. Só tive medo demais de fazer algo a respeito. Não, não é exatamente verdade. Eu tentei uma vez. Não terminou bem. — Jamie leva a mão ao rosto. Como se estivesse escondendo uma sarda ou coisa parecida.

— Quem saiu perdendo foi ele.

—Talvez eu esteja sendo dura demais com você.

— Se não quer me beijar, então não deveríamos fazer isso.

— Mexo com o apoio de braço. — Só pensei que, como nós quase, você sabe... Acho que quero uma coisa ambiciosa demais.

— E o que você quer?

Amar alguém. Ser amado.

Aquela faísca que estava faltando e que eu nunca senti antes. Eu quero ser o galã do filme dela e, neste momento, estou me sentindo o cara que varre pipoca do chão e raspa chiclete velho e meleca dos assentos.

Jamie oferece sua mão. Eu aceito. Nossas palmas se encontram. Suas articulações deslizam sobre as minhas conforme nossos dedos se entrelaçam.

—Vamos dar uma volta — ela diz.

Andamos devagar o suficiente para eu conduzir a cadeira

com apenas uma mão e não fazer um caminho torto. Quando chegamos à rampa, solto a mão dela e seguro as rodas, usando o pé esquerdo como freio, derrapando no declive. Lá embaixo, olho para ela, que retribui meu olhar.

Nossas mãos se entrelaçam mais uma vez. A dela ainda está quente.

— Isso é bom — ela diz.

Concordo com a cabeça.

—Talvez a gente possa ficar assim por enquanto — ela diz.

—Tá bom. — Eu franzo a testa. Se dependesse de mim, já estaríamos deixando o coreto completamente envergonhado, porque o que mais quero é beijá-la. Muito. Espio Jamie pelo canto do olho. Ela está observando as quatro árvores à nossa frente, posicionadas como um quadrado, como se estivesse decidindo em que canto ficar. Penso que eu ficaria com ela onde ela quisesse. E talvez esteja tudo bem se só ficamos juntos por um tempo, sem pressa.

— Espero que não se importe se eu disser que gosto de você, Dylan — ela fala com cuidado.

Sinto como se fosse explodir.

— É claro que não! Por que me importaria? Eu também gosto de você.

— É? — ela parece encantada. Quase surpresa. Gostaria que não estivesse. Eu é que vou pendurar o que ela acabou de falar em uma parede com uma moldura dourada, com placa comemorativa e tudo. — Espero que não ache que sou uma idiota completa por ir devagar.

Se isso significa mais ligações à noite, o que virou um hábito gostoso antes de dormir, e mais mensagens durante a aula, então sou o maior apoiador da ideia. Não quero que ela entre em pânico, nem por mim nem por qualquer outra pessoa. Posso esperar. Ela vale a pena.

— Idiota é a última coisa que passa pela minha cabeça. Estou ocupado demais pensando na sorte que eu tenho. — Aperto a mão dela e ela aperta de volta.

Observamos fileiras e mais fileiras de roseiras sem flores. Elas vão florescer quando estiverem prontas.

CATORZE

Estou nas nuvens e por um bom motivo. Meu médico me passou da cadeira de rodas para as muletas e, embora eu vá sentir saudades de estar baixo o suficiente para ouvir o que todo mundo diz, me movimentar de um lado para o outro ficou consideravelmente mais fácil. Embora isso seja incrível, a boa notícia mesmo é a melhor de todas. Fiz um checkup depois da operação e o dr. Jensen deu uma olhada no meu histórico médico e disse as palavras mais mágicas que já ouvi na vida.

— Gostaria de te encaminhar a um endocrinologista para um teste de acromegalia.

Acromegalia. Gigantismo. O que significa que talvez exista uma razão para eu ser tão grande, o que significa que talvez haja uma maneira de fazer isso parar. É verdade que minha mãe já está enlouquecendo porque existe a possibilidade de uma cirurgia craniana para cutucar minha glândula pituitária, caso exista algum tumor nela ou algo parecido, mas eu estou tipo, *onde é que eu assino?* Toma aqui uma faca; vai lá pegar essa belezoca benigna. Meu pai estava entupido até o pescoço de tumores, como uma piñata enorme de câncer, então quem sabe talvez ele também tivesse acromegalia? Talvez tenha sido assim que tudo começou, como um efeito dominó ou algo parecido.

Sinto como se tivesse a chance de cortar todo o mal pela raiz. A única coisa que está me chateando é que tenho que esperar um milhão de anos pela consulta. Não fazia ideia que endocrinologistas tinham uma agenda tão cheia.

Mais um dia termina na escola, mais um sinal toca. Os portões se abrem, e JP e eu saímos ao mesmo tempo, cercados pelos mesmos caras que geralmente vão atrás da gente por aí.

A namorada da semana do JP faz uma visita. Bailey é igual a todas as outras. Ela é bonita, tem cabelos longos e abre mil sorrisos assim que encontra com ele. O que para a Bailey é estranho. A gente fez aulas juntos e ela é uma versão ambulante do TED Talk. Muitas ideias sobre o que acontece quando não é possível romper a parede das células e sobre como seria difícil retirar a quantidade gigantesca de plástico do oceano Pacífico e reciclá-la. Mas e se? E aí, o que acontece? Por quê? Bailey pode debater ideias para sempre. Mas nos braços de JP, ela sorri com um silêncio orgulhoso. Ele pertence a ela. Por enquanto.

— Ah, cara, quase pisei naquela lesma morta — ele diz. — Que nojo.

— Eca… — Bailey geme.

Na calçada, uma lesma ressecada da chuva da noite passada está caída e murcha sob o inesperado sol da tarde. Rastros prateados se contorcem por todo o pavimento até pararem sob o caracol sem concha. JP o cutuca com o pé, esmigalhando o cadáver.

— Por que elas fazem isso?

— A chuva as força a sair — eu digo. — Não é culpa dela ter sido pega pelo sol.

JP raspa o pé no muro baixo de tijolinho.

— Agora tem gosma na sola do meu sapato. Ela podia ter economizado tempo e morrido em casa.

— A natureza é assim mesmo. Não dá pra esperar que algo que deseja viver desista só porque você acha que é nojento.

— Lesmas podem ser legais também — Bailey diz. — Elas têm olhos retráteis! E...

JP dá um riso curto de escárnio.

— Quem liga? Não é um inseto que você pode usar e efetivamente tirar algo dele, como uma abelha ou uma planta carnívora ou coisa assim. Se essa lesma tivesse aceitado seu destino e morrido como deveria, não teria ido parar no meu sapato.

— Tudo que ela queria era viver uma vida feliz. Você não pode culpar alguém por tentar — eu digo.

— Sapato — JP repete.

— Mas quem pisou nela foi você — eu digo.

— Foda-se. — Ele para e olha por cima do meu ombro. — Olha só, quem é essa?

Eu me viro.

146

— Jamie!

— Oi! — ela diz. Jamie chega na entrada da escola em uma bicicleta rosa reluzente, cachecol flutuando atrás dela, cabelo ao vento. Como se tivesse descido dos céus para nos iluminar com sua presença. Um calor percorre meu corpo.

Ela desacelera até parar e desce da bicicleta, abrindo o pé de apoio com um chutinho.

— Espero que não se importe, mas queria exibir meu brinquedo novo.

— É incrível — eu digo.

Não há joguinhos entre nós. Vou até ela. Quando me aproximo, ela se inclina para a frente com um sorriso. Abaixo um pouco e dou um beijo na bochecha dela.

— Parabéns pelas muletas — ela diz.

— Estou livre! — digo, antes de apresentá-la. — JP, essa é a Jamie. A garota que comentei com você. — Quando arrumei provas, mostrei para ele uma mensagem em que ela dizia que não sabia qual pijama usar para dormir, um rosa ou um roxo. Era bonitinho e sexy pra caramba.

JP está boquiaberto. Ele olha para ela de cima a baixo, demorando mais tempo em seu rosto, suas pernas, seu cabelo. É isso aí, JP, Jamie é superlinda e toda minha.

— E aí — ele finalmente diz.

Jamie pisca quando nota a presença dele, e me aproximo dela. Você está aqui por minha causa, tenho vontade de dizer. Não por causa dele. Já vi essa expressão de sorvete derretido quando as meninas conhecem o JP. Se vir essa expressão no rosto dela, talvez não sobreviva.

— Conta pra gente da sua bicicleta — digo.

Ela se vira de repente para mim com seu sorriso branco e brilhante.

— Meu pai comprou pra mim ontem à noite porque quer que eu pare de pegar ônibus. Uma graça, não? — Uma graça mesmo. — Tem cestinha, fitas no guidão e tudo.

— É linda — Bailey concorda.

— Obrigada. — Jamie sorri para ela. — Você gostou? — ela pergunta para o JP, e isso me deixa furioso. Por que ela se importa com a opinião dele?

— Não entendo muito de bicicletas — ele diz.

— Ah. — Jamie muda o peso de um pé para o outro.

— É perfeita — digo para ela, dando a dica para o JP zarpar.

— Isso foi esclarecedor. — Ele se afasta com Bailey e olha direto para mim. — Colocamos a conversa em dia depois. Tipo, *muita* conversa.

Eu aceno. Valeu, cara.

— Divirtam-se, caras... Merda. Quer dizer, vocês dois? — Ele cambaleia para trás, ficando vermelho. — Quer dizer... Desculpe, você sabe o que quero dizer. Desculpe. Tchau.

— Hein? — Eu aperto os olhos.

— Está tudo bem! — JP faz um gesto com o dedão para cima. — Estamos em Portland. Viva a diversidade, siga seus sonhos. Um dia vamos todos jogar minigolfe juntos — Bailey dá uma risadinha e eles vão para o outro lado, deixando Jamie e eu na calçada.

Mudo as muletas de posição e olho para ela.

— Não faço a menor ideia do que acabou de acontecer.

Jamie puxa a saia para baixo.

— Ele estava me expondo.

— Eu gosto de me expor pra você. — Roço meu dedo no queixo dela.

— Pontos. — Ela sorri.

Nunca dissemos, nem em voz alta nem de nenhum outro jeito, que somos de fato um casal agora. Fiquei esperando pelo momento perfeito, para mencionar casualmente quando comprar um café para ela ou algo do tipo: "A minha namorada gostaria de um...".

Estar com ela é como fazer minhas acrobacias mentais preferidas. Nunca sei o que ela vai dizer ou do que vamos falar, mas adoro o desafio. Adoro a emoção. Quando nosso status de relacionamento for oficial, vai ser isso que vou dizer para ela. Serei aquele bobo que dá flores só porque é terça-feira. Embora talvez eu precise de um emprego primeiro.

Jamie mexe nas fitas da bicicleta, meio fora do ar.

—Você está bem? — pergunto.

— Sim — ela diz, mas não me convence.

— Qual o problema? — Pego a mão dela.

Jamie balança a cabeça.

— Às vezes as pessoas falam coisas esquisitas quando veem que sou trans.

Eu solto a mão dela.

— O quê?

Ela parece irritada e se inclina para a frente para repetir.

— Que eu sou trans.

—Transponder?

— Eu pareço um rádio por acaso?

—Tá. Trans o quê, então?

Jamie revira os olhos.

—Transgênera? Alô?

Não estou ouvindo direito.

— Dylan?

—Você está de brincadeira, isso é uma piada — digo. Ela olha para mim, confusa e de olhos arregalados. — O JP armou isso com você?

— Quê? Não! Por que você pensaria… Dylan, você sabia que sou transgênera. Eu disse isso no primeiro dia que você foi no grupo.

Começo a ouvir um apito nos ouvidos.

—Você disse que não tinha problema, lembra?

— No dia em que nos conhecemos?

Tenho certeza absoluta que me lembraria disso. Vasculho minha memória, mas nada sobre trans qualquer coisa me vem à cabeça. Falamos sobre as cinco coisas boas, contei as dela para o grupo e… me distraí. Emily me deu uma cotovelada e todas as meninas estavam olhando sérias para mim. Eu tinha que dizer alguma coisa. Puta merda, eu disse mesmo que não tinha problema. Não consigo respirar. Esse tempo todo. Jamie é transgênera esse tempo todo.

Todo o meu sangue desce para os tornozelos. Sinto minha pulsação prestes a explodir no meu gesso. Preciso sentar. Estou zonzo. Parece que meu estômago desliza feito uma geleira derretendo em um oceano, aumentando meu nível interno de água e me inundando por dentro.

Vou cambaleando até a parede e me apoio ali. Ela ainda está lá. Jamie deixa a bicicleta no bicicletário e fica bem na minha frente. Tudo que aprendi nos seriados de detetive da minha mãe passa pela minha cabeça. Aquelas moças trans da TV são sempre prostitutas ou viciadas em drogas, sempre são assassinadas e acabam indo parar em alguma caçamba de lixo, e os assassinos sempre argumentam que foram enganados e não tiveram escolha...

— Dylan?

O rosto dela. Os traços. Não, calma.

O rosto dele. Agora eu vejo.

Os joelhos nodosos dele em uma saia. Seus pés grandes em um par de botas femininas. Os olhos dele se enchendo de lágrimas.

Céus, tudo isso está acontecendo bem na frente da escola. Todo mundo me conhece aqui. Todos os professores que precisam me dar nota dez e boletins perfeitos, eles trabalham aqui. Eles não podem ver isso. Ninguém pode saber. E se o comitê da bolsa Rhodes descobrir? Eles nunca aceitariam um imbecil completo como eu.

Pego as muletas e acelero pela calçada indo para casa, abaixando a cabeça para que ninguém perceba que eu conheço aquele garoto.

— Dylan, espere! Você sabia, eu contei para você. — Ela pula na minha frente e segura meu braço. Congelamos ali, uma leve garoa pingando nas costas da minha camisa e encharcando meu pescoço. —Você disse que achava que estava tudo bem. Me olhou direto nos olhos, sorriu e disse que estava tudo bem.

Eu falaria se houvesse algo a dizer, mas tudo dentro de mim parece lascas de osso pressionando a pele. Confuso, errado. Pela primeira vez, olhar para Jamie dói.

Ela deixa suas mãos caírem e aperta os dedos com tanta força que eles ficam brancos.

— Por favor, diga que estava me ouvindo. Por favor. Preciso saber que me escutou aquele dia.

Lentamente, bem lentamente, minhas muletas começam a se mexer outra vez. Estou a dois quadrados de calçada dela, cinco quadrados, seis...

— Então está tudo terminado, Dylan — Jamie diz atrás de mim.

Sua voz está tão fria que me faz virar.

—Acabou — ela diz, lábios pressionados um contra o outro. — É como se tudo que tivemos fosse uma mentira.

E a frase funciona como um interruptor dentro de mim, e fico todo confuso, porque... Que bosta está acontecendo aqui?

— Isso foi um erro terrível — ela diz. —Achei que estava te dando pontos por ser uma pessoa decente, mas na verdade estava te dando pontos por burrice esse tempo todo. — Ela apoia o punho na cabeça. — Ou não, eu não estava dando pontos para você. Era para mim mesma, por achar que tínhamos uma coisa verdadeira. Deus, me sinto tão idiota. Mas não importa, acabou tudo entre nós.

— O quê?

— Dylan, estou terminando com você!

Volto para a frente dela em um piscar de olhos.

— Você não pode terminar comigo. Nunca estivemos juntos.

— Fica longe de mim. — Ela recua com medo.

E assim, de repente, sou o monstro novamente.

— Nunca estivemos juntos — eu repito, mais alto. Mais forte. Ela não pode fazer isso; ela não pode vencer.

As lágrimas escorrem de seus olhos.

— Eu me perdi em você — ela sussurra. — E você nunca esteve lá.

Ela voa até a bicicleta, sobe nela e acelera cada vez mais.

— JAMIE! — eu grito. Quem aquele garoto pensa que é para achar que pode terminar comigo quando nunca tivemos nada? E, caramba, eu beijei um garoto.

Fico largado na calçada, a chuva se acumulando nas minhas orelhas e nariz e escorrendo na minha jaqueta escolar imbecil que finge me tornar parte de alguma coisa. Limpo o nariz, o rosto, os olhos, e praguejo contra ela, Jamie e sua bicicleta desaparecendo na tarde. Ela não pode terminar comigo. Nunca estivemos juntos. Nem tornamos o relacionamento oficial. Então, meu Deus do céu, esse tempo todo ela era um garoto. Aperto os olhos, pressiono com toda a força que consigo.

Quando os abro, vejo estrelas.

Ela estava chorando, o que não faz sentido.

— Garotos não choram — resmungo. O mundo fica escuro e eu me arrasto para casa.

QUINZE

Em casa, cambaleio em direção ao porão, sem muletas ou bengala, pulando num pé só e me arrastando pela escada até chegar lá embaixo. Andar com o gesso é tudo que o dr. Jensen me disse para não fazer, mas que se dane. Gostaria de poder continuar descendo para sempre, mas isso é o mais baixo que minha casa chega, então paro assim que chego aos trens.

Havia me esquecido dos trens.

Minha mãe disse que eles eram para mim, mas eu nunca os quis.

Odeio eles, sempre odiei. Por que ele ficou construindo uma maquete de trens quando poderia passar tempo brincando comigo? Por que alguém desperdiçaria os poucos anos que ainda tinha no planeta construindo um mundo de plástico barato? Dou as costas para a cidade. Meu reflexo me encara e eu acerto um dos espelhos com a testa. Ele está frio, mas eu estou quente; é como uma ferroada. Quero esquecer, estilo

Brilho eterno de uma mente sem lembranças. Ou descobrir que tudo não passou de uma grande piada e Jamie é uma garota.

Minha garota.

Mas nenhuma garota jamais ia me querer. Agora entendo isso. Jamie me largou, e sério mesmo, como assim? Tomei um pé na bunda. Bato a cabeça com força no espelho. Fui largado e sequer estávamos namorando. Bato com mais força. Cerro os punhos e soco o espelho. O vidro racha e o reflexo do meu rosto se estilhaça em uma teia de vidro, fragmentando o reflexo. Pedaços irregulares de um quebra-cabeça.

Eu soco. Não há nada que eu não possa destruir. O vidro quebra com cada soco e minhas juntas sangram, deixando manchas vermelhas se acumularem nas fissuras. Chuto um baú antigo com a perna boa para deixar ela tão estragada quanto a outra. Tão forte e grande, hein? Esses braços que me zoam no espelho rachado, é isso o que as pessoas querem ver? Elas querem me ver destruir e detonar tudo? Ótimo. Então vejam. Eu renasci. Eu sou a Fera.

A Fera puxa e arranca um trilho do trem e depois outro e mais outro, mas não é suficiente. A mesa de madeira está parafusada na parede. Vou mais fundo ainda, arranco uma perna e forço a madeira no meio até ela estalar feito um galho. Com a respiração pesada, destruo a pequena cidade com ela. Trens e árvores de plástico voam. Pego a perna de madeira e a arremesso como um arpão, derrubando um amontoado de bicicletas velhas. A menorzinha fica lá, toda caída e empoeirada, de um azul-clarinho idiota com listras vermelhas e brancas. É a bicicleta de quando eu era pequeno. Eu a agarro e arremesso na escada, onde ela cai sobre uma bola amassada, formando uma cratera. É isso que você quer, mundo? Então toma, seu filho da puta. Sou aquele monstro embaixo da ponte. Vou devorar seus filhos. A dor na minha perna é excruciante. Estou amando isso. Saboreio a agonia das minhas costas, do meu queixo e das minhas mãos como se fosse dinheiro que economizei para comprar algo de valor. Minha perna queima quando destruo a porta da salinha do aquecedor e não me importo. Não dou a mínima.

Pedaços de metal das dobradiças caem como gotas de chuva e eu os deixo cair, com os lados pontudos para baixo, na carne dos meus ombros. Uma velha mesa de carvalho fica no canto. Meus músculos, essas coisas gigantes que sempre odiei e tentei esconder, gritam ao ganhar vida. Cerro os punhos com força e avanço com tudo. Erguendo-a sobre a cabeça, arremesso a mesa no chão de concreto, onde ela se parte em duas. Minhas juntas ensanguentadas queimam e pingam no chão formando um desenho. Giro a mão para o lado e as gotas pingam das minhas unhas e se espalham. Uma tela. Oh, veja só, estou pintando com o dedo.

Meu celular toca. Puxando o ar pelo nariz e o cuspindo pela boca, eu paro. Tudo dói. Não quero ter que atender agora. Estou com medo do que dizer. Estou espumando de verdade. Suspiro e limpo a baba com o dorso peludo da minha mão. Parece que meus dedos foram enfiados em um triturador de lixo. Ótimo. Agora tem sangue e baba no meu rosto.

Finalmente estou do jeito que as pessoas me veem.

Minha vida futura passa rápido diante dos meus olhos. Vou

viver sozinho num trailer, vou ser ainda mais peludo e maior do que nunca e vou sobreviver à base de caixas de cerveja, amendoim e filmes pornôs antigos. Se algum dia chegar a ter uma companhia feminina, será do tipo que preciso pagar. Só espero que a futura acompanhante não se importe de ir sozinha até minha casa móvel.

Ou talvez eu apenas desista e me torne o jogador de futebol americano gigante que todo mundo acha que eu deveria ser. Vou ter um belo de um contrato na NFL e surrar todo mundo, conseguir um bando de groupies que só vão falar comigo por causa dos meus milhões de dólares e vão para a minha cobertura transar comigo nas noites de domingo depois do jogo. No dia do Senhor.

Trailer ou cobertura, de qualquer modo terei garotas que vão gostar de mim por um preço.

A ideia me entristece e o espelho zomba de mim.

Só Deus sabe o que Jamie viu em mim.

Jamie.

Sinto os lábios dela nos meus e parece que os cacos de vidro do espelho quebrado estão entrando no meu peito e se contorcendo. Isso dói. Tudo dói.

— Olá? — Ouço alguém dizer lá de cima.

Minha mãe caminha no andar superior em círculos confusos. Para a sala e de volta para a cozinha. Olho para o porão aniquilado. Estou coberto de sangue. Tem vidro enfiado no meu antebraço. Afasto os pelos com meus dedos gordos e tento arrancar os cacos de lá.

—Você tá aqui, Dylan?

Isso não vai acabar bem.

Ponderando o que dizer, espio no que sobrou do espelho para ver o quão ruim é a situação e me dou conta de que não me importo mais. Eu sou a Fera. Minha mãe vai ter que lidar com isso.

Ela abre a porta do porão.

— Dylan, tá aí embaixo?

— Sim.

Ouço seu pé nos primeiros degraus.

— O que você está fazendo?

— Estou sentado numa pilha de vidro quebrado e sangrando.

Agora ela corre e chega rápido ao porão, ofegante.

— Meu Deus. — Ela corre para mim e se ajoelha. — Alguém entrou em casa? O que aconteceu? Você está bem?

— Eu fiz isso.

— Como assim você fez isso? — Sua boca abre e fecha como se fosse um peixinho dourado bêbado. — Por quê?

— Não interessa.

— Como é que é? — Ela levanta. Dou de ombros. Um pedaço de vidro enfiado na parte interna do meu ombro me pinica.

Minha mãe passa as mãos de leve sobre a maquete de trem e tudo que ainda está pendurado na parede.

— Aconteceu alguma coisa — ela diz. — Você não fez isso por diversão.

— Talvez eu tenha feito.

Ela pega um chumaço de grama falsa e o coloca gentilmente de volta no topo de uma colina arredondada, pressionando-o.

— Não acredito que seja capaz disso.

— Aqui está a prova. — Ergo as mãos.

Abaixando ao meu lado, minha mãe segura minhas mãos ensanguentadas.

—Você precisa ir para o hospital.

— Não — resmungo. — Nunca mais piso em um hospital de novo.

— Mas Dylan…

— Nunca mais.

— Esses cortes são fundos, precisam de pontos.

—Vou por um Band-Aid.

— Por favor. — Ela toca minha bochecha. Me livro da mão dela. — Me diga o que aconteceu.

— Preciso ficar sozinho.

— Não vou te deixar sozinho.

— Sim — eu falo num estrondo. —Você vai.

— Quê? De onde está vindo isso?

O rosto de Jamie. Ele se esgueira pelos meus pensamentos, e sinto seu corpo inteiro se equilibrar na palma da minha mão. Ela fica de pé na minha mão e eu a levanto em direção ao céu. Pensar nisso queima. Dói.

— Não posso ter pelo menos um dia de merda nessa minha vida maldita?

— NÃO! — ela dá um grito tão agudo que me faz recuar. —Você não destruiu a última coisa que seu pai fez porque as coisas não saíram do jeito que você queria hoje! — ela berra na minha cara. — Ele estava morrendo! Mal conseguia se mexer. O câncer estava comendo todos os órgãos, um por um, e ainda assim ele se arrastou até aqui porque queria fazer isso pra você. Ele queria te deixar alguma coisa, uma coisa que fosse para o menininho dele, e você destruiu tudo!

— Eu era um bebê. Eu mal sabia o que era um trem.

— Não é esse o ponto — ela diz. — Essa pequena vila é o legado dele pra você.

— Porra nenhuma! — explodo. — Estou preso ao legado dele todos os dias! — Sou um clone do meu pai. Cada foto dele podia muito bem ser uma foto minha usando roupas de má qualidade. Me jogo para a frente e cambaleio para ficar de pé. Vacilo, pulando pra lá e pra cá numa perna só porque a outra não consegue aguentar o peso. Fui longe demais. — Se acha que estou feliz por ser uma cópia do meu pai, você está maluca.

Minha mãe me bate no rosto, milhares de abelhas me ferroando.

— Se conseguir se tornar metade do homem que ele era, você já está no lucro.

Ela esfrega a mão e eu me esforço para olhar.

— Não foi o que quis dizer.

— Chega. — Minha mãe sobe a escada furiosa. A porta bate. Olho para meu reflexo partido pulando entre os estilhaços de vidro e desabo. O chão está frio. É como sentar em um bloco de gelo flutuante.

Fico à deriva.

DEZESSEIS

Minha mãe não me ajudou com os curativos, e eu também não pedi. Lavei os cortes, fechei-os eu mesmo com supercola, os protegi o melhor possível com Band-Aids e fui para a cama. Na hora do almoço, há uma bandeja com dois sanduíches de almôndega e uma garrafa de chá gelado na minha frente, mas corro para terminar o dever de casa antes das aulas da tarde.

Toda vez que alguém vem me perguntar o que aconteceu com minhas mãos, simplesmente encaro a pessoa até que ela recue com o rabo entre as pernas. Parecer um assassino nunca me fez tão feliz. Queria que os curativos fossem invisíveis. Mais ainda, queria que *eu* fosse invisível.

Não quero estar aqui. Não com tudo vermelho e infeccionado.

Meu dever de casa está largado diante de mim, e não tenho vontade de tocá-lo. Não que seja difícil, porque não é, mas eu nunca me senti tão burro em toda a minha vida e odeio essa sensação. Que diferença faz se consigo resolver essa questão de física em menos de dez minutos?

Tudo que pensei que sabia foi virado de cabeça para baixo. Estou tão desesperado a ponto de me apaixonar por um garoto de saia?

Porque foi isso que aconteceu. Eu caí de quatro por um garoto de saia. Caí pra valer.

Não consigo acreditar que me desliguei de tal forma naquele dia no grupo. Não é possível que deixei isso acontecer. Se pelo menos eu tivesse prestado atenção, teria escutado ela... Ele... Tudo bem, Jamie é ela... dizer aquilo sobre ser trans e eu teria pensado *uau*. Teria escapado dessa furada. Não teria entrado no ônibus, não teria deixado que ela me comprasse um café. De jeito nenhum teria beijado el...

Não consigo terminar a frase nem em pensamento.

Tudo que eu sabia a meu respeito foi jogado pro alto. Todas aquelas peças de Lego que pensei que estavam se juntando para criar minha suposta personalidade, é como se fossem caroços de abacate mofados e agrupados numa pilha nojenta. Não me reconheço mais. Eu gostava tanto dela, me sentia tão bem perto dela. Me sentia em casa. Saber que estava completamente a fim de um garoto de saia muda a perspectiva de tudo. Quem sou eu? Sou gay agora, é isso? Estou tão confuso. E o pior de tudo? O jp sabe.

Ele soube antes de mim.

O lugar ao meu lado está vazio, esperando por ele. Já expulsei Bryce de lá, ele sabe muito bem quem é que senta ali.

Mesmo que na verdade eu não queira estar aqui enquanto JP recebe sua corte, eu o vejo chegando e tiro as migalhas da cadeira reservada, porque aí vem o rei.

Ele cumprimenta as pessoas enquanto passa, dá um aceno aqui e ali para suas futuras namoradas, antes de afundar no lugar perto de mim.

— E aí, cara — ele fala em meio ao barulho do refeitório. É tão barulhento aqui que parece uma jaula de macacos no zoológico. E eu já estive em uma; nosso refeitório é bem mais barulhento do que aquilo. Ainda mais sentando nessa mesa com todos esses caras disputando para ver quem será ouvido.

— Ei — sussurro.

— Fique sabendo que você tem meu apoio.

Há uma pequena luz dentro de mim, uma esperança de que ele vai deixar o assunto morrer. De que ele é meu amigo. Poderemos fazer nosso estranho ritual: eu vou reclamar da vida, ele vai escutar, e nós dois vamos jurar nunca mais falar sobre isso de novo. Em vez de JP lembrar de seus relacionamentos e listar cada namorada que já teve e o que havia de errado com elas, ele vai sentar aqui e se solidarizar com o fato de que minha primeira tentativa de namoro de verdade foi uma confusão de proporções épicas. Merda, de nós dois, eu é que devia ter tido um namoro de verdade, um namoro em itálico, negrito e sublinhado. Jamie nunca seria só mais uma na minha lista, não para mim. Aí seria eu dando os conselhos a ele. Isso não vale para alguma coisa?

Não é como se eu pudesse contar tudo isso para a minha mãe. Então estou ansioso para ouvir o que ele tem a dizer.

— Eu não sabia que você era... Você sabe.

— Que eu o quê? — pergunto.

— Que curtia um tipo específico.

— Mas eu tenho um tipo. Garotas.

— Mas ela é uma garota, né? Não é exatamente esse o ponto?

Querido pai... Começo uma carta. *Agora que você cansou de rir de mim e do idiota que eu sou, por favor, me ajude a não causar nenhum dano significativo no lobo frontal do JP. É muito tentador.*

— Você está me evitando totalmente — ele diz. — Te mandei umas cem mensagens ontem à noite, tentei te encontrar no seu armário antes de quase todas as aulas. Olha, cara, só estou tentando checar como você está. O que houve?

— Nada.

— Ela parece legal — ele tenta.

Só faltam mais onze minutos até o sinal tocar.

— Dylan, você não sabia que ela era trans...

— Dá pra calar a boca? — Eu avanço sobre ele.

— Droga, você não sabia. Ei, olha só, não tem problema nenhum. Minha prima começou a namorar uma garota, mas então descobriu que ela tinha vivido como um garoto pelos primeiros vinte anos da vida. Foi uma coisa tipo "puta merda, não é possível", mas quer saber? Ficou tudo bem. Ela é muito legal. Eu a conheci no último Dia de Ação de Graças em Kentucky. Ela gosta de azeitona verde, odeia molho empelotado e diz coisas como "maior barato" o tempo inteiro. Elas ainda estão juntas. Lésbicas e tudo, dois pares de peitos, tudo numa boa. E no fim, mais pessoas vão ficar felizes por vocês do que o contrário, então quem se importa?

— Eu me importo. — Porque eu sou um idiota que vai ficar sozinho para sempre. Então sim, eu me importo para cacete.

— Se vocês estiverem bem com isso, não vejo por que...

— Eu disse pra calar a boca.

— Só estou tentando ser um cara decente aqui.

Decente? Porra nenhuma. Jogando sal na ferida, isso sim. Tudo que eu quero ouvir é: "Que péssimo", seguido por "Puta encrenca" e depois "A fila anda".

— Dylan, fala comigo, cara.

O pessoal no refeitório se apressa e os alunos jogam os restos de comida no lixo. Tão atípico de Portland da parte deles. Deviam separar para fazer compostagem. Não que eu separe o lixo na escola, mas até aí todo mundo deve ter feito o dever de casa. O meu continua na minha frente, inacabado e infeliz.

— Tenho quatro minutos pra terminar o dever de física.

JP ri.

— Não vai rolar. Nem você é tão inteligente assim.

— Por que está enchendo tanto o meu saco, JP? Sério, não tem uma namorada pra dispensar ou algo assim?

— Porque isso importa de verdade! E você não me disse droga nenhuma a respeito, tô morrendo de curiosidade.

— Não sou um show de circo.

Ele joga o cabelo perfeito para longe de seu rosto perfeito.

— Não é?

— Então por que você não vai correndo pra casa e conta

tudo pra sua mãe? Ah, calma aí… Não dá, porque ela está bêbada.

Pela primeira vez, ele cala a boca.

Me debruço sobre o dever de casa e tento resolver pelo menos uma questão. Só uma. Para ter a sensação de que fiz alguma coisa certa hoje.

Alguém começa a bater palmas de leve. O som fica mais firme e mais alto e quando olho para cima lá está o JP, de pé em cima de uma cadeira no meio do refeitório puxando essas palmas estranhas de comício. Todos se juntam a ele. O refeitório inteiro o acompanha nas palmas, como se ele estivesse no meio de uma campanha eleitoral. Alguns idiotas dão vivas, porque fazem qualquer coisa para o JP gostar deles. Os alunos mais distantes dele, os perdedores de St. Lawrence, meio que se seguram, sem entender o que está acontecendo. Me sinto como um deles agora.

JP acalma as palmas como um maestro.

— Sei que o sinal vai tocar em instantes, mas gostaria de fazer um anúncio — ele discursa. — Meu melhor amigo, bem aqui, vocês devem conhecê-lo como Fera. Bem, esse gigante cabeludo safado arrumou uma namorada e acho que todos nós deveríamos dar a ele uma salva de palmas porque pensei que não viveria para ver esse dia.

Meu Deus.

Os garotos gritam em comemoração e meu coração para.

— E não é só isso. — JP estica as mãos como um ventríloquo e todo mundo se cala. — Tenho que dar algum crédito a ele. Sua namorada é realmente bonita, e é legal que tenham visto algo um no outro. — O lugar inteiro faz "ooun!". — E ele enfim encontrou sua cara metade, porque acho que dá pra dizer com certeza que ele é o único cara aqui que tem uma namorada trans. Então uma salva de palmas para o garoto mais cabeça aberta que conhecemos, Dylan Walter Ingvarsson!

Meu material está todo espalhado na mesa, e eu acabo encharcando meus livros e papéis na pressa de enfiá-los dentro da mochila, pegar as muletas e sair quase correndo. Todos em volta estão rindo, risadas do tipo maldoso e desconfortável, e por um breve instante a única coisa que penso é que ninguém merece isso.

Até o jp pular na minha frente. Então tudo que penso é que vou assassiná-lo.

— É verdade? — Bryce me pergunta.

— Hã...

jp assente.

— Aham. Eu a conheci ontem. Dylan está à frente do seu tempo.

— Eu não sabia que você era tão viado, Dylan — Ethan diz.

— Eu não sou gay!

— Não me convenceu. Você só pode ser gay, porque essa coisa toda de trans é uma besteira sem sentido — Bryce diz. — Não me importa quantas cirurgias um cara faça ou quanto hormônio ele tome para parecer uma garota, ele continua sendo um cara. Não dá pra mudar o dna.

— Acho que vou vomitar — Ethan diz. — Tipo, é sério isso? Você está mesmo saindo com uma menina que tem um pau? Vocês passam o dia inteiro se chupando? Como é que funciona?

— Olha pra cara dele. Tinha que ser travesti. Ele iria matar uma garota de verdade esmagada — diz Bryce.

— Ei, nunca mais chame a Jamie assim — JP aconselha. — E vocês não deram um pio quando o Jason saiu do armário, então tentem ser legais.

— Sim, mas aquilo foi diferente. A gente sabe que o Jason é gay desde o jardim de infância. A Fera transando com um garoto de vestido vai me fazer ter pesadelos. — Ethan finge um engasgo.

— Nós não temos nada. Eu gosto de garotas. Ela é só alguém que eu conheço — respondo.

— Qual é mesmo o nome do treco? — Bryce pergunta.

— Jamie — JP se mete. — E ela tem cabelo castanho cacheado, usa saia e passeia numa bicicleta rosa e tudo mais. Pacote completo.

Lanço um olhar fulminante para ele.

Seus braços estão cruzados de modo triunfante. É como se ele tivesse pichado no teto: "Toma essa, seu trouxa".

Qualquer bolha usada para me proteger e me tornar popular por associação foi destruída. Posso sentir. Se JP é o magma no centro da terra, agora eu sou a lua. Ainda que ninguém me encare num corredor vazio ou algo do tipo, sei que já era.

— Onde esse treco estuda? — Bryce pergunta.

Ethan dá risada.

—A gente devia ir lá e dar uma liçãozinha nele. Obrigá-lo a vestir umas calças.

— Parem com isso, seus neandertais malditos — diz JP. —
Deixem ela em paz.

— Uma garota não é uma garota se tem um pênis no meio
das pernas. Isso é tipo biologia básica — Bryce diz assim que
toca o sinal, mandando todo mundo pra aula.

— Bryce, Ethan! Esperem! — eu chamo. Vinte minutos
atrás, eles teriam parado.

JP está prestes a sair correndo, mas eu agarro o pescoço
dele.

— Se alguém machucar ela, pode apostar que vou fazer
dez vezes pior contigo.

Ele dá um jeito de não parecer incomodado com a minha
mão o apertando, e nós dois nos encaramos. Posso sentir meus
olhos fulminando os dele. Nunca senti tanto ódio por alguém.

— Eles… não… vão… fazer… nada… — ele tosse, e eu
afrouxo a mão. — Cão que ladra não morde. Eles não conseguem nem lembrar de separar as latinhas para a campanha de
reciclagem, lembra?

— Dylan Ingvarsson! — o sr. Copeland grita do nada. —
Solte ele agora, imediatamente. Isso é motivo para detenção.

Ah, então um imbecil pode ficar de pé numa cadeira e
contar minha vida pessoal pra escola inteira e não ferir a moral de uma escola católica, mas um apertãozinho no pescoço
de uma galinha e posso pegar detenção? Que babaquice.

— Sr. Copeland — tento argumentar e JP dá no pé. Co-
varde maldito.

Ele escreve uma advertência, e eu a enfio no bolso junto
com o celular.

169

Não quero ir para a aula. Não quero estar aqui. Não quero conhecer essas pessoas.

Em algum lugar dessa cidade, Jamie está sentada na escola dela, provavelmente sem querer estar lá também. Uma imagem de Bryce e Ethan passa pela minha cabeça. Me sinto enjoado porque sei que, se eles quiserem, vão conseguir encontrá-la. As pessoas fofocam. Me preocupo porque eles podem agredi-la enquanto anda de bicicleta ou algo assim. O que aconteceu entre mim e Jamie é uma coisa, mas isso não significa que as pessoas têm o direito de tornar a vida dela um inferno. Ela não fez nada de errado.

As coisas vão entrando nos eixos, e logo tenho um plano em mente.

Pego o celular e digito: *Podemos conversar?*

DEZESSETE

Tenho um segredo.

É desagradável e sujo e, sempre que faço isso, sou levado por uma espiral mortífera que vai da euforia ao ódio de mim mesmo, mas não consigo evitar. Acontece quando estou sozinho em casa. Começo a ficar com as mãos ociosas. Tudo começa a formigar e uma coceira silenciosa pede para ser aliviada. Isso acaba me levando até meu esconderijo enterrado na sala, onde deixo meus discos debaixo de uma tábua solta. Assim que pego o que preciso (e odeio o fato de precisar), ligo a TV.

Sento na minha poltrona, abaixo o som para que ninguém ouça e me preparo. Com as mãos fervendo, pego meu controle favorito.

E jogo Madden NFL.

O jogo de futebol americano mais vendido de todos os tempos.

Assim que carrega, libero toda a tensão e me perco montando os times no modo Franchise. Conheço todos os jogadores e suas estatísticas e crio times invencíveis que aniquilam os adversários. Quando os jogadores marcam pontos, meus músculos se contorcem. Horas se derretem enquanto jogo. Existe apenas o futebol. Nada mais importa. É meu prazer inconfessável e ninguém jamais pode saber o quanto eu realmente amo futebol americano. É por isso que eu desligo e escondo tudo quando ouço a carroça velha que a minha mãe dirige desacelerar e estacionar.

Numa corrida contra o relógio, eu salvo, ejeto o jogo e guardo tudo embaixo da tábua solta do assoalho assim que as chaves entram na fechadura. Desligo a tv e disparo para o banheiro como se nada tivesse acontecido. Além disso, esta noite é importante. Estava esperando minha mãe chegar em casa. Precisamos nos preparar para o jantar.

Ouço quando ela entra e tira os sapatos. Dando descarga na privada cheia de papel higiênico molhado com o suor da minha testa, deixo o banheiro com a cara corada.

— Oi — digo.

Ela me olha de um jeito estranho.

— Não quero nem saber.

Perfeito. Não vai.

— Comprou as coisas?

Minha mãe me passa uma sacola de papel cheia de compras do mercado.

— Aqui. Mas como eu disse de manhã, acho uma péssima ideia.

Eu resmungaria qualquer coisa sobre ser um *plano* e não uma *ideia*, mas esta é a primeira vez que ela me diz mais do que "Levante" e "O jantar está pronto" desde que destruí o porão.

— As coisas não saíram bem — digo, tentando justificar o custo do kani-kama, para imitar carne de caranguejo.

— Às vezes é assim que acontece e tudo bem — minha mãe fala. — Na verdade, acho que a sua vida vai ficar bem melhor sem a Jamie. O jeito que você vem agindo desde que conheceu... essa jovenzinha... não é legal.

Com os ingredientes sobre o balcão, começo a preparar a mistura para os bolinhos de caranguejo em uma vasilha e verifico a temperatura do forno. Não tenho a menor esperança de que Jamie goste deles. Estou no piloto automático.

— Só estou pedindo que seja simpática.

A xícara de café da minha mãe acerta o balcão com um estalo sinistro.

— Simpática? Eu conheço uma pessoa trans, trabalho com um homem muito gentil na contabilidade. Ele é baixinho e tem mãos delicadas. É por isso que eu sabia quando perguntei a ele.

— Não acho que é assim que as coisas devem acontecer.

— Agora temos um especialista no assunto?

— Não — resmungo. Assim que soube a verdade sobre Jamie, fiz o que faço com todas as coisas que desconheço, recorri ao Google para entender melhor o assunto. — Só acho que você não deve chegar para alguém e simplesmente perguntar sobre isso. Não é da sua conta. É exatamente o contrário disso.

Ela passa os dedos na alça da xícara.

— Trabalho com ele todo dia, chamo ele de Jack mesmo que pareça Julia. E estou prestes a participar do encontro do meu filho com uma jovem muito confusa, o que mais você quer que eu faça?

— Não é um encontro — rebato.

— Querido, veja bem. Não é que vocês não sejam duas pessoas superlegais, só acho que você não precisa de uma complicação dessas nesse momento.

Faço pequenas bolinhas com a massa e ajeito-as na bandeja.

—Você me ouviu?

Não se preocupe, mãe. Eu te ouvi.

— Não precisa se preocupar.

—Você não está se sentindo atraído por ela, né?

Não tem como dizer a verdade. Sim, estou. Muito. Isso me deixa arrasado. À noite, eu olho para o teto que pintei de azul e desejo que Jamie estivesse ao meu lado. Sinto muita saudade dela.

— Não — eu digo.

Ela dá um gole e suspira.

— Vocês se conheceram na terapia. E, da mesma forma que você foi mandado para lá, ela também foi por um motivo. Mantenha distância, é só o que peço. Seja cordial. *Oi, como você está?*, esse tipo de coisa.

Dou um grunhido. O que minha mãe não sabe é que vou contar meu plano a Jamie e depois vamos mastigar os detalhes junto com bolinhos de caranguejo.

— Ela é muito bonita — minha mãe fala. — Mas eu sabia, meu sexto sentido apitou. A voz dela, os pés, os tangíveis intangíveis. Somei dois e dois.

Minha mãe, a especialista em gênero.

— Só quero dizer que essa é uma grande mudança para a Jamie e ela está passando por um período difícil. E você também. Então pegue leve.

— Tudo bem, você já falou isso mil vezes. — Não preciso ser lembrado de como fui idiota e como todo mundo percebeu assim que botou os olhos nela. — Só estou tentando ser uma boa pessoa. — Mas não é isso que sinto.

Levo os bolinhos de caranguejo ao forno e aciono o cronômetro. Minha mãe não se envolve com nada. Ela se recusa. Queria que ela tivesse ajudado, assim como queria que ela tivesse me perdoado e voltado a se importar. Se os bolinhos de caranguejo ficarem uma merda, a culpa será toda minha, mas não tenho tempo para me lamentar porque a campainha toca.

— Deve ser ela.

Minha mãe vai em direção à porta, mas eu corro atrás dela com a muleta.

— Eu atendo. — Passo por ela e meu ombro entorta um quadro besta, pintado por alguma tia-avó morta, de um coelho gordo embaixo de uma flor.

Minha mãe endireita a pintura para mim, ela não se aguenta.

— Parece um rinoceronte numa loja de porcelana — resmunga, como nos velhos tempos. Talvez tenha cansado de ficar brava comigo.

Ver Jamie é como abrir uma porta num desenho animado e dar de cara com árvores que dançam sob a luz do sol. Mesmo com seu olhar letal, ela está espetacular, como sempre. Quero abraçá-la, mas não posso. Esta noite tenho uma missão a cumprir.

A nova Jamie ainda parece a antiga Jamie, aquela da qual me lembro. Aquela que fazia eu me sentir plenamente feliz. A não ser pelo fato de que agora existe uma diferença que não consigo ignorar. Sei que estamos em Portland, sei que ela sequer é a primeira pessoa trans que eu conheço. Uma funcionária da biblioteca municipal se tornou ela depois de ser ele e ninguém se importou, mas não é a mesma coisa. A história dela foi tipo dar uma espiada no livro de outra pessoa. Um livro que dá para deixar no banco de uma praça porque você não se importa. Jamie era um capítulo de um livro que eu estava apenas começando a escrever.

Não importa o quanto eu não tenha dormido por estar pensando em todos os maravilhosos minutos horríveis que passamos juntos, agora parece que Jamie carrega um objeto que brilha e me distrai o tempo todo, não importa o que ela diga ou faça. Eu só consigo pensar nele. Embaixo da saia, ela tem partes de menino e eu fui enganado por isso.

Jamie está de casaco, braços cruzados, e ao lado dela, imagino, está sua igualmente irritada mãe.

— Você deve ser o Dylan — sua mãe fala devagar com tom de escárnio.

— Por favor, entrem! — minha mãe diz, com os braços estendidos, cheia de hospitalidade e alegria. A típica imagem da forçação de barra. — Eu sou a Anna. Posso pegar seus casacos?

— Jessica — a mãe de Jamie responde. Ela é alta. Do jeito que Jamie disse. — Obrigada, mas não vou poder ficar. Fui informada de que preciso esperar no carro.

Jamie cerra os dentes tão forte que consigo ouvir.

— Mãe — ela diz, ríspida.

— Adolescentes — minha mãe fala, e as duas reviram os olhos.

— Mãe — Jamie diz de novo.

— Eu sei, eu sei, estou indo. — A mãe de Jamie beija a bochecha dela. — Te vejo mais tarde.

Nossa porta da frente se fecha e paramos sem jeito no corredor.

— Fiz bolinho de caranguejo — falo de repente. — Porque são seus favoritos.

— Que simpático da sua parte. — Jamie e eu nos entreolhamos.

— Estão na cozinha. Pra comer. — Meu Deus.

Ela olha para baixo e tira o casaco. Minha mãe continua lá, cheia de sorrisos ansiosos, mãos prontas para receber o casaco de Jamie e pendurá-lo.

— Pode deixar — Jamie diz, e o pendura em um gancho livre. — Então... — Ela segue pelo corredor na direção da luz, passando da soleira e parando ao lado da geladeira. — Imagino que é aqui que vamos comer.

— Ofereça água para ela — minha mãe sussurra quando passa por mim.

—Você quer uma água? — pergunto assim que me junto a elas.

Jamie balança a cabeça e seu cabelo dança como num comercial.

— Não, obrigada.

O forno faz um barulho. Espero que isso signifique que ele queimou os bolinhos e podemos jogá-los no lixo e pedir uma pizza o mais rápido possível.

— Então, Jamie… Qual o seu feriado favorito? — minha mãe pergunta, quebrando o silêncio.

Jamie fica inquieta, se mexendo no lugar.

— Hum… O Natal é sempre legal.

— Também acho. — Minha mãe assente. — Meu preferido é o aniversário de Martin Luther King. Sempre foi.

— Desde quando? — pergunto.

— Desde antes de você nascer — ela responde. — Só que quando você tem um filho pequeno, acaba sendo obrigada a se animar com o Dia das Bruxas e o Natal, acordá-lo no Ano-Novo e tudo mais, mas, pessoalmente, é o aniversário do Martin Luther King.

Jamie e eu olhamos para ela, com medo do que virá a seguir.

— Amo a mensagem dele. — Minha mãe pigarreia. — Julgar alguém pelo conteúdo do seu caráter. Isso é lindo, muito lindo.

— Mãe, para com isso, por favor — peço.

Jamie junta as sobrancelhas, confusa.

— Legal…

— A minha mãe já estava de saída, não é, mãe?

Ela me olha como um porco-espinho raivoso prestes a atacar: toda fofa até você chegar perto demais.

— Sim, claro! Vou levar uma xícara de café para a coitada da sua mãe enquanto ela espera no carro. — Ela ergue a cafeteira. — Ela toma com leite? Açúcar?

— Sim, ela adora — diz Jamie.

— Ótimo. — Minha mãe joga café quente em uma xícara limpa, entope de leite e açúcar e calça as velhas pantufas quase em um único movimento. — Se precisarem de nós, sabem onde nos encontrar.

A porta bate, e Jamie e eu ficamos de pé na cozinha.

— Ela parece legal... — Jamie diz, hesitante.

— Ela está se esforçando demais e está brava comigo. Difícil uma combinação dessas funcionar.

— Bom, obrigada por me convidar. — Ela dá o menor dos sorrisos. — Apesar de isso ser mais estranho do que qualquer coisa estranha.

— Hum, é. Certo, tudo bem. Obrigado por vir. — O plano, repito para mim mesmo. Lembre-se do plano. — Eu... Eu não gostei de como... O que aconteceu foi... Você sabe.

— Eu sei.

— Então. Eu queria dizer que sinto muito por tudo. — Estendo a mão. — Amigos?

Jamie encolhe os ombros.

— Sim, claro.

Nos cumprimentamos.

Não tenho certeza se acredito nisso. Pelo jeito que Jamie parece desanimada, acho que ela também não. É como se nós dois soubéssemos que nossa coexistência é inútil. Não podemos ser meros conhecidos na Terra, se encontrando por acaso na rua e conversando sobre o clima. Não sem sentir uns socos potentes no estômago. Não faço ideia do que vai acontecer a partir daqui.

— Fiz bolinho de caranguejo pra você.

—Você já disse.

— São seus favoritos.

—Você quer uma medalha ou algo do tipo, Dylan? Sabe o quanto é difícil para mim estar aqui? E por que estou aqui, aliás? Você queria que eu viesse pra cá só pra você se sentir melhor? Só quer mesmo que sejamos amigos? Sério?

— O que há de errado nisso?

— Então tapar tudo o que aconteceu com o curativo da amizade resolve a situação num piscar de olhos? Vou ignorar o fato de que você foi o maior babaca e me fez sentir como a pessoa mais idiota do universo por pensar que estávamos... Vai se ferrar. Sim, bolinhos de caranguejo. — Ela esfrega uma mancha no balcão. — Ó, gloriandei! Hosana! Estás salvo!

— Pargarávio.

Jamie lança um olhar fulminante.

— Não é só você que gosta da escola. Não é só porque a minha cabeça não é grande como se eu tivesse hidrocefalia ou algo assim que não tenho interesse pelos estudos — ela diz. — Embora hidrocefalia seja uma condição terrível e eu não deseje isso a ninguém.

— Já terminou?

— Cala a boca.

É óbvio que nenhum de nós dá a mínima para os bolinhos de caranguejo. De repente, estou ensopado de gasolina e ela está com um fósforo na mão. Bem no fundo, existe uma parte de mim que ainda está a fim de Jamie, que ainda quer falar com ela o tempo inteiro. A constatação me acerta no alto da cabeça e eu engulo tudo. *Pai, espero que você me ouça onde quer que esteja e faça isso passar.*

Não sei o que pensar sobre isso, então guardo dentro de mim.

Olhando discretamente para Jamie, observo enquanto ela tira pedacinhos de sujeira de uma boca do fogão e percebo, como avisos de um sonar, que não era só raiva que eu estava sentindo; também era tristeza. Para cada olhar atravessado e palavra irritada, há dez vezes mais lá dentro onde ela está ferida.

— Sinto muito — eu digo.

— Ouvi da primeira vez que você falou. — Jamie nem olha para mim.

— Eu não lidei bem com a situação. Tem tanta coisa que eu queria poder mudar — digo.

— Bem, adivinha só, capitão Tato, eu não queria mudar nada. Exceto passar por tudo isso sem você nem me ouvir naquele dia.

— Pode repetir pra mim agora?

— Por quê?

— Pra eu poder ouvir cada palavra.

Ela solta um suspiro.

— Eu tinha contado que meu avô me chamava pelo meu nome antigo e que meu pai o corrigia dizendo: "Por favor, chame minha filha pelo verdadeiro nome dela". Foi um momento importante. A dra. Burns perguntou o que você achava, mas você estava no mundo da lua. E então você disse que tudo bem.

— Isso não é justo. — Eu sabia que a dra. Burns era difícil. Ela estava tentando me fazer parecer estúpido diante de um monte de garotas. — Nome antigo? Como se eu fosse ouvir isso e pensar: "Olha só! Isso significa que a Jamie é trans". Nada a ver. É injusto.

— Se você estivesse ouvindo de verdade e tivesse prestado atenção no que a Maldita disse sobre meu pai estar agindo bem durante a minha transição, e no que a Hannah me perguntou sobre como era ter que me ajustar ao novo ciclo de hormônios, então seria fácil ler as entrelinhas — ela diz. — É um assunto meu, sou a única responsável por decidir como falo sobre isso.

— Mas por que não ir direto ao ponto e dizer: "Oi, meu nome é Jamie e eu nasci um menino"?

Seus olhos me ignoram completamente.

— Nunca vou dizer isso porque não é verdade. O sexo designado quando nasci foi o masculino, mas meu gênero é feminino.

— Olha, eu sei que é rude que as pessoas façam um monte de perguntas indiscretas, mas você não pode dizer que somos um bando de idiotas porque não conseguimos ler a sua mente.

— Isso está tão distante da realidade que chega a ser estúpido — diz Jamie.

— Por que você nunca mencionou nada sobre ser trans? Tipo, nunca?

182

— Eu me abri com você o quanto me senti confortável —
ela responde. — Sou bem discreta sobre isso, pra ser honesta.
Na maior parte do tempo tenho outras coisas na cabeça. Será
que esqueci o dinheiro do almoço? Por que minha cachorra
fez xixi na porta dos fundos se saiu pra passear não faz nem
dez minutos? Coisas. Pensamentos. Vida. Entende?

— Só estou dizendo que um pouco de clareza não cairia
mal.

— E quando é que eu não fui clara? Foi nas roupas que eu
visto, em cada palavra que eu digo? Nas fotos que eu tiro? Nas
histórias que eu conto? Sendo feliz por sair com você? Quem
diabos eu sou? Eu pensei que estava me abrindo com você,
mais do que com qualquer outro garoto que conheci antes.
Então, por favor, você que é tão inteligente, me diga em que
momento escondi quem eu sou de verdade?

Eu fecho a boca. Não tinha percebido que ela estava aberta.

O cronômetro apita. Me aproximo do forno pulando e
ponho a luva. Bandeja em mãos, deixo a porta bater e pouso
a assadeira cheia de bolinhos deformados sobre o fogão. Pulo
para trás num pé só e nós dois olhamos fixamente para eles,
que estão de dar pena.

— A carne de caranguejo é falsa — digo.

— Humm, igual nosso suposto relacionamento.

Essa doeu.

— A coisa do diabetes — comento. — Aquilo foi mentira.

— Por omissão.

— Por que mentir sobre isso?

— Porque fiquei assustada quando você me seguiu dentro

do ônibus. Você é grande. E estávamos sozinhos. Não queria comentar sobre meu histórico médico com um quase estranho porque não sou obrigada. Nunca. Não queria correr o risco de apanhar outra vez.

— Aquele outro cara sabia?

— Sim. Ele se chamava Colin e sabia. Do mesmo jeito que pensei que você soubesse. — Jamie cutuca um bolinho de caranguejo. Ela tira os cantos meio queimados e dá uma mordida. — Não tá ruim não, viu? Mas sim, eu ditava as regras na minha escola junto com as garotas com quem andava. A gente que mandava na área. Elas achavam que eu era tipo o melhor amigo gay delas, mas eu não era. Aquilo era eu fingindo ser um melhor amigo gay. — Ela me olha. — Isso não é louco?

— Por que é tão louco?

— Enquanto eu fui o amigo gay maldoso que falava: "Isso aí, amigas, SE JOGUEM, vocês são maravilhosas!" — ela diz, estalando os dedos num ritmo constante —, e ia para o shopping com elas, penteava seus cabelos, ajudava na maquiagem e implicava com o Colin, como todas elas faziam, tudo bem. Tipo, normal até quando eu mandava: "Amiga, já viu a roupa que meu boy favorito está vestindo hoje? Continua enrustido!". Elas achavam hilário. Nós cinco éramos as rainhas do nono ano.

— Ah. — Agora entendo. — Pelo jeito você era um baita estereótipo.

— Não um estereótipo. Eu imitava um garoto que conheci numa aula extra em que aprendemos a usar a câmara escura. Todos os produtos químicos e coisas do tipo. Ele era o ser humano mais fenomenal que já conheci, completamente destemido. Eu o admirava muito. Depois disso, comecei a agir como ele também. — Ela dá de ombros. — Me sinto mal por ter tido que roubar a personalidade dele, mas ajudou a disfarçar a minha própria. Então… Sim.

—Você sempre soube que era uma garota aprisionada no corpo de um menino?

— Não.

Todos os vídeos que pesquisei no YouTube mentiram para mim.

— Mas é isso o que todo mundo diz.

— Que bom para eles, mas eu digo algo diferente. Tive pais muito legais quando eu era pequena. Eles nunca se importaram de me comprar esmalte nem nada do tipo. Para eles, era algo para se ter orgulho. Mas quando completei doze anos, comecei a perceber que eu não era um menino que gostava de purpurina e tinha uma queda por meninos. Era uma garota que gostava de purpurina e tinha uma queda por meninos — ela diz. — Foi quando as coisas começaram a ir ladeira abaixo.

— Isso eu consigo entender.

— Foi a coisa mais assustadora que já senti — ela diz com a voz baixa. — Era muito conveniente estar com as garotas populares, já que elas ditavam as regras. Elas me protegiam de tudo, e foi assim que me adaptei. Mas de repente eu não aguentava mais fazer isso. A depressão… Foi pesada. Então comecei a vestir as roupas que eu gostava e usar o cabelo do jeito que eu queria. E comecei a viver a vida do modo que me fazia sentir bem. Do jeito que eu sentia que era o certo.

As garotas aceitaram mais ou menos. Duas delas fizeram todo o possível por mim e somos próximas até hoje. Outras duas preferiram se afastar. Uma disse que eu não podia "fazer isso com ela" porque "acabava com a sua reputação". Que droga é essa, sabe? Nunca mais nos falamos.

— E esse tal de Colin?

Jamie se inclina perto do forno e belisca o bolinho.

— Estávamos sozinhos um dia e eu nunca tinha feito nenhuma brincadeira na cara dele, sabe? Nunca o provoquei. Só tinha uma queda por ele. Nada de mais. Fui bem sutil. Tudo o que eu disse foi: "Você está bonito hoje". Só isso. — Ela balança a cabeça. — Quando ele me conhecia como Jeff, levava tudo na brincadeira. Dessa vez, sendo eu, sendo Jamie, quando fui verdadeira com ele, ele não gostou. Deixou isso bem claro. Pensei que tivesse fraturado meu rosto, do jeito que me jogou no armário. — Ela toca o rosto. No mesmo lugar que tocou no jardim de rosas. — As duas garotas que se afastaram de mim se uniram a ele e fizeram da minha vida um verdadeiro inferno. Meus pais entraram em pânico com medo de que eu apanhasse outra vez ou coisa pior. Fui transferida de escola, e é isso.

— Um novo começo.

— Humm. — Ela mastiga. — Esses bolinhos de caranguejo estão mais gostosos do que pensei.

— Obrigado.

Não estou pensando que ela está bonita na minha cozinha, comendo os bolinhos que eu cozinhei. Não estou pensando em encontrar esse tal de Colin e esmurrá-lo até cansar. Não estou pensando em como me divertiria com isso, esmagar seu rosto imbecil até parecer geleia pelo que ele fez com ela. Não estou pensando em nada disso. Não, não estou.

— É estranho, sabe? Pensei que fosse meu namorado. Meu primeiro namorado. Toda aquela coisa romântica e doce. Os passeios no parque, andar de mãos dadas, ir numa roda gigante e ficar parados lá no alto... — Ela suspira, e isso me dói nas costelas. — Mas isso tudo já era.

— Certo.

— Mas continuo sendo a mesma garota, e você o mesmo garoto. É muito louco.

— O que é louco?

—Você nem faz meu tipo. Eu sou maluca por skatistas. — Ela ri de si mesma. — Nunca pensei que gostaria de...

— Uma fera? — eu digo.

Ela dá de ombros e o sorriso em seu rosto diz tudo. Eu me apoio no balcão. Ficar de pé dói. E ela pensa que eu sou a Fera. Ela é igual a todo mundo. Tudo bem. Fale do plano.

— Preciso te dizer uma coisa.

—Vai fundo — ela diz.

— A história de que você é trans se espalhou na minha escola, e uns garotos disseram coisas ruins, então a partir de agora eu vou te proteger.

—Você o quê?

— Serei o seu novo guarda-costas — declaro, estufando o peito como o monstro terrível que sou.

Jamie tira as migalhas das mãos e dos cantos da boca.

— Isso é simpático da sua parte, mas não, obrigada.

— Espere um minuto. — Eu murcho. — Quero agir certo com você.

— Aham, aposto que sim, mas não, valeu. Não preciso da sua ajuda.

— Esses garotos te ameaçaram. Quero que me ligue a qualquer momento se precisar de mim. E eu vou até você.

Ela olha para o meu gesso.

—Você vai simplesmente vir pulando até mim, é isso?

— Jamie...

— Entendi, está tentando ser todo cavalheiro, mas dê uma olhada nisso. — Ela põe a mão na bolsa, afasta a câmera e puxa duas coisas pretas.

— O que é isso?

— Isto é um spray de pimenta e isto é um *kubotan*, tipo uma pequena vara dura de metal. Aqui, me dê a sua mão.

Estico minha mão e ela põe o *kubotan* logo abaixo do meu dedão e o pressiona. Uma pontada de dor me faz gritar, e eu afasto a mão com um puxão, segurando-a contra o peito.

—Aprendi tudo isso na aula de defesa pessoal para mulheres. Não é incrível que meninas precisem aprender esse tipo de coisa para se sentirem seguras? Isso foi sarcasmo, só pra deixar claro. E essa é só uma das maneiras de usar o *kubotan*, existem várias outras. Aqui, deixa eu usar no seu pescoço.

— Nem pensar, sua sádica.

Ela guarda o spray e o bastão do mal de volta na bolsa.

— Como eu disse, obrigada pela oferta, mas vou ficar bem.

— E se te pegarem desprevenida?

— Se me pegarem desprevenida, o que eu vou fazer? Dizer para os agressores esperarem um minutinho enquanto ligo para o meu guarda-costas? Fala sério, Dylan — ela diz. — Por que não diz para os seus amigos ficarem de boa? Pode ser mais eficiente do que encontrar um cavalo branco para montar em cima.

Mas e se eu quiser ser o herói?

Jamie pega a bolsa e a joga por cima do ombro.

— Era esse lance de guarda-costas que você queria me dizer? Foi por isso que vim até aqui em uma noite no meio da semana?

— Eu… acho que sim.

— Beleza. Obrigada pelos bolinhos. Agora preciso ir fazer o dever de casa — ela diz, indo para a porta da frente.

— Quer ficar e a gente faz juntos?

— Não. A gente se vê por aí, amigão.

A porta se abre com um estalo e se fecha com uma batida.

Antes que a minha mãe tenha a chance de entrar e jogar tudo na minha cara, levo o dever de casa para cima e deito na cama sob meu teto azul. *Pai,* penso, olhando em direção ao infinito que existe além do nosso telhado. *As coisas não saíram como eu havia imaginado.* E então eu me pergunto: será que meu pai teve alguma coisa a ver com isso?

Eu gostaria de saber qual seria a resposta dele. Percebo que daria tudo para ter mais cinco minutos com ele. Só cinco minutos.

Para ver seu rosto. Ouvir sua voz. Tirar com ele todas as dúvidas que tiro com o nada. Porque tudo que eu quero é conhecê-lo.

Mas não posso. Nunca vou poder. Então tento seguir adiante, continuar lidando com as coisas. Encher a cabeça, preencher o vácuo. Deixar de lado o que nunca terei. Pego minha pilha de cinco livros grossos com uma mão e os solto na cama. Hora de fazer o dever de casa.

DEZOITO

Outro dia de merda; selado, registrado, carimbado. Como foi gostoso fingir que as pessoas não estavam rindo da minha cara enquanto mancava pelos corredores. Que agradável foi tentar juntar coragem para confirmar com Ethan e Bryce que eles só estavam brincando, certo? Eles não iam atrás da Jamie mesmo, né? E, ah! Não dá pra dizer o quanto fiquei orgulhoso de mim mesmo por arregar todas as vezes.

Não almocei hoje. Não sabia onde sentar, não sabia quem aceitaria minha companhia. E se a escola inteira sempre me odiou secretamente sem eu saber? Não estava no clima de descobrir.

Esse devia ser meu ano, droga.

Me arrasto para a cama no meu quarto. Meu travesseiro me aguarda; enfio a cara nele e grito. Não muito alto, mas alto o bastante. Tiro o travesseiro do rosto e encaro o teto azul,

azul, azul. Quando estava no segundo ano, quis pintá-lo dessa cor porque era onde meu pai estava. Nas nuvens lá no alto.

E aí, pai.

Sou eu. Sei que já faz um tempo.

Se estiver no paraíso, agora você está mesmo alto, tipo, a quilômetros de altura, então escuta só essa piada que ouço o tempo todo: como está o clima aí em cima?

Se achou engraçado, ha-ha, eu também! Adoro quando as pessoas me falam isso, nunca me canso! Se não gostou, tudo bem, também não gosto. Me deixa maluco ouvi-la um milhão de vezes, sabe? Só que não sei o que você pensa sobre o assunto. Queria saber. Queria saber o que te fazia rir, porque embora todo mundo me diga que você era um cara divertido, isso pode significar qualquer coisa. Eu realmente não sei como era o seu senso de humor.

Queria saber.

Queria que você falasse comigo e me ajudasse, do mesmo jeito que faz com a mamãe. Ela sente saudades de você. Eu também sinto. Caso pense que não sinto, eu sinto, sim. Só finjo que não de vez em quando. Do mesmo jeito que finjo não me importar quando vejo os pais dos outros alunos irem buscá-los depois da aula e tal. É mais fácil assim, mas não faz com que eu sinta nem um tantinho menos a sua falta.

Espero que você possa me ajudar com uma coisa, pelo menos por um segundo.

Estou pensando que, se eu estivesse morto por dentro e sem alma, seria uma maneira muito mais fácil de passar pelo ensino médio. Você viu o que o JP fez, sabe como ele pode ser escroto. E eu estou sem saída porque ele tem a escola inteira nas mãos. Ele me expôs e é isso. Já era.

Então, por favor, me faça ser horrível. Mas não como aconteceu com a Jamie, quando éramos horríveis e, com ela, passei os melhores dias da minha vida. Estou falando de ser realmente horrível, para que, caso eu não possa ficar com ela, possa pelo menos sobreviver ao resto do ensino médio como um rabugento impassível e deprimente.

P.S. Por favor, me faça parar de crescer.

E me deixe quinze centímetros mais baixo.

E uns quarenta quilos mais leve.

E sem pelos nas costas.

Obrigado.

Tchau, pai.

Sinto sua falta todos os dias.

Encerro minha carta para um homem morto e adiciono uma observação ao universo: por favor, de algum jeito, de alguma forma, leve embora o que sinto por Jamie.

Isso tem que ir num pós-escrito porque não quero que ele saiba o quanto o que sinto é intenso. Tudo que quero, mais do que qualquer coisa, é um sinal vindo de cima. Como não sei qual é a opinião dele — qual era — sobre esse assunto, fico preocupado que só tenha sua desaprovação. Quero dizer, e se eu gosto da Jamie mas meu pai não? Nunca terei esse sinal. Ele nunca vai falar comigo.

Como se esse pensamento não fosse assustador o bastante, estou preocupado com a possibilidade de meu tempo também estar passando. Se meu tempo por aqui vai acabar quando eu completar vinte e seis anos, do mesmo jeito que aconteceu com ele, então meio que quero que meu pai esteja me esperando no paraíso de braços abertos.

Mas essa conexão que tenho com Jamie não vai desaparecer. Assim que ela bateu a porta da frente ontem à noite, eu sabia que estava perdido. É um sentimento muito estranho e desconfortável porque não sei qual equação resolve o problema.

Muitos pensamentos loucos passam pela minha cabeça, como poder pôr as mãos no meu próprio peito, atravessar a pele, os músculos e o esterno e arrancar o que sinto por ela de dentro de mim. É como enfiar as mãos dentro de um barril cheio de arroz, os grãos pressionando de todos os lados. É tranquilizador e impressionante. Eu pego, reúno todos aqueles grãos espalhados, cada um representando um átomo diferente dela, e os tiro do meu coração. Sua perspicácia, sua risada, suas piadas. Como ela me surpreende, como tenho vontade de ouvir tudo o que ela tem a dizer. Como quero contar coisas a ela.

Os grãos são maravilhosos demais para jogá-los fora, mas estou apavorado com a ideia de devolvê-los ao lugar onde estavam.

Não consigo parar de pensar na Jamie. Na necessidade dolorosa de estar ao lado dela. Mas se aprendi alguma coisa por não ter meu pai, é que sou muito bom em guardar tudo que me incomoda numa gaveta, assim posso lidar com elas só depois.

Ou nunca.

Alguém bate na porta, e eu fecho aquela gaveta. Faz séculos que minha mãe não vem aqui conversar comigo. Agora é o momento perfeito para aquele papinho de "você é demais" que ela tanto gosta. Estava sentindo falta disso, mas nunca vou admitir para ela.

— Entra, mãe — eu grito.

A porta se abre e eu me encolho. É o JP.

— Que merda você veio fazer aqui? — Eu parto para cima dele, pronto para rasgá-lo em pedacinhos antes que ele tenha a chance de dizer que é dia de tacos. Porque ele sempre vem aqui nos dias de tacos. — Vaza daqui, JP, ou finalmente vou fazer o que não consegui no refeitório.

Ele agarra o batente da porta, como se isso fosse me impedir.

— Vá em frente, seu animal descontrolado, não estou aqui por você, de qualquer modo. Estou aqui por mim.

Solto uma bufada amargurada.

— É claro que você está aqui por você — digo. — Desde quando o mundo não gira em torno do incrível JP?

— Meu Deus, você tá tão perdido no seu próprio universo.

— Você só pode estar de sacanagem comigo. Você tacou fogo em mim e disse pra escola inteira jogar mais gasolina. Acha que vou deixar isso pra lá? Devia te quebrar inteiro aqui mesmo, começando pela sua cara.

— Tudo bem, mas aguenta aí por dois motivos. Primeiro, estou ajudando vocês dois. Vocês precisam da minha aprovação para todos os demais aceitarem. E segundo, você é o bebezinho mais mimado que eu já conheci.

— Sua aprovação? Eu sou um bebezinho? Que merda é essa, JP? — pergunto. Ele está ocupado demais com seu corpo perfeito, seu cabelo perfeito, seu desfile de namoradas perfeitas para sequer imaginar como é estar na minha pele. — Por que você veio aqui? Pra me torturar? Esfregar as coisas na minha cara?

— Porque não aguento mais e preciso saber por que você nunca deu a mínima para o problema da minha mãe.

Meu estômago derrete.

— Eu…

Porque faz eu me sentir terrivelmente, horrivelmente desconfortável.

— Você sempre age como se isso não fosse nada, vai embora, muda de assunto, e aí quando estou tentando te apoiar, você vai e esfrega a história da minha mãe na minha cara? Que tipo de pessoa faz isso?

Fico parado.

Pulo uma vez para me equilibrar.

— Sabe como faz frio na casa da árvore? Não sabe que eu daria tudo para poder dormir na minha própria cama e ter certeza de que vai estar tudo bem quando eu abrir os olhos de manhã? Que talvez, pra variar, ela vá estar preparando o café da manhã na cozinha? Não porque ela se sente culpada e pede entrega pelo telefone, mas tipo, comida de verdade, porque ela quer me alimentar. Porque sou filho dela e é isso que as mães fazem — ele diz, sacudindo a cabeça enquanto eu não falo nada. — Por que você teve que tocar no assunto?

— Pensei que estava aqui pra me convidar pra comer tacos.

JP quase bate com a testa na porta.

— Sério? Cara, você e sua mãe são as únicas pessoas no mundo em quem confiei pra contar isso, e você vira um bloco de gelo sempre que toco no assunto.

— O que você quer de mim? — digo. — Você aparece aqui do nada, faz eu me sentir um merda, remoendo toda essa porcaria com a sua mãe, e nem me pede desculpa por me envergonhar na frente da escola inteira.

— Você não devia sentir vergonha nenhuma por gostar da Jamie. Ela é legal.

— Corta essa. Você sabe bem o que fez.

— Talvez.

— É, talvez.

Nós dois cruzamos os braços ao mesmo tempo, o que é estranho, então nós dois soltamos, o que também é estranho. Me curvo e entro em modo minotauro, e ele joga a cabeça para trás, tirando o cabelo perfeito dos olhos.

— Terminei com a Bailey — ele diz.

— O que isso tem a ver com o resto?

— Só comentando. A gente falava sobre esse tipo de coisa.

— Você falava. Nunca dei nenhuma contribuição.

— Bem, agora você tem a Jamie.

— Não, não tenho.

— Você pode voltar com ela. Vocês estavam loucamente felizes juntos — ele diz. — Dava pra ver.

— Já terminou de falar?

—Vou fazer um acordo contigo — ele diz.

— Foda-se seu acordo.

— A gente precisa um do outro. Você e eu. Posso fazer disso a melhor coisa possível, oficialmente a melhor coisa do mundo, para você e a Jamie ficarem juntos, para que ninguém na escola te sacaneie. Nível hashtag no Twitter, Facebook e tudo a que tem direito. Hashtag DylanAmaJamiePraSempre. Fazer a escola inteira aplaudir de pé quando os repórteres aparecerem pra filmar vocês dois indo para o baile.

Imagino a cena.

— Sabe que posso fazer isso.

Não discordo. Ele tem esse dom intangível de fazer as pessoas o seguirem.

— E tudo que você precisa fazer, tipo, sério, a única coisa mesmo, é dar um jeito no Adam Michaels pra mim.

— Então essa conversa era por isso? Porque você não recebeu seu maldito dinheiro de volta? — Eu bufo, juro por Deus que estou a um passo de arremessá-lo pela janela. — O problema nunca foi a sua mãe, né? Você sempre usou esse assunto pra me atingir e conseguir o que você quer porque sabe que não consigo lidar com isso. Dá o fora da minha casa, seu desgraçado.

—Tudo bem, tudo bem, não precisa me bater. — Ele dispara para fora do meu alcance e desce a escada.

Procuro minha muleta. Despencando escada abaixo, posso ouvir minha mãe e JP cochichando e rindo. Todo mundo torceu pelo João depois que ele roubou todas as coisas do gigante e desceu de volta pelo pé de feijão. Ninguém liga que talvez o gigante só estivesse tentando ficar longe de merdinhas feito o João.

Vou mancando até eles.

— Quero que ele vá embora daqui — digo.

— Dylan? — minha mãe diz. — Por que isso? O que aconteceu?

JP veste o casaco. É claro que fica bem nele.

— Não se preocupe — ele diz. — Já estava de saída.

Minha mãe levanta para impedi-lo.

— Espera aí, qual o problema entre vocês dois?

JP a silencia com um olhar.

— Desculpe — ela diz.

— Não peça desculpas pra ele — eu digo, pronto para chutá-lo para fora.

JP acelera para fora da cozinha, entrando na escuridão do corredor, protegendo o pescoço o tempo inteiro.

— Tô indo, tô indo.

— Some daqui. — Bato a porta na cara dele.

— Dylan! — Minha mãe vem na minha direção. — Você não pode expulsá-lo desse jeito!

— Novidade, mãe: o JP é um lixo humano.

— Ele ficou com medo de você. Não viu o jeito como ele estava se encolhendo? Ele achou que você ia machucá-lo. O que há de errado com você? — Ela se abraça em vez de me abraçar. — Sei que vocês dois estão passando por momentos difíceis. Isso é normal. Toda amizade passa por períodos turbulentos. Contanto que mantenham uma conversa franca, tudo vai ficar bem.

Quero gritar, mas não grito. Meu travesseiro ficou lá em cima.

— Mãe, ele está te usando do mesmo jeito que usa todo mundo.

— Não, não está. Juro, Dylan, você é tão egoísta que chega a ser irritante. Ele vem aqui para te oferecer um pouco de conforto e segurança... Ele é muito sensível.

— Ele é um babaca manipulador!

— A mãe dele é alcoólatra. Onde está sua compaixão?

— Mãe...

— Sério, Dylan, o que aconteceu com você? Virando as costas para alguém que foi seu amigo a vida inteira? Vocês dois nem jogam mais videogame juntos. — Ela para. — Sabe, pra mim a culpa é da Jamie.

— O quê?

— Sério! Desde que a conheceu, você anda destrutivo e temperamental, fica insultando a memória do seu pai. Não sei mais o que fazer com você. — Ela volta para a cozinha e enfia os pratos sujos na máquina de lavar louça. — E eu sei que é por causa da Jamie porque a pobre da mãe dela me disse a mesma coisa. Ela se esforçou até não poder mais para apoiar o filho e, assim que ele resolveu que agora é uma menina, sua nova "filha" a trata pior que lixo. Jamie é uma má influência pra você.

— Do que você está falando? Eu não te trato mal.

Minha mãe entrelaça os dedos.

— Nós éramos tão próximos, Dylan.

—Ainda somos próximos.

—Você pelo menos ainda me quer por perto?

— Claro que sim. É por isso que você não se cansa do JP? Porque ele é um idiota carente e eu não?

— Chega! Isso é conversa da Jamie, com certeza.

Eu inspiro, prendo a respiração e solto mais devagar do que uma tartaruga faria.

— Mãe. Eu preciso de você na minha vida. Eu te amo. Tudo que se passa entre a gente não tem nada a ver com a Jamie, com o JP ou com qualquer outra pessoa.

— Mas sempre cuidamos do JP. Vocês se chamavam de irmãos.

— Esquece ele! — Soco o balcão.

Diante dela, quase posso ver a fumaça saindo das minhas narinas. Minha mãe olha para mim de olhos arregalados.

— Entendi. — Ela pega seu livro, calça as pantufas e me deixa sozinho.

— Mãe — digo, na esperança de fazê-la voltar. A hora é agora, tenho vontade de dizer. Agite seus pompons e me diga que vai ficar tudo bem.

— Durma um pouco, Dylan. Se acalme. A gente conversa de novo amanhã — ela diz, em um tom monótono na sala. Depois liga a TV para me ignorar duplamente: com seu romance barato e seu seriado policial hediondo com criancinhas estupradas e assassinos por toda parte.

Vejo meu reflexo na janela. Estou cabisbaixo. Toco o topo

da cabeça. Meu cabelo está crescendo de novo. Assim como o resto de mim. Crescendo, crescendo, sempre crescendo.

Quero desaparecer no porão.

Lá, na umidade fria das paredes de cimento, pulo num pé só entre os cacos de vidro que estão enfiados nas finas rachaduras do chão e chego até os trens.

Minúsculos trilhos e árvores quebradas. Se meu pai era tão alto quanto eu, é estranho pensar que tenha dedicado tanto tempo a fazer algo tão pequeno. Me ajoelho e fico frente a frente com a pequena cidade. Retalhos de grama e terrenos irregulares. Fiações enroladas espalhadas entre chumaços de grama falsa. Encaixo alguns trilhos no lugar. Realinho uma fileira irregular de telhas.

Quando sento no canto, sinto algo duro no bolso. Meu celular. Sem mensagens. De qualquer forma, só queria ter recebido mensagem de uma pessoa. Começo a escrever uma, mas paro no meio do caminho e decido ligar. Preciso ligar.

— E aí? — Jamie fala.

DEZENOVE

— Só queria conversar com alguém que entende — digo.

— Então não faço ideia de por que está me ligando. — Ela faz uma pausa. —Você está bem?

Encosto na parede.

— Não.

— O que houve?

Tudo o que tenho vontade de dizer parece estar preso em uma armadilha, puxando e lutando para escapar. Os trens estão caídos em uma cidadezinha que parece ter sido atingida por um terremoto e um tornado. Apoio o queixo contra a pequena construção. Tudo é de plástico, quebrado, e tem cheiro de mofo.

— Quando você e suas amigas brigaram foi muito ruim? Tipo, elas viraram a escola inteira contra você? Foi por isso que foi transferida?

— Eu… Não foi nada bom. Elas são culpadas em parte, mas a culpada principal sou eu.

— Por quê?

— Eu mudei.

— Hum… — Além do óbvio? Será que posso dizer isso? — De que jeito?

— É difícil dizer, talvez porque parei de pentear o cabelo delas ou porque não queriam que eu usasse saia por ter pernas mais bonitas do que as delas, mas acho que o motivo principal foi ter encontrado partes de mim mesma que eram muito verdadeiras. E elas não gostaram muito.

— Elas parecem superficiais.

— O que posso dizer? A popularidade tem efeitos estranhos nas pessoas.

— Sei como é — digo, mas não posso dizer a ela que, sem contar todas as vantagens de andar com o JP, ainda quero ser amigo dele por alguma razão idiota. É algo em que nós dois somos realmente ruins. Mas se eu disser a Jamie que estou com medo de que o resto da escola comece a me apedrejar por não ter mais o JP do meu lado, ela vai pensar que sou mais superficial do que gente que se importa com quem usa saia e quem não usa. Eu não dou a mínima para o que as pessoas vestem, mas preciso que elas reconheçam minha existência. E odeio precisar do JP para isso. — JP e eu brigamos. Feio.

— Aquele garoto que conheci quando ganhei a bicicleta?

— Aham.

— Ele parecia bem cheio de si. Tem certeza que não tem volta?

— Positivo. Estou a um passo de me tornar um leproso.

— Uau. Isso é bem ruim. O que você fez? — Decepcionei você, é o que tenho vontade de dizer. — Tá, deixa eu fazer uma pergunta diferente — ela diz. — O que ele fez?

— O mesmo de sempre. Só que foi a primeira vez que eu percebi.

— Quer saber o que eu aprendi?

Faço que sim com a cabeça, mas ela não pode me ver.

— Quero.

— Que às vezes os amigos vão embora. Eles nunca vão perceber certas coisas sobre eles, ainda que você saiba que são verdade. E sabe qual a melhor parte?

— Qual?

— Eles também acham coisas horríveis a seu respeito, e é por isso que vocês não devem mais ser amigos — ela diz. —Você pode analisar um milhão de detalhes, cada conversa, cada mensagem, mas no fim das contas, merdas acontecem. E se você não gosta da merda que acontece quando está ao lado deles, é hora de cair fora.

— Mais fácil falar do que fazer.

— É, só que eu já fiz isso — ela diz. — É uma bosta, deixa buracos na gente.

Já tenho tantos buracos quanto um queijo suíço. Odeio saber que isso só vai piorar. Ficamos calados. Mexo num interruptor ao lado dos trilhos. Nada acontece.

— Minha mãe acha que estou sendo egoísta. Ela não está mais do meu lado.

— Ah, conheço bem essa sensação. Minha mãe e eu não podemos ficar no mesmo ambiente sozinhas por mais de dez minutos sem entrar em uma discussão. Ela acha que estou passando por uma fase. Como se alguém quisesse mesmo passar por isso, tipo, por diversão.

— Minha mãe está puta comigo.

— Ela é boa em guardar rancor?

— Campeã — digo. — Mas não é como se eu não merecesse.

— O que você fez?

— Destruí uma maquete de trem que meu pai construiu.

— Então o ajude a reconstruir, ué.

— Não dá. Ele morreu.

— O quê? Meu Deus! — ela quase grita. — Sinto muito. Você nunca me contou.

— Não percebeu que não havia um pai por aqui quando veio jantar?

— Sei lá, como também não levei o meu, imaginei que estávamos quites — ela diz.

— Tudo bem. Ele morreu há doze anos.

— Sinto muito.

— Obrigado.

— Estou sendo sincera.

— Eu sei — digo. — E obrigado. — Também estou sendo sincero.

Encostado na parede gelada do porão, observo as partes vazias onde ficavam os espelhos. Pensando bem, o que eles refletiriam se existissem? Eu sorrindo enquanto converso com Jamie. Sim, eu veria um grande sorriso de bobo alegre no meu rosto porque falar com ela é como um dia de sol no meio do inverno, o que é bem raro em Portland. Dois minutos no telefone com ela bastam para que eu me sinta bem.

Estou me apaixonando por uma garota com partes de menino. Isso é estranho. Embora tecnicamente eu já tenha me apaixonado muito tempo atrás. Pelo telefone, é melhor do que a melhor das sensações. Como um pequeno retângulo que nos transforma em nada além de vozes. Somos nós, simplesmente. Ela não precisa me ver todo medonho e peludo, e eu posso falar com a pessoa de quem mais preciso.

— Hum — murmuro.

— O que foi? — ela pergunta.

— Só me sentindo melhor.

— Que bom. — A resposta é curta e rápida.

— Está se sentindo melhor? — pergunto a ela.

— Sobre o quê?

Ponho um pouco de enchimento de volta sob uma colina falsa. Uma ondulação suave retorna ao campo.

— Não sei, o que está te incomodando no momento?

— Está realmente interessado?

— É claro.

— Quero poder ir ao banheiro em paz.

— Como assim?

— Hoje rolou uma briga feia na escola. Eles fizeram um banheiro unissex para mim e eu peguei os três professores que foram contra a decisão me olhando torto. Foi como passar por um raio X muito fino.

— Eles não te deixam usar o banheiro feminino?

— Não. Sou obrigada a andar pra caramba até o unissex porque cabeças podem rolar caso eu pare em um dos cinquenta banheiros femininos para um xixi rapidinho. Seria TERRÍVEL. Alguém poderia MORRER. — Ela suspira. — É apenas temporário. Acho que as pessoas vão mudar. Um dia isso vai ser coisa do passado, material de livro de história.

— Nunca pensei sobre isso. — Tento imaginar a situação e é terrível. Ter aula no prédio inteiro, mas só poder usar um banheiro. Eu simplesmente não ia mais beber água. Mas se privar de água não faz sentido. — Sinto muito que tenha que passar por isso.

— Obrigada. — A voz dela soa como se estivesse olhando por uma janela e vendo um rosto muito triste refletido no vidro.

— Sabe o que odeio mais que tudo? — pergunto a ela. — Fazer o número dois na escola. Odeio ter que sumir por algum tempo e, quando meus amigos me veem saindo do banheiro, sempre fazem uma cara engraçada, tipo "Ha-ha, olha só pra você, deve estar uns cinco quilos mais magro". Odeio isso. O beijo de Poseidon bem antes da aula de inglês é o pior de tudo.

— Estou com medo de perguntar o que é isso.

— A água que sobe por causa do impacto.

— Certo, acabei de vomitar. — Ela ri. — É por isso que nunca faço cocô na escola, jamais. Nem pensar.

— Como isso é possível?

— Já ouviu a frase "não passa nem agulha de tanto medo"? — Ela ri, mas parece estar repetindo uma piada ruim. — Passei anos assim. Nunca quis ir ao banheiro dos meninos. Segurava o dia inteiro na época do ensino fundamental.

— Todo dia?

— A menos que fosse uma emergência total, sim. Segurava.

— Caramba.

— Toda essa coisa de banheiro é idiota. Não quero tratamento especial e não quero ter que sair por aí explicando para as pessoas porque, sinceramente, não é minha obrigação. Só quero fazer xixi. — Jamie ri. — Não acredito que estou conversando com você sobre isso. Que vergonha.

— Para ser sincero, fui eu que comecei a falar de cocô.

— Verdade. Você é uma péssima influência.

— Horrível.

— Muito horrível.

Só quero gritar: "Isso! Vamos ser horríveis juntos!", mas em vez disso eu desligo.

Largo o celular na maquete de trem e cerro os punhos. *Droga, por que isso agora?* Mas eu sei por quê. Fiquei nervoso e meu estômago virou um pula-pula. "Vão se danar, borboletas", digo e ligo de volta.

Ela atende.

— O que aconteceu?

Nervos.

— Hum, o celular caiu. Ou algo assim.

— Ah...

— Quero que sejamos amigos — disparo.

— Sim, eu sei. Não foi por isso que comi bolinho de caranguejo um dia desses?

— Você nem comeu tudo.

Ela ri.

— Não seja implicante.

— Não estava gostoso?

— Continuando. Amigos. Já definimos isso. Quer uma confirmação autenticada em cartório ou algo assim? Porque isso vai custar algum dinheiro.

— Não sei. Não quero ofender ninguém.

— Se por ninguém você se refere a mim, é só pensar no tempo em que eu era apenas uma garota qualquer andando pela rua. Só isso.

É disso que eu tenho medo. Finco uma árvore meio quebrada na grama, e ela cai novamente. É por isso que amo a escola: não preciso questionar nada, só tenho que fazer.

—Tenha paciência comigo — peço a ela.

— Estou tentando. — Sua voz está suave.

— Me incomoda não saber o que vai acontecer. As coisas costumavam ser bem claras. Agora não tenho tanta certeza.

— Mas não é assim com todo mundo? Estamos todos crescendo um pouco mais a cada dia e tudo mais?

Eu pulo.

— Podemos não falar sobre crescer?

— Hum, tudo bem. Bem, já que somos amigos e tal, se quiser conversar sobre as grandes incógnitas da vida ou gritar para o infinito ou qualquer coisa do tipo, sabe onde me encontrar — ela diz. — Mas agora preciso ir. Tenho que fazer o dever de casa.

— Devíamos fazer o dever de casa juntos qualquer hora.

— NÃO! Quer dizer, não, obrigada — ela diz, afobada. —

Sou péssima em matemática. Não quero que veja o quanto sou burra. Estou quase repetindo álgebra I. É ridículo.

—Você não é burra. Tipo, nem um pouco. Talvez eu possa te ajudar.

Ela pensa no assunto.

—Talvez. Mas não hoje. Tchau, Dylan.

— Boa noite, Jamie.

Desligamos e me sinto vazio.

Não sei por quê. Devia estar sentindo como se minha bateria estivesse cheia. Cada vez que eu e Jamie conversamos, é como sentar no olho do furacão. Um lugar absolutamente perfeito para estar. Onde não importa o que esteja sendo violentamente destruído do lado de fora — árvores, vacas, o que for —, tudo continua tranquilo do lado de dentro. Um lugar para permanecer inteiro, intacto. Não quero pensar sobre isso, então faço o que sei fazer de melhor.

Enterro o assunto. Enterro tudo o que estou sentindo.

Problema resolvido.

Sinto um arrepio, tirando um dia inteiro de coisas ruins das minhas costas.

Minha perna quebrada se conecta a mim como se fosse uma laje rígida de concreto. Com espasmos em todos os outros músculos, levantar do chão não é moleza. Penso em todas as coisas erradas que estão acontecendo comigo. Ainda bem que meu exame de sangue é daqui a duas semanas. O meu tamanho terá o diagnóstico médico adequado de acromegalia e será corrigido. Mal posso esperar. Me virando para cima, apoio o mínimo de peso possível na minha perna. Ela ainda dói por causa da minha última visita ao porão e não quero machucá-la ainda mais. Esse molde é meu gesso simbionte: ele precisa de mim e eu preciso dele.

Vou pulando num pé só escada acima, um passo de cada vez, e apago a luz sobre a maquete assim que chego à porta. *Durma bem, pai.*

A ideia é legal, desejar boa noite a ele e tudo mais, mas seu corpo está apodrecendo numa caixa debaixo da terra. Se é que sobrou alguma coisa. Minha mãe pediu um enterro totalmente natural. Mas quem sabe, talvez os produtos químicos de anos de quimioterapia tenham transformado suas veias em plástico e alguém o tenha desenterrado e o exposto como um guerreiro heroico nesses shows itinerantes de cadáveres.

Em que pose eu gostaria de ver meu pai exposto? Com certeza não com o torso e as pernas retalhados, como se fosse um baú com gavetas, Deus me livre. Vi aquele pobre cara quando a exposição veio para o Museu de Ciência e Indústria de Oregon. Não acho que ser transformado em móvel era o que o cara tinha em mente quando doou seu cadáver, mas o meu pai? Eu adoraria vê-lo em um cavalo. Sentado vitorioso sobre um cavalo com o abdome e o peito vazios. Livres do câncer.

Experimento a posição. Como se eu fosse um general, triunfante sobre toda a merda tentando me matar de dentro para fora. Braço estendido com a espada, a outra mão enfiada dentro do casaco. Fico totalmente parado. Ensaiando como se também estivesse morto.

Na sala, minha mãe está sentada e bem viva, mas num tipo

diferente de transe. Me apoio no batente da porta e observo a TV sobre o ombro dela. Mortes sem sentido, corpos mutilados e detetives estranhamente intuitivos que descobrem tudo de uma hora para a outra.

Ninguém descobre tudo desse jeito.

Minha mãe me encara. Nosso impasse se desfaz.

— Oi — digo.

Nós dois fomos deixados para trás, só temos um ao outro.

— Pode sentar aqui comigo se quiser — ela diz.

Eu sento. Me ajeito, vou pulando até onde ela está e me acomodo ao seu lado. Minha mãe se estica para perto de mim e eu me apoio nela. Se a estou esmagando, ela não deixa transparecer. Ela me deixa ficar lá e me abraça quase do mesmo jeito de quando eu era pequeno. Não há nada a dizer sobre esse programa de TV estúpido. Ela e eu sabemos que não vou ficar muito tempo. Meu dever de casa me espera e vou precisar subir logo. Mas, por enquanto, só existimos nós dois e nada além deste momento.

VINTE

Minha mãe me deixa na escola com um abraço, e não a impeço. A porta do carro se abre e eu levo um século para conseguir sair, mas ela é paciente. Pedi para vir mais cedo e ela aceitou.

—Vai ao grupo hoje?

— Nem pensar. Estou bem. Tudo não passou de um grande mal-entendido.

Ela assente discretamente.

— Acho que tudo aconteceu para o melhor. Agora você não precisa mais ver aquela menina.

Pai? Pode me enviar um sinal, por favor? Qualquer coisa? Piscar uma luz caso eu deva contar à mamãe que converso com a Jamie todos os dias? Que mandamos mensagens um para o outro entre as aulas só para dar oi? Olho em volta, observando a escola bem iluminada. Nada acontece.

— Claro. — Jamie disse que parou de ir ao grupo também, mas minha mãe não precisa saber disso. Aparentemente, ela não precisa saber de nada. *Certo, pai? É sério, pai, sinta-se à vontade para se manifestar.*

— Tenha um bom dia — ela diz.

Procuro alguma moeda da sorte, mas não vejo nenhuma.

— Você também — murmuro, e ela vai embora.

Os corredores estão escorregadios e vazios, e as pontas de borracha das minhas muletas fazem um barulho esquisito no linóleo. Quis vir mais cedo para não ter que ver ninguém e, na noite passada, comecei a fazer o dever de casa atrasado porque nem eu nem minha mãe queríamos sair do sofá. Então não saímos, e agora preciso correr atrás do prejuízo em trigonometria, mas tudo bem. Algum dia, durante minha entrevista com o comitê da bolsa Rhodes, vou falar pra eles que, às vezes, eu fingia que um asteroide estava prestes a cair na Terra e matar todo mundo, mas eu resolvia cálculos impossíveis para evitar o desastre e salvar a raça humana inteira no último segundo.

Pensar em abrir meu livro de exercícios e acionar o cronômetro do fim do mundo no meu celular me dá um leve arrepio enquanto abro a porta da biblioteca. Está vazia. Há muitos assentos livres, e escolho um canto tranquilo. Solto minha mochila, mas não estou sozinho. Ouço alguém fungando atrás de mim.

Me viro e vejo que é Bailey. Pelo menos, acho que é ela. É uma menina toda encolhida, com a cabeça baixa e fazendo um som como quem limpa um aquário com a cara.

— Bailey? — eu chamo.

Ela levanta a cabeça. Seu rosto está vermelho e molhado, os olhos borrados e o nariz escorrendo. As duas mangas da camisa branca do uniforme estão tão ensopadas que consigo ver sua pele.

— Oh — ela diz, limpando o rosto com os punhos da camisa.

Ela junta as coisas, mas eu a interrompo.

—Você está bem?

O rosto dela se contorce e ela recomeça a chorar.

— Não — ela diz num sussurro. — Por favor, não conte a ele.

Pego para ela um lenço de um pacote que minha mãe enfiou na minha mochila no primeiro dia de aula. Ela aceita e assoa o nariz.

— Contar pra quem?

— Pro JP — ela diz, toda irritada.

— Não vou. Mas sério, quem se importa com o que ele pensa? — Ela desmorona outra vez. — Sei que vocês terminaram, mas vai ficar tudo bem. — Dou um tapinha de leve no ombro dela, mas só uma vez para não ficar esquisito.

— Não sei o que fiz de errado.

—Você não fez nada de errado, vai por mim.

— Contei para a minha mãe que estava saindo com o garoto mais popular da escola e ela ficou toda… Não sei… Orgulhosa de mim porque eu estava mesmo saindo de casa e fazendo as coisas normais que uma garota no ensino médio deve fazer.

—Você não precisa do JP para sair de casa e fazer coisas.

O lenço de Bailey já virou um trapo, então dou um novo a ela.

— Ele me deu um pé na bunda na entrada da minha própria casa — ela diz, fazendo barulho ao assoar o nariz. — Ele veio e disse: "Acho que somos melhores como amigos, né?". Quando me dei conta, estávamos embaixo da minha cesta de basquete, nos beijando. Perguntei se ainda estávamos juntos, e ele simplesmente fez que não com a cabeça. Depois foi embora. Mas nós tínhamos nos beijado. Estou tão confusa.

— É o jeito dele de agir, eu acho.

— Meu primeiro beijo foi com ele. Ele disse que eu era diferente de todas as garotas que ele já tinha conhecido.

— Olhe bem para o histórico dele — digo. Não quero dar de ombros, mas não resisto. — É assim que ele é.

Bailey olha para mim.

— Talvez você não entenda porque as coisas são diferentes para você, mas, em um relacionamento normal entre um menino e uma menina, dizemos o que pensamos.

— Que diabos quer dizer com isso?

— Sei o que está rolando entre você e aquela pessoa, a Jamie. Ele me contou. — Bailey esfrega o rosto. — JP disse que você está caído por ela porque é o melhor que você consegue arrumar, então talvez você só não saiba o que é ter um relacionamento normal.

Olho por sobre o ombro. Não há ninguém em volta, ninguém que possa ouvir, e me sinto grato por isso. Ainda é bem cedo.

— Escute, Bailey. Seja lá o que o JP te disse, sobre qualquer coisa, pode escolher o assunto, é tudo um monte de bosta.

— Então você não está saindo com um traveco?

— Nunca mais chame a Jamie assim. Tô falando sério: essa palavra não é legal.

— Mas é isso que ela é, não? Quero dizer, ela não é uma garota de verdade — ela diz.

— Jamie se preocupa com a escola, os amigos e coisas desse tipo. Ela é tão garota quanto você.

— Sem querer ofender, mas não é, não. Porque ela tem uma parte que é de menino ainda, certo? Não cortou nada fora, cortou?

Me aproximo dela e sussurro de volta:

— Você fica pensando no que as pessoas têm no meio das pernas quando conhece alguém? Tipo, você passa o dia inteiro pensando em pênis e vaginas? É isso que você curte, Bailey? Não consegue parar de pensar no recheio da calça dos outros?

— Não! — Ela se joga para trás com cara de espanto. — Eca. Não penso em nada disso.

— Então por que está fazendo isso com Jamie?

— Tudo bem. — O rosto dela está seco. Ela funga mais uma vez para dar o ponto final. — Mas você a beijou na bochecha. Eu vi.

— Beijei mesmo.

— Tá vendo só?

— De todas as pessoas, você devia entender que relacionamentos são um pouco mais complicados do que isso. Mas tudo bem, sim. Eu dei um beijo na bochecha dela. Satisfeita?

—Vai trazê-la para uma festa da escola ou algo assim?

— Eu... Eu acho que não.

— Por que não?

Antes de saber de tudo, eu traria com certeza, mas agora não, e me sinto um merda por isso.

— Porque odeio dançar.

— Qual o nome de verdade dela?

—Jamie. — Pego meus livros e os coloco sobre a mesa. — Você fez o dever de trigonometria ontem à noite?

— Claro que sim.

— Me empresta?

— Nossa, Dylan, você não era assim.

— Humpf. — Agradeço aos deuses dos asteroides que nosso professor passou só dez ontem. Moleza. Fechamos os livros ao mesmo tempo.

— Por favor, não conte a ninguém — peço. — Sobre Jamie. — Se tenho que enterrar isso dentro de mim, então também preciso que todos enterrem.

— Não vou. Prometo. — Odeio o fato de me sentir aliviado quando ela diz isso.

—Te vejo na aula?

— Claro — ela diz, mas não se move. Quase dá para ver Bailey revivendo cada minuto que passou com JP, dissecando-os como a cientista que ela é e tentando entender o que aconteceu. Ela queria a fantasia, e JP pulou fora antes que ela visse a realidade. É o que ele sempre faz. Ela não entende o quão pouco significou para ele. Eu sei, e isso é horrível.

Me pergunto se todas as ex-namoradas do JP se sentem do

mesmo jeito. Sussurrando umas para as outras em solidariedade e tentando alertar outras garotas antes que seja tarde demais. Espero que sim. Uma revolução organizada contra ele poderia levá-lo a parar de fazer merda. Dou mais alguns lenços a ela e a deixo na biblioteca.

Espalhe a verdade, Bailey.

O estranhamento que sinto à minha volta parece uma parede de teias de aranha. É como se eu atravessasse uma multidão de fantasmas invisíveis. Vou para o meu armário e enfio as coisas onde elas devem estar. Quando o fecho, JP está ao meu lado.

— Nossa, que susto — digo em voz baixa.

— Preciso falar com você.

Ergo a mão.

— Te desejo paz — digo, preparando as coisas para a aula.

— Que seja — ele diz. JP fecha a porta do meu armário. —Vem comigo.

— Realmente não estou a fim.

— É sobre Jamie.

Nós vamos.

Atravessamos o corredor, ele cumprimentando vários candidatos a melhor amigo e eu atrás dele. Qualquer atenção que recebo por seguir os passos de JP é tênue, e aproveito enquanto posso. Admito, é ótimo ser popular por associação. Troco olhares com todo mundo por quem eu passo. Lembrem-se de mim. Sou decente. Sou legal.

JP se enfia num corredor estreito perto do auditório. É

melhor ele ser rápido; o sinal para a aula vai tocar a qualquer minuto.

— O que foi? — pergunto.

— Ethan e Bryce encontraram Jamie na internet e não vieram hoje para a escola.

— E daí? Você mesmo disse que eles eram idiotas e que não fariam nada.

— Eles mudaram de ideia.

A luz amarela mal reflete nos tijolos ao nosso redor, mas tudo que vejo é um cenário de pesadelo depois do outro. O que fazem com ela, o que faço com eles.

— Onde eles estão?

— Não sei.

Me apoio na parede.

— Meu Deus.

— Dylan — JP diz. — Estou com você. Estou sendo sincero, não acho que você e Jamie são esquisitos nem nada do tipo. Pare de se sentir envergonhado. Me deixe trazer Bryce e Ethan de volta para a escola, eu vou conversar com eles. Ninguém nunca mais vai incomodar vocês de novo.

— Então faça isso. Se você é tão bonzinho, o que está esperando?

JP solta um suspiro pesado.

— Adam Michaels. Preciso de você de novo. Ele nunca me pagou.

— Não.

— Mas é assim que agimos, Dylan. Eu faço os acordos, você cobra o dinheiro. Esse é o nosso trato.

— Não é mais. O que acha de convencer Bryce e Ethan a deixá-la em paz agora mesmo porque é isso que pessoas normais e sãs fazem?

— Eu sei e vou fazer isso, no momento em que você falar com o Adam Michaels.

— Meus dias de bater nas pessoas por sua causa ficaram para trás. Fiz isso para te deixar feliz. Não percebe o quanto isso é errado? Pra mim chega. Tipo, nunca mais mesmo, já era.

— Bryce e Ethan estão por aí.

Seu rosto borra e estamos meio metro mais baixos. Ele está coberto de sardas, e eu não estou coberto de pelos. Estamos no quarto ano e ele tem um carrinho incrível da Hot Wheels para trocar, eu só preciso guardar para ele um lugar no balanço de pneu até que ele chegue no parque. Ele não aparece e eu me queimo de sol, porque está fazendo trinta e cinco graus.

Estamos um pouco mais altos, mais peludos, começando o sétimo ano e ajustando esse monte de dentes novos em aparelhos ortodônticos. Ele está contando pra todo mundo no acampamento o quanto eu sou legal e eu me sinto tão feliz. Nunca percebo que sou eu dando um chega pra lá em crianças menores porque ele me pediu para pegar as últimas barras de cereal na mesa.

Estamos mais altos. Não, na verdade eu estou mais alto. Estamos apenas no primeiro ano e sou mais alto do que qualquer outro aluno, incluindo todos dos outros anos. Não caibo nas mesas, nas carteiras da sala, nada se encaixa. Exceto quando estou com JP. Sei o que fazer, aonde ir, como me comportar. Ele se adaptou perfeitamente ao ritmo do ensino médio sem soltar nem um soluço, virou e me disse: "Siga-me". E foi o que eu fiz. Fiz tudo que ele me pediu, desde que tivesse um lugar onde me encaixasse.

— jp... — Olho para ele. Talvez pela primeira vez. — Algum dia você foi meu amigo de verdade?

— Dylan, somos amigos desde que éramos bebês.

Só que não estou me referindo a quanto tempo nos conhecemos.

Ele pega o celular.

— Uma mensagem e os dois idiotas voltam para a escola e ninguém do St. Lawrence nunca mais vai voltar a incomodar a Jamie. Temos um trato ou não?

— Qual é o seu problema? — Me estico para pegar o celular, desesperado para mandar a mensagem. — Ela é uma pessoa, não um peão do seu jogo nojento.

— Não tenho escolha! — Ele desliza o celular para dentro do bolso da frente, onde definitivamente não vou meter a mão. — Adam Michaels desrespeitou cada um dos prazos que tinha para me pagar. Ele me deve trezentos e cinquenta dólares.

— E daí? Por que precisa tanto disso?

— É tudo que eu tenho. É o que eu faço, esse é o meu hobby.

— É assim que nascem os babacas.

— Cale a boca. Eu mando nessa escola. Sou eu quem está no comando, não você. É isso que eu controlo.

— Não vou fazer isso.

— As pessoas não podem ver que deixei Adam Michaels me passar a perna. Não é uma situação do tipo Robin Hood. Há pelo menos outros dois garotos que me devem esse valor ou mais. Se eles perceberem que não estou conseguindo cobrar, vou perder mais de mil dólares — ele diz.

— Como pode ter a cara de pau de dizer que me dá todo o apoio e depois me chantagear para espancar alguém?

— Sou um homem de negócios.

—Você é uma víbora exploradora.

— Aceite o acordo.

Faço uma cara feia e olho a parede logo atrás dele. Há entalhes e pedaços amassados que se sucedem nos tijolos desbotados. Tento com toda a força imaginar a história de como cada um deles chegou até ali, porque não posso acreditar no que estou ouvindo na vida real.

— Dylan, aceite o acordo — ele diz. — Meu pai... Não vejo ele há quase dois meses. Ele foi embora.

Isso é uma droga, mas eu já sabia. E o pai dele ainda dá dinheiro sempre que JP pede.

— Sinto muito pelo seu pai.

— Então vai aceitar?

— O que acha de ajudar a manter outro ser humano em segurança?

Ele balança a cabeça e inspira com força como se eu estivesse pedindo a construção de outro canal do Panamá.

— Não posso. Simplesmente não posso. Adam Michaels precisa me pagar.

—Você prefere jogar Jamie para os lobos?

— Eu... Eu preciso do dinheiro do Adam Michaels. E se Jamie não for encontrada por Ethan e Bryce, seria realmente uma pena se outra pessoa a encontrasse.

—Você está dizendo o que acho que está dizendo?

Ele encara uma porta fechada no fim do corredor em vez de olhar para mim.

— E é uma pena, ela é uma garota bem legal.

— Seu merda maldito. Você venceu. — Vou embora pelo corredor com minhas muletas. Ele segue para um lado, eu, para o outro. O sinal ainda não tocou. Adam Michaels e eu podemos ir lá fora e voltar para a aula em cerca de cinco minutos.

Contorno a esquina da ala do pessoal do último ano e lá está ele, pegando os livros como um bom aluno. Aboto minha jaqueta da escola porque sangue numa camisa branca é sempre uma droga de limpar.

—Você — eu digo.

—Você de novo? — Ele larga a mochila no chão. — Não tão aleijado dessa vez.

— Eu nunca estive.

Ele olha para a minha perna e as muletas.

—Tô nem aí. Vamos resolver isso de uma vez.

Vamos até a porta de emergência quebrada que todo mundo deixa encostada com latas de refrigerante e saímos em um pátio de terra estéril, frio e barrento. Encaramos um ao outro como dois cães.

Eu sou o cão maior.

Cerro os punhos e eles parecem duas bolas peludas. Não tem nada que eu mais queira do que quebrar o nariz desse moleque maldito. Ouvir o barulho, ter minha dose de adrenalina, porque estou frustrado pra cacete. Quero odiar o JP, mas não consigo. A única coisa que sinto é tristeza. Quero odiar a Jamie, mas também não consigo, porque é difícil odiar alguém com quem você quer estar o tempo inteiro.

— Espero que saiba que estou pegando leve com você. — Adam Michaels circunda o pátio e se aproxima de mim. Ele não devia fazer isso. — Quero te ouvir gritar, como quando quebrou essa perna. Não se preocupe, vai ser rápido. Só preciso...

Dou o bote, agarro sua camisa tão rápido que todas as costuras estalam, dou um soco para cima no seu estômago, bem no plexo solar, e o arremesso no chão. A lama respinga e acerta o meu queixo. Tudo bem. Melhor que sangue. Adam Michaels fica lá como um amontoado patético de carne se esforçando para respirar porque todos os nervos do seu gânglio celíaco estão com espasmos terríveis.

— Sabe quem sou eu? — Me inclino sobre ele, empurrando-o com força no estômago, para machucar. — Eles me chamam de Fera por um motivo. É hora de pagar.

Meu punho recua. Ele arregala os olhos.

Faça isso por Jamie. Faça isso por Jamie.

Posso acabar com esse garoto e ele sabe disso.

Mas não consigo.

Deixo as mãos caírem. Adam Michaels se permite respirar de verdade pela primeira vez.

— Pense num plano de pagamento — eu digo. — Diga para o JP que vai pagá-lo... Quanto consegue bancar?

— Hum... Tá... Talvez dez dólares por semana?

— Diga a ele que vai pagar trinta e dois dólares e oito centavos por mês, durante um ano. Isso é uma taxa de juros de dez por cento. E não pegue mais dinheiro emprestado até ter certeza de que vai conseguir pagar o que deve.

— Uau, você é bom mesmo em matemática.

— Eu sei. Agora vaza daqui.

Ele sai cambaleando pela porta, se dobrando para a frente, todo coberto de lama. De volta ao corredor, o sinal toca. Se fosse mais sociável, eu teria o número de Ethan e Bryce, mas não tenho porque em todos esses anos dependi de JP para tudo. Nunca tive a necessidade de expandir meus interesses e agora me odeio por isso. Em vez disso, ligo para Jamie. Ela não atende e eu deixo uma mensagem de voz: "Estou preocupado com você. Preciso saber que está bem, agora, neste segundo".

Desligo.

Percebo que talvez tenha sido dramático demais e ligo de novo.

"Talvez não seja tão grave assim, mas não importa. Me ligue assim que ouvir essa mensagem". Desligo, encosto no canto e espero.

VINTE E UM

O PONTO MAIS PRÓXIMO DE NÓS DOIS É O SHOPPING. Continuo achando que todos os professores vão mandar inspetores, mas nada acontece. Atraímos a atenção das pessoas no shopping em um dia útil por motivos óbvios: sou um garoto peludo de quase dois metros de altura usando muletas, sentado na praça de alimentação ao lado de uma garota para quem todo mundo olha mais de uma vez. Um pretzel semimordido repousa entre nós enquanto baixo meu boné e Jamie tira mais um bilhão de fotos.

— Jamie…

— Fica tranquilo, não vou postar nada. Ninguém vai saber que você está aqui agora — ela diz. —Vou deixar o post agendado.

— Não, você não está levando isso a sério. Ethan e Bryce são babacas transfóbicos, e JP é realmente perigoso. Não sei o que mais ele vai fazer. Ele disse umas merdas bem assustadoras.

— Já entendi. Ouvi nas primeiras sessenta vezes — ela diz, irônica. — E você está começando a parecer a minha mãe. Não importa quantos especialistas digam o contrário, nada é capaz de convencê-la de que não vou me tornar alvo de algum plano insano. Então vou te dizer a mesma coisa que digo a ela: vai ficar tudo bem.

— Eu sei, mas estou com medo de que eles te encontrem e te machuquem, e você não está dando a mínima.

— Terminou?

— Está brava comigo porque estou tentando cuidar de você?

— Talvez esteja cansada desse papo sobre a minha morte iminente. Apesar da preocupação bem-intencionada de todo mundo, é muito legal ser eu — ela diz. — Sério, minha própria mãe pensa que vou acabar virando prostituta e ser assassinada por um cliente, então não preciso ouvir isso de você também, combinado?

— Ela diz isso?

— Não, é mais "seu grande medo a meu respeito" e besteiras do tipo.

— Não estou dizendo que você vai se tornar uma prostituta nem nada do tipo. Só estou tentando dizer que não sei o que está acontecendo e estou com medo. — Porque você é muito importante para mim.

— E já te escutei, então agora me escute, por favor. Estou cansada de todo mundo pensar que o mero fato de eu estar viva é um convite para gente esquisita e fanática querer fazer coisas terríveis comigo. Não aguento mais ouvir sermão. É uma merda, entende? Só quero viver em paz. — Jamie arranca um pedaço do pretzel e o engole com uma mordida violenta. — Não se preocupe comigo. Sei me virar.

Seus dentes esmagam e trituram a massa transformando-a em sopa. Ela está muito irritada, mas não consigo me segurar.

Pai... Mesmo que ela esteja com raiva e não consiga me aguentar neste momento, me dê um sinal para segurar a mão dela. Me envie uma permissão, um "está liberado". Como alguém derrubando a bandeja na lixeira nos próximos três segundos.

Espero.

O.k., cinco segundos.

Nada ainda. Droga.

Olho na direção de Jamie e, apesar dos meus melhores esforços, sorrio.

— O que foi? — ela pergunta.

Há uma mancha amarela em sua bochecha.

— Você está com mostarda aqui. — Aponto meu rosto, mostrando o lugar.

Ela estica a língua para fora, mas erra.

— Consegui?

— Não. — Limpo a mostarda com o dedo e dou uma lambida nele depois. Ela sorri e olha para o colo. É minha vez de perguntar. — O que foi?

— Nada — ela diz. — Acho fofinho que ainda queira encarnar sua fantasia de príncipe.

— Minha o quê?

— Essa coisa de guarda-costas, querer ser meu príncipe de armadura reluzente. É gentil.

Rio alto, e todo mundo na praça de alimentação se vira para olhar.

— Que bela porcaria de príncipe eu daria. Vamos ficar com Fera mesmo, obrigado. É mais fácil. — Além disso, não acho que alertá-la sobre pessoas imbecis seja um grande gesto. É só coisa que amigos fazem.

— Talvez eu tenha assistido filmes bobos demais em que o garoto aparece e pega a garota no colo. Depois a carrega para longe e a beija na chuva. Sabe do que estou falando? — Ela espera que eu responda, mas dou de ombros. — Enfim...

— Ela baixa o olhar e fica vermelha. — Não sei. Amo esses filmes. Já desejou estar num filme assim?

Um pedaço de pretzel fica preso no meu molar porque é claro que isso tinha que acontecer comigo. Perto dela.

— Acha que estou sendo uma boboca brega, né? — ela diz.

— Não. Você é romântica.

— Eu sou. — Ela suspira. — E você?

O shopping está lotado. Tento fazer contato com um desconhecido. Uma senhora do outro lado esperando na fila por um café. Ela olha para cima, troca um olhar comigo e estremece. Ela pega a bebida e sai correndo.

— Sou realista — digo numa voz apática enquanto a senhora foge.

Mesmo que eu recebesse o maior dos sinais para pegar Jamie no colo (*Pai, o que acha de alguém tropeçar naquela vitamina de morango derramada no chão agora mesmo? Não? Droga.*), não sei se poderia ser o tipo de namorado que ela deseja. Não desempenho bem esse papel. Ela é toda interessada por esses caras de filmes românticos e seus olhares que fazem desmaiar. Eu sou mais adaptado a ficar na frente dela e esmagar o mundo à sua volta em pedacinhos. Além disso, já tentei fazer o tipo galã com ela, lá no jardim de rosas, e ela me chutou para escanteio.

Então vai ver é bom saber oficialmente que Jamie nunca vai se interessar por mim. Posso parar de me preocupar sobre nós e deixar rolar. Talvez possamos ser amigos.

— Sim, acho que também sou realista. Todo mundo tem que ser pelo menos um pouquinho — ela diz de um jeito monótono similar. — Já que você amou a terapia em grupo, com uma única e incrível sessão e tal...

— Duas! — Eu rio. — Estava lá para a segunda, só não entrei, lembra?

— Questão de semântica. De qualquer modo, lá vai. Está preparado? Psicologia pop. Você é o personagem principal de um filme, pode ser ação, horror, thriller. Qual é o personagem e por quê?

— Personagem principal? Como assim?

— O protagonista. O que acha de um filme clássico de Hollywood? Eu seria capaz de matar para ser a Sophia Loren porque, meu Deus, ela é maravilhosa, mas eu claramente estou mais para Katharine Hepburn, que também não seria mau negócio. Você vai ter que escolher entre James Dean, Paul Newman e Marlon Brando. *Spoiler*: tenho planos com o Brando de *Um bonde chamado desejo*. Aaah, Stanley.

— Jimmy Stewart — eu digo. Sou o cara salvando a cidade

e voltando para casa para estar com a família no Natal, minha esposa e quatro crianças me sufocando com beijos e abraços. Tentativa de suicídio malsucedida e tudo mais.

— Uau, gostei. Um cara comum. Ei, espera! *Janela indiscreta!* Ele tinha uma perna quebrada em *Janela indiscreta!* Perfeito.

— Acho que sim. Mas ele também era superparanoico e sacrificou a namorada para ficar cara a cara com um assassino.

— Grace Kelly estava tão bonita naquele filme. A maquiagem estava perfeita. — Ela examina a praça de alimentação.

— Podemos dar um pulo na Sephora?

— Acabou seu gloss de abacaxi?

— Você lembra.

Certas coisas não tem como esquecer. Ela levanta, e faço o mesmo. Jogamos o que restou do pretzel no lixo e não há nada que eu possa fazer além de segui-la até uma loja que tem cheiro de massinha misturado com canetinha. — Temos mesmo que ir na Sephora?

— Você é e sempre vai ser meu melhor amigo. De todas as pessoas, deveria entender. — Odeio a escolha das palavras, porque para sempre é tempo demais. — Me ajude a escolher umas cores. Preciso de uma paleta nude — ela diz.

— Uma o quê?

— Sombra de olho. Não se preocupe, até a parada gay já vou ter te explicado tudo.

— Por que eu tenho que ir à parada gay agora?

— Bem, geralmente eu vou. É como se fosse uma festa. Pra mim, é tipo um aniversário. Meu dia, eu amo. Mas se não for sua praia, tudo bem.

— É em junho, né? Talvez eu esteja pronto até lá.

— Isso aí, junho. — Jamie pega minha mão e aperta de leve. Sinto como se ela fosse feita de vaga-lumes e me iluminasse. — Vivo esquecendo que isso tudo é novo pra você, desculpe. — Ela solta minha mão e levanta uma caixa com a foto da bochecha brilhante de uma garota. — Só se você quiser. Haverá outras paradas. O que acha desse hidratante?

— Não tenho ideia — digo. Entro no corredor e espio o país das maravilhas. Não sei nem o que é metade disso. Batom? Tá, esse é fácil de identificar. Mas gloss, hidratante labial, batom líquido e batom em gel? Tipo, a pessoa só tem dois lábios. De quantos ossos cozidos de dinossauro dois lábios precisam? Seguro minhas muletas desagradáveis, a borracha toda rachada por conta do desgaste. Quando olho para cima, tenho um ataque cardíaco. É minha mãe. Olhando o celular e perambulando a passos lentos em direção à Sephora. Me abaixo e quase esmago Jamie.

— Se esconda! — digo a ela num sussurro.

— O quê?

— Minha mãe está no shopping, está na loja, se esconda! Jamie pula, se vira e para, me esperando.

—Você não vem?

Tudo que posso fazer é sacudir a cabeça.

— Sou grande demais. Seria estúpido me esconder, tipo me agachar e abraçar os joelhos ou algo assim. A única coisa que posso fazer é ficar de pé perto de uma parede e torcer para que ela não me veja.

Minha mãe ainda está olhando para o celular, olhando, olhando. Por favor, continue a ler esses e-mails.

Jamie me lança um olhar triste e me deixa para trás, se escondendo atrás de uma fileira de potinhos plásticos coloridos. Me apoio em um suporte perto de um monte de cilindros e tubos, espiando por baixo da aba do boné. Minha mãe entra, termina de mandar uma mensagem e olha em volta. Seja pequeno, ordeno ao meu corpo todo, e ele me responde, ha--ha-ha, seu otário...

Minha mãe me vê e arqueja tão alto que a cabeça de todo mundo na Sephora se estica para acompanhar.

— Dylan Walter Ingvarsson, o que você está fazendo aqui?

— Oi, mãe. — Olho em volta da loja. Jamie não está à vista. Melhor assim.

— Quero uma resposta. Já.

— Eu estava... — Não sei droga nenhuma sobre essas coisas todas. Pego o que está mais próximo. — Comprando. Pro Dia das Mães. Aqui um... Treco labial.

Ela olha desconfiada para o tubo de plástico preto de gosma.

— Estamos em novembro.

— Pro Natal então. Mas agora você estragou a surpresa. — Eu devolvo o tubo.

— Não me convenceu. Por que não está na escola?

Tento pensar em algo para dizer, mas nada me vem à cabeça. Fecho a boca.

— Foi o que pensei. — Ela cutuca uma das muletas para eu ir andando. — Vai voltar para lá neste exato segundo, mocinho.

— Espere um pouco. Por que você está aqui?

Ela fica boquiaberta.

— Eu... Tive uma intuição de que precisava vir aqui.

Pai! Droga, como ele continua fazendo essas coisas por ela? Não entendo. Por que não fala comigo?

— Tenho uma colega de trabalho que está se aposentando e queria dar o perfume favorito dela de presente. — Ela se estica atrás de mim e pega uma caixa toda rosa e cheia de laços, com pequenos pássaros brancos. — Pronto, agora vamos pagar e ir embora.

Minha mãe me conduz na direção do caixa e se reveza entre ver para onde está indo e me lançar um olhar *fulminante*, só para eu saber que ainda estou bastante encrencado. Já entendi.

— A cor daquele gloss nem combina comigo, Dylan. Minha pele é mais pêssego.

— Hum, bom saber. — Olho em volta. Jamie continua se escondendo melhor que um filhote de cervo.

— Era uma boa escolha para você, contudo. Você tem as bochechas rosadas do seu pai. Espera aí. — Ela para. — Estava comprando para você mesmo ou para Jamie?

Agora o olhar de reprovação mudou para: "Oh não, o que isso REALMENTE significa?".

— Pra ser sincero, vi você entrando e me enfiei na loja mais próxima.

O alívio suaviza sua expressão.

— Graças a Deus. Por um segundo pensei que teríamos que lidar com nossa própria versão do problema da Jamie. Não que isso mude o fato de você estar numa bela enrascada, mocinho. — Ela volta a andar e põe o perfume no caixa. — Moça, você tem filhos? — ela pergunta para a mulher atrás do guichê.

— Tenho, sim — ela diz sorridente. — Duas meninas e um menino.

— E qual é sua sugestão de castigo para um garoto que mata aula, como meu filho aqui?

A mulher levanta a cabeça para olhar para mim.

— Ele é seu filho?

— Aham.

— Coitada — ela ri. — Você deve ter rachado com o tamanho.

Minha mãe ri junto.

— Quatro quilos e setecentos gramas! Exigi uma cesariana.

Fico lá parado enquanto elas se divertem, rindo de mim.

— Caramba, ele é uma fera — a mulher diz. — Quando ele entrou com aquela garota, eu pensei…

— Que garota? — minha mãe pergunta.

Eu arregalo os olhos para a mulher não falar mais nada, mas ela torce para o Time Mãe.

— Uma menina jovem, alta e bonita. Acho que estava com uma câmera — a mulher diz. Estou tão ferrado.

Minha mãe se afasta do caixa e dispara pelos corredores, percorrendo um a um. Vejo Jamie de relance, tentando escapar, mas minha mãe a vê primeiro.

— Jamie! — ela grita. — Mocinha, você e eu precisamos ter uma conversa.

— Mãe — eu a interrompo, me jogando entre as duas. — Não é o que você está pensando! Não desconte nela, desconte em mim. — Se houvesse alguma maneira de negociar, de implorar, de tirá-la dali, eu faria tudo, mas assim que ela viu Jamie, o jogo acabou.

Jamie se segura em um mostruário e põe a mão no coração.

— Eu não quis...

Minha mãe me contorna e parte para cima dela.

— Não sei qual é a sua intenção com o meu filho, mas tem que deixá-lo em paz de agora em diante — ela diz com a voz baixa. — Entendido?

— Mãe, a ideia foi minha, não dela. Ela é inocente.

—Você. — Ela volta a atenção para mim. — Estamos indo embora. Vamos.

Olho por cima do ombro e vejo Jamie fazendo uma careta para não chorar.

— Te ligo — digo em silêncio, mexendo a boca.

Jamie assente e encosta a cabeça nas mãos agarradas na prateleira. Essa é a última imagem que tenho dela, enquanto minha mãe me arrasta pelo shopping puxando meu braço como se eu fosse um garotinho birrento de cinco anos. Não quero que ela me toque e arranco meu braço das mãos dela.

— Ai! — ela grita e esfrega o punho.

Meu estômago dá um nó. Não é a primeira vez que faço isso, machucá-la sem querer. Tipo fazer um movimento rápido demais ou dar um encontrão brusco e derrubá-la.

— Desculpa, mãe.

Ela puxa a manga do casaco, e seu antebraço inteiro está vermelho.

—Você tem que tomar mais cuidado — ela murmura.

Encontramos o carro no estacionamento e entramos. As portas se fecham numa batida e espero minha mãe começar a brigar comigo. Começar a me dar uma nova bronca sobre matar aula e sobre o quão horrível meu castigo vai ser. Além de falar mal de Jamie. O pacote completo. Mas ela não fala nada. Fica quieta como um túmulo. As ruas vão ficando para trás e começa a chover. Os quarteirões passam, e o carro segue seu caminho até a entrada da escola. Os limpadores do para--brisa vão e voltam, e ficamos sentados no carro.

—Vai logo. — Uma fina camada de lágrimas se forma em seus olhos. — Te vejo em casa.

— Mãe.

—Você destruiu o porão, expulsou seu melhor amigo de casa e agora está matando aula para ir ao shopping com a Jamie. Acha que tenho que achar normal? Qual o próximo passo? Usar drogas?

— Não estou usando drogas.

— Não sei o que fazer. — Seus olhos acompanham os limpadores do para-brisa. — Tive uma conversa com meu chefe hoje mais cedo. Eles querem me mandar para Pittsburgh para uma reunião. Tenho me matado para conseguir uma pro-moção e, se me sair bem, essa pode ser a minha chance. Pre-cisamos de dinheiro. Sua faculdade está cada vez mais perto. Este é o meu momento, mas não sei se posso te deixar sozi-nho por dois dias.

—Vou ficar bem. Posso cuidar de mim.

— Não com aquela garota por perto.

— Ela é uma amiga. Você disse que não tinha nada de errado em ter amigos.

— Não acho que Jamie seja uma boa influência.

— Ela é. — Estou fazendo meu melhor para protegê-la do JP, e se isso significa deixar minha mãe irritada comigo para sempre, que seja. — Você só não gosta dela por ela ser trans, não é?

— Nem comece com essa conversa. Ela ser trans não tem nada a ver com a história. Estou virando a noite acordada porque você está passando por uma fase muito difícil, e a última coisa que você precisa é de uma pessoa confusa com uma história complicada para jogar mais lenha na fogueira.

— Do jeito que você fala parece que eu sou um problemático.

Ela range os dentes.

—Você caiu de um telhado, Dylan. Disse que tudo não passou de um acidente e um mal-entendido e que estava bem. Estou começando a achar que não foi uma boa decisão te deixar decidir o que é melhor para você.

— Mas isso não tem nada a ver com a Jamie!

— Não dá pra gostar muito da Jamie justo quando você foge da escola para se encontrar com ela.

Não posso contar o motivo para minha mãe. Ela nunca acreditaria que seu precioso JP, que reza com ela a cada jantar, é um mau-caráter.

—Vou dizer no trabalho que não posso ir — ela diz.

— Não. Você tem trabalhado bastante. Consiga a promoção.

— Uma promoção não vale de nada se meu filho estiver caindo aos pedaços.

— Olhe para mim — eu digo. Ela obedece. — Parece que eu estou caindo aos pedaços? Forte como um touro, robusto como um boi, não há nada me incomodando, nadinha. Tudo está uma BELEZINHA. — Acrescento um sorriso porque sou o único que pode convencê-la disso.

Minha mãe parece um balão gigante cinco dias depois do desfile de Ação de Graças. Ela está murcha.

Já estou me sentindo um crápula insensível, é melhor ir embora. Abro um pouco a porta e tento apoiar as muletas na calçada sem molhar o gesso. Não me importo se minha cabeça ou casaco ficarem ensopados. Ninguém usa guarda-chuva em Portland a menos que uma arca passe flutuando por perto.

— Você já me deixou sozinho para viagens de negócios antes — eu digo. — Vai ser a mesma coisa de sempre. Vou comer, fazer meu dever de casa, acordar e vir para a escola. Nada de mais.

Saio do carro e sigo o caminho de tijolos que leva para o St. Lawrence antes que minha mãe consiga dizer algo. Meu cérebro deveria estar se aquecendo para a aula de física, mas está derretido e molenga. Fico fazendo hora na entrada até o sinal tocar, desejando que pudesse começar o dia como se nada tivesse acontecido. Ainda é cedo. Se alguém perguntar, direi que tive uma consulta com o ortopedista.

O que é quase verdade. Terei uma consulta com ele na

semana que vem porque cresci mais um centímetro e, céus, alguém pode por favor arrancar minha glândula pituitária com os dentes, eu imploro. Mal posso esperar pelo exame de sangue.

Dez minutos se passam, o sinal toca e eu me junto ao fluxo. Existem três coisas que eu quero no dia de hoje para torná-lo significativo, decente e tolerável. Não ver o JP, não ver o JP e não ver o JP. Só isso. Caminho na direção do meu armário e algo parece estranho. Não, é pior do que antes. Todo mundo está olhando para mim. Posso sentir os olhares pinicando como carrapatos sanguinários.

Meu estômago dá um nó.

Todos receberam a autorização para me odiar, dizer coisas terríveis sobre mim e me reduzir a piadas que dão a eles a sensação de ter o direito de fazer o que quer que os idiotas fazem. JP deu a eles sua permissão. Sei disso. E o filho da puta confirma. Do final do corredor, onde acabou de sair da aula de inglês, ele me vê. Um sorriso ilumina seu rosto. Ele aponta para mim e começa a caminhar. Um de seus asseclas ri ao lado dele. Aquela risada atrai mais garotos e o grupo vai aumentando. Todos olham para mim e riem.

JP age como se estivesse apenas passando por mim pelo corredor, como se algum dia isso fosse voltar a ser tão simples.

— Más notícias, Dylan — ele diz olhando para mim. — Não aceito planos de pagamento.

Se eu pudesse correr, sairia correndo.

VINTE E DOIS

ESSA ÚLTIMA SEMANA TEM SIDO UM INFERNO. A única coisa que me dá ânimo são as conversas com Jamie à noite, me dizendo para deixar pra lá, perdoar, ser paciente... Todas as coisas que ela se esforça para fazer todos os dias e que ultimamente eu não tenho conseguido.

Obrigado, JP. Voltei a ser tudo o que nunca quis. O cara que nunca é escolhido na queimada, no vôlei ou para representar a turma da sra. Martin nas competições de soletrar no primeiro ano do fundamental, mesmo sendo capaz de ganhar de todo mundo do segundo e do terceiro de olhos fechados. As pessoas viram a cara. Como se eu tivesse lepra, ebola e peste bubônica ao mesmo tempo. Antes, não podia ir a lugar nenhum sem ouvir um grito de "E AÍ, FERA!" enquanto eu passava. Agora, o corredor se abre como o mar, junto a uma trilha sonora de risadinhas disfarçadas.

E, sério mesmo, por quê? Porque um babaca mesquinho

disse a todo mundo para fazer isso? Porque pensam que é estranho dar um beijo na bochecha de uma garota trans? E daí, grande bosta. Um monte de coisas são estranhas. Eu não gosto de ketchup, mas Jason Harrington praticamente bebe de canudinho. Posso não andar de mãos dadas com garotos, mas não dei a mínima quando ele trouxe um cara do time de basquete para o baile no ano passado. Poxa, eu fiquei tranquilo com isso. Eu estava, tipo, uau, que bom para ele que conseguiu alguém para trazer porque eu, o touro gordo e suado aqui no canto, nunca vou encontrar alguém para ficar de mãos dadas. Cascos dados, quero dizer. Ou patas, tanto faz. Então, não estou achando nada legal que Jason seguiu as ordens do JP e fica me julgando, cheio de sorrisinhos com o canto da boca sujo de ketchup.

Há poucos sorrisos. Sorrisos rápidos e discretos de empatia vindos de algumas meninas. Só notei porque estou tentando não olhar para seus peitos enquanto ando.

Continuo com raiva.

Na maioria das vezes, almoço na biblioteca e finjo que sou o Gandhi. O que é besteira porque tenho certeza de que, se Gandhi não tivesse feito greve de fome, teria amigos para comer com ele. Além disso, quero pegar o JP e arremessá-lo na turbina de um avião. Com certeza isso vai contra tudo que Gandhi pregava.

Cada vez que vejo a cara dele, penso em Jamie. *Te desejo paz*, repito mentalmente.

— Te desejo paz — repito agora que ele está no meu armário tentando "fazer contato".

— Quero falar com você de verdade — ele diz. — Por favor? Só um minuto? Pode cronometrar no relógio.

—Te desejo paz.

— Para com essa merda.

Me inclino sobre ele.

—Vou dizer isso até ficar roxo, porque, se não conseguir, você estará literalmente morto. Não figurativamente, nem metaforicamente. E não tenho intenção nenhuma de ir para a prisão. Não é algo que me interesse. Te desejo paz.

Enquanto me afasto do armário, o derrubo no chão *sem querer*. Não muito forte, mas o suficiente para encerrar o assunto por hoje, porque não consigo acrescentar mais uma bola no malabarismo que tenho feito todos os dias. E não importa, ele decerto vai para a casa da nova namorada dar uns amassos e fazê-la gemer e se sentir especial porque foi a escolhida do dia. Estou sozinho de novo. Mas, ei, isso é ótimo. Não me sinto nem um pouco como uma lesma esmagada na sola do sapato de alguém quando chego ao carro da minha mãe, que me espera na saída porque não confia mais em mim para ir pra casa sozinho.

Bato a porta ao fechá-la.

— Como foi a escola hoje? — ela pergunta, sua tentativa de ser animadora falhando na hora.

— Excelente. Fiz vários novos amigos, e todo mundo me escolheu para representar a turma na competição de soletrar.

O carro começa a andar.

—Ainda fazem isso?

— Aham. E Becky e Suzie fizeram pulseirinhas da amizade para mim durante o intervalo.

—Tá, chega. — Ela suspira, prestes a começar de novo. — Sabe, Dylan...

— Por favor, nem comece — digo.

— Só estou tentando dizer que...

— Mãe, hoje não, pode ser? Por favor. — Porque estou passando por uma fase de merda e, se for para dizer alguma coisa, diga que me ama. Só isso. Nada de conselhos. Sem comentários sobre o *meu comportamento*. Sem explicações sobre por que JP e eu precisamos recomeçar do zero e sermos melhores amigos para sempre. Nem opiniões sobre os meus amigos ou a falta deles ou sobre a escola, notas ou meu futuro iminente. Apenas "eu te amo". Pronto. Perfeito.

— Estamos com problemas, você e eu. Isso é óbvio.

— Humm. — Uma pessoa no espaço conseguiria notar, então sim.

— Talvez a gente precise de uma folga. Passar um tempo longe. Para nos reencontrarmos mais fortes. — Até me animo um pouco. — Decidi ir para Pittsburgh — ela diz, e tenho vontade de descer do carro e dançar uma salsa.

— Sério?

— Uma colega de trabalho teve o mesmo problema com os filhos adolescentes e disse que um tempo separados fez bem para todos — ela me conta. — Mas tem um porém.

— Sempre tem um porém.

—Você precisa seguir as regras. Terá que atender o celular todas as vezes. E falar com os vizinhos quando voltar da escola e antes de ir dormir. Precisa fazer todo o dever de casa e ir para a escola. Você pode usar o ônibus escolar, já

246

conversei com a motorista. Ela vai te pegar na esquina da rua Going com a 77. — Ela suspira. — Não faça eu me arrepender disso.

— Entendido.

— Nós precisamos de um recomeço — ela diz. — Precisamos pedir um serviço de quarto e assistir a um filme sozinhos. Depois voltar para casa e para os eixos.

— Acho uma boa ideia.

Boa mesmo. Uma ideia que vale um prêmio Nobel. Um tempo para comer quanta comida eu quiser sem ninguém para me lembrar o preço dela, e jogar Madden até minhas mãos ficarem em carne viva. Ela me passa alguns detalhes básicos e, depois de engolir três sanduíches de geleia com manteiga de amendoim, subo para o quarto e ligo para Jamie para contar tudo.

Ela atende na hora.

— E aí, fez o exame de sangue? Quando vamos descobrir mais sobre Dylan, o gigante?

— Vou tirar sangue na sexta, mas tenho novidades.

— Conta.

— Minha mãe vai para Pittsburgh.

— Hum, promissor.

— Sério, estou tão animado de ter a casa só para mim — digo. — Ela vai ficar dois dias e uma noite fora, e aparentemente vou ter que usar uma tornozeleira eletrônica, mas de todo jeito são trinta e seis horas sem a minha mãe. Estou empolgado.

— E eu com inveja.

— Não fique. Só vou ficar aqui com meus trinta melhores amigos que por acaso têm formato de pizza.

— E talvez mais uma coisinha.

Ergo as sobrancelhas.

— Diga.

— Deixa eu te perguntar uma coisa, quanto tempo a sua barba demora pra crescer?

— Cheia ou curta? Fico com a barba rala em um dia.

— Bom saber. E quanto tempo para uma barba cheia?

— Uns três dias. Por quê?

— Quando a sua mãe viaja?

— Na próxima quinta.

Consigo perceber o sorriso dela pelo telefone.

— Comece a deixar a barba crescer na segunda.

VINTE E TRÊS

É SEXTA-FEIRA E, enquanto escolho uma roupa boa e limpa para ir ao hospital, respiro fundo e me sinto bem. Camisa branca de algodão. Jeans com uma perna cortada para o gesso. Um suéter azul-marinho. Penteio o cabelo, mas tudo que consigo é pinicar o couro cabeludo. Isto pode ser um verdadeiro batizado. *Querido pai*, começo a pensar. *É hora de saber a verdade*. Nós temos a coisa. Uma faísca, uma chama, esse tumor que nos faz (ou fez, no seu caso, foi mal) crescer além da conta. Este é o dia em que dou meus primeiros passos para explorar esse problema e descobrir o que diabos há de errado comigo. Estou a caminho do meu diagnóstico e mal posso esperar.

A consulta é muito, muito cedo, mas não me importo. Minha mãe diz coisas que passam batido por mim, criando uma nuvem de segurança. Chegou a hora. Pesquisei pra cacete no Google o que é acromegalia. Estou pronto.

O exame de sangue hoje vai procurar por um hormônio hiperativo e eu já percebi que me encaixo em praticamente todos os critérios. Mãos e pés muito grandes? Sim. Tudo é muito grande, isso tudo conta. Traços faciais achatados? Com certeza. Voz profunda e rouca? Já me ouviu falar, não ouviu? Há outras coisas que não batem com a lista, mas tem o suficiente para afirmar que sim, tenho gigantismo. Já me inscrevi numa lista de discussão sobre acromegalia. Estou pronto para ser o presidente da filial de Oregon.

Um dia, quando estiver sendo entrevistado para documentários e programas de ciência porque terei encontrado a cura para o câncer, vão me perguntar sobre meus anos de formação e vou dizer que tive uma vida difícil até obter o diagnóstico. E, assim que soube que eu era considerado um gigante cientificamente, não tive mais vergonha de andar com a cabeça erguida pelos corredores. Tive uma doença genética e ninguém podia fazer nada sobre isso. Minha glândula pituitária produzia muito hormônio do crescimento, não era minha culpa. Talvez exista uma cirurgia no horizonte para certos tumores benignos que causam o problema e, assim que eles forem retirados, estarei livre. Aí vou parar de crescer.

Fiz jejum durante a noite. Não tomei nada de café da manhã. Vamos nessa.

Minha mãe e eu entramos no carro. Seguimos para o hospital. É uma sala diferente em uma ala à direita, onde nunca estive. Tudo é limpo e novo. Até as fotos de mulheres de biquíni das revistas são melhores por aqui. Não importa que estejam ilustrando alguma asneira sobre perda de peso, ainda vale. A técnica do laboratório me chama para a coleta de sangue.

— Por que está sorrindo, querido? — ela pergunta.

— Nada. — Tudo. — Quanto de sangue você vai tirar?

— Três litros e meio.

— Sério?

— Claro que não, isso te mataria. — Ela ri. Adoro humor de enfermeiro. — Duas ampolas, querido, e você está livre.

A agulha entra na minha veia. Os frascos são preenchidos. Ela solta o elástico roxo em volta do meu bíceps, pressiona uma bola de algodão contra o meu braço, faz um curativo e me libera.

VINTE E QUATRO

As prateleiras de mercadinhos e pequenos armazéns sempre me fazem sorrir. É uma mistura de coisas que não venderam e que se misturam com outros itens, amarelando e desbotando sob as luzes fluorescentes. Ajeito meu blazer e rio diante de um pacote de fraldas genéricas, ladeado por chaves inglesas que por sua vez ficam ao lado de potes velhos de xampu para viagem, perto de caixas desbotadas de vela de aniversário e junto a tiras de branqueamento dental de uma marca totalmente desconhecida, abandonadas ao lado de dois sacos de areia para gato.

Parece a minha cabeça. Um monte de tralha aleatória amontoada. Penso em comprar o kit de clareamento dental só para levá-lo para casa e providenciar um enterro adequado. Talvez eu o adicione à minha lista, que é bem curta. O único item dela é cerveja.

Dois engradados com seis e um pacote de chiclete a cada loja que passamos.

Usei meus talentos em matemática para calcular quantos litros de cerveja seriam necessários para alguém do meu tamanho ficar bêbado. A resposta foi: muitos. Como não queremos ser pegos, deduzimos que, se comprarmos dois engradados e uns chicletes aleatórios em cada loja, ninguém vai prestar atenção. Se passarmos por lojas o suficiente, ficamos fora do radar, garantimos um bocado de breja e ainda fazemos bastante exercício no caminho.

Jamie espera do lado de fora enquanto eu, disfarçado de adulto, olho preços, escolho a cerveja e compro. Sabemos que o esquema funciona porque já temos uma sacola de papel marrom da última loja escondida atrás de uns arbustos, mas ainda estou suando feito um porco. Ninguém percebe nada. E por que perceberiam? Vasculhamos todos os guarda-roupas de nossas casas e encontramos itens úteis para um adulto. Por sorte, o pai dela é muito alto e não parece ter dado falta de seu blazer marrom xadrez. Jamie e eu planejamos bem o visual antes de sairmos. Pusemos remendos nos cotovelos, o que a mãe dela queria fazer havia tempos, mais os óculos de armação de aço, e pronto. Jamie os surrupiou do avô e, contanto que eu os desça na ponta do nariz e olhe por cima deles, meus olhos não doem demais. Ela disse que foi o toque perfeito porque fez parecer que eu precisava de lentes bifocais e era teimoso demais para usá-las. Bem típico da faixa etária que estamos tentando imitar.

Além da calça cáqui e das meias e mocassins respeitáveis, ela repartiu meu cabelo com um pente fino e o jogou para o lado. Também pintou, uma a uma, mechas esparsas nas têmporas para dar um toque grisalho. Arrumado, mas não tanto. Casual. Eu parecia um banqueiro aprovando um empréstimo para uma plantação de maconha.

A *pièce de résistance* é a barba.

Ela está mais espessa do que deveria depois de três dias sem fazer e cobre tudo. Pescoço, parte de cima das bochechas, e quase chega embaixo das orelhas. Odeio. Ela coça e me faz parecer estúpido. Jamie riu até não poder mais enquanto pintava de grisalho cerca de setenta e cinco fios no meu queixo. Então é claro que isso me fez sentir melhor. Brincadeira, foi péssimo.

A garota atrás do caixa é mais velha do que eu, mas não muito.

— Com licença, senhor — ouço atrás de mim.

Me viro com as muletas e encaro Jamie, sério.

—Você devia estar lá fora.

Ela está com uma caixa de tintura para homens nas mãos.

— Estava me perguntando se poderia me ajudar. — Ela se esforça ao máximo para não rir. — Olha só, meu pai tem a mesma idade que você, supervelho, e também está ficando grisalho e caquético. Você tem alguma marca preferida de tinta barata de cabelo para senhores que fingem que ainda arrasam? E, quando digo "senhores", me refiro a homens tão velhos que prestam atenção em comerciais de remédio para impotência.

Jamie vibra com malícia. Toda essa excursão de cerveja veio de uma longa sessão de apostas. "Eu faço se você fizer" virou "vamos fazer". Acontece que nós dois sempre imaginamos como seria ficar de ressaca, mas nunca tivemos a oportunidade. Agora temos. Valeu, mãe!

254

— Jovenzinha, você é uma figura.

— Obrigada, senhor. Gosto de pensar que sim.

Espio a funcionária atrás do balcão. Ela não está olhando, então dou um encontrão de leve no ombro de Jamie.

— Besta — sussurro baixinho. Estava animado para comprar toda essa cerveja, mas acabou que estamos fazendo o que fazemos de melhor, e essa é a melhor parte.

—Você está ótimo! — ela sussurra de volta.

Ela me dá um empurrão. Dou um empurrão nela. Ela me dá um encontrão com o quadril. Eu me viro e a acerto com a bunda. Jamie esbarra no branqueador de dentes. Seguramos a risada com força porque quem rir primeiro perde, então fazemos um barulhão pelo nariz.

—Você é horrível — ela diz.

— Não, você é horrível.

— Somos ambos incrivelmente horríveis — ela diz. E como somos. Horrivelmente juntos para sempre.

Jamie se afasta e eu bato de leve no calcanhar dela com a muleta, fazendo-a tropeçar.

— Não estrague o disfarce — ela fala com um sorriso largo.

— Foi você que começou — resmungo de volta.

Ela se posiciona perto dos refrigerantes e eu dou uma geral nas pessoas que estão na loja. Estamos esperando alguém pagar para ficarmos logo atrás na fila e parecer que sou só outro adulto comprando cerveja e chiclete antes de ir para casa encontrar esposa e filhos.

Um sujeito entra e fico aliviado. Ele deve ter uns dezoito

anos, mas aposto que vai comprar um energético e eu vou parecer muito velho perto dele. Então encaro qualquer coisa na prateleira porque não gosto da minha aparência.

Estar com essa coisa na minha cara me faz sentir igual ao dia em que fiquei preso num cobertor grosso de lã da minha avó aos quatro anos: não dá para respirar. Não consigo sair.

Pare. Se concentre. Respire fundo. É só uma barba, não uma sentença de morte.

Preciso fazer alguma outra coisa na loja, então decido examinar cadarços. As opções disponíveis são marrom, preto e branco, de trinta ou cinquenta centímetros. Trinta parece muito curto, mas cinquenta talvez seja longo demais. Um dos cadarços não está atado adequadamente na ponta, que desfia. A loja devia dar um desconto. Então ouço uns sons estranhos.

O garoto prendeu Jamie em um canto.

Ele está indo para cima dela, que está com as costas contra a parede. O cara segura uma mecha do cabelo dela. Ela dá um sorriso falso, e puxa o cabelo na outra direção enquanto ele ri. Me aproximo dos dois antes que o cabelo dela caia sobre o ombro.

— Deixe ela em paz — minha voz reverbera.

O garoto vira para me encarar.

— O que você tem a ver com isso?

— Pegue o que precisa e vaza daqui — eu digo, me colocando entre ele e Jamie.

— E se ela quiser me passar o número dela, hein?

Eu olho para Jamie. Ela faz que não com a cabeça discretamente, apenas o suficiente para que eu note.

— Ele está te incomodando? — pergunto a ela.

Ela aperta os lábios.

— Estou bem, pode ir.

—Você ouviu o que ela disse — digo ao garoto.

— Ele não. Você — ela diz.

— O quê?

Sinto a raiva dela chegar até mim. É tão forte que tenho vontade de me segurar nas prateleiras.

—Vou ficar bem. Não precisa ficar aqui — ela diz, como se tivesse acabado de descobrir que sufoquei seus filhotes de cachorro num saco. Em seguida, ela sorri para o idiota, toda meiga. — Ei — ela diz para ele. — Obrigada, mas não tenho interesse. E você, senhor — ela fala para mim, ficando fria outra vez. — Estou bem, tá?

— Você ouviu a garota, camarada — o garoto fala para mim. — Cai fora.

— Ela te disse a mesma coisa. Vai dar uma volta.

O cara me empurra com seus dedos magricelas.

— Se tem algum problema comigo, vamos conversar lá fora. Sempre quis enfrentar o sistema.

Espera aí, eu sou o sistema?

Eu já fui um valentão. Não quero ser um representante do sistema.

Meu reflexo na luz tênue da janela é tudo que eu não quero ser, porque aquele não sou eu. Aquele é o que eu *poderia* ser. Não sou um velho num blazer, sou um garoto. Deveria estar diante do reflexo de um bobão com acne no rosto, magricela com uma camiseta surrada e moletom velho.

Jamie me chamou de senhor, mas não foi de um jeito engraçado e brincalhão. Agora parece que eu sou o vilão da história. Ela se mantém firme e não sei o que devo fazer. A única coisa em que sou bom é crescer, então queria que ela me deixasse chutar esse garoto até cruzar o estado.

O garoto me olha de cima a baixo mais de uma vez, abrindo e fechando as mãos para cerrar os punhos, porque não tem ideia do que vai acontecer em seguida. Ele quer me enfrentar, sinto o cheiro disso, ouço o sangue correndo nos ouvidos. Eu recuo, não quero fazer parte disso. Ele se aproxima ainda mais, me desafiando. Jamie nos observa meio de lado e agarra uma garrafa de vidro, por via das dúvidas.

De canto de olho, Jamie recua discretamente vários passos. Está segura.

— Ela não está interessada — eu digo num sussurro.

— Que tal deixar ela decidir?

— Ei, vocês dois… — Jamie diz.

— Ela já disse que não. Você tem algum problema de audição? — pergunto. — Caso tenha, vou deixar bem claro. Ela é menor de idade. Está fora do seu alcance. Um juiz de verdade te botaria atrás das grades por tentar se aproximar de uma menor.

O idiota não tem nada a dizer depois disso. Ele some da loja, pega a bicicleta e sai pedalando pela noite. Me viro para Jamie no instante em que ela põe a garrafa no lugar.

— Está bem, moça?

Ela assente, mas não diz nada.

Por favor, olhe para mim, peço a ela sem palavras.

Ela olha. *Por que você fez isso? Eu estava bem. Estava tudo bem. Por que eu não faria?*

Estou tão brava com você.

Por quê?

Você não é meu maldito guarda-costas, entendeu?, ela responde enquanto encara o teto.

Ah.

—Vamos embora — sussurro, me virando para sair.

Ela segura a minha manga.

— Pegue a cerveja primeiro. — *Preciso encher a cara. Estava brincando antes, mas agora é pra valer.*

Não posso ser o príncipe, nem o guarda-costas e com certeza não quero ser um representante do sistema. Agora, até o plano de ser amigo parece ter sido arruinado. Não sei bem o que me resta, mas pelo visto não sobrou nada.

Jamie permanece imóvel e só se mexe quando pego a cerveja. Abrindo a porta do freezer, pego outro engradado de seis garrafas e vou para a frente da loja. O celular da garota do caixa parece fazer parte de seu corpo. Ela estava digitando tão compenetrada que não viu o que aconteceu. Talvez estivesse procurando o GIF perfeito. Espero que tenha encontrado. Solto calmamente a cerveja sobre o balcão e espero que ela faça algo.

Peça a minha identidade. Eu te desafio.

Ela me dá uma olhada discreta e lê o código de barras com a maquininha, que bipa.

— Oito dólares e setenta e cinco centavos.

Não me movo. Tenho quinze anos, peça minha identidade.

Abro a carteira, mostrando minha carteirinha da escola. Sou eu, só quem sem barba. Eu empurro na direção dela.

— Não quer conferir minha identidade?

Ela sacode a mão.

— Não, tudo certo.

Tiro os óculos. Puxo a tinta acrílica da barba e deixo os farelinhos cinza caírem no chão.

A funcionária parece no mundo da lua.

— Senhor?

Não quero nunca mais ser chamado de senhor.

—Você não devia me vender essa cerveja porque eu tenho quinze anos.

— Claro. E eu sou o Papa. — Ela ri com desdém. — Oito dólares e setenta e cinco centavos.

— Sua santidade. — Jogo uma nota de dez, pego a cerveja e saio de muleta da loja do jeito mais desastrado e rápido possível.

Jamie sai logo atrás de mim.

— Mais uma loja?

— Não. Já deu pra mim.

VINTE E CINCO

Nós ADMIRAMOS O ESPETÁCULO QUE É O PÔR DO SOL, mas em silêncio. O incidente na loja paira sobre nós. Estou com medo de tocar no assunto, porque... e se ela disser que não quer mais me ver? Quanto mais tempo ficamos sem falar nada, mais nervoso eu fico, e estou começando a me perguntar se não devíamos cancelar tudo e ir para casa antes que fique ainda mais frio.

Faço uma última tentativa.

— Toc, toc — digo enquanto caminhamos pelas ruas frias, com as garrafas tilintando em nossas mochilas.

— Quem é? — ela responde. São as primeiras palavras que dizemos em uns vinte minutos.

— Repete.

— Repete o quê?

— Que que que quê. — Ela ri e eu também.

— Essa foi péssima — ela diz.

O silêncio volta.

— Acho… — Minha voz corta o ar frio. — Acho que você é uma pessoa muito corajosa.

— Argh. — O gemido vem das suas entranhas. — Você parece a menina que me parou no refeitório da nova escola e ficou toda "acho o máximo você ser trans. Você é tão corajosa". E tudo que eu conseguia pensar era: "Estou morrendo de fome e quero pegar a comida, mas você está no meu caminho".

— Não posso te achar corajosa? Achar que você é uma guerreira?

— Uma guerreira? Por acaso me alistei no Exército? Cadê minha armadura, qual é a ameaça que está nos portões da cidade? — ela retruca. — Fala sério, Dylan. Você não tem que se flagelar. Não estou brava com você.

— Na loja você agiu como se estivesse.

— Não, não agi. Só queria me divertir um pouco. É uma ideia tão maluca assim? — Ela para de repente na calçada embaixo de uma árvore. A névoa e a umidade pairam ao redor. Logo começa o inverno. A chuva ameaça cair. — Talvez… — Jamie diz, sem olhar para mim. — Talvez eu goste de ser elogiada por um garoto. Mesmo que seja um garoto estranho dizendo grosserias como querer me lamber feito um pirulito.

Estremeço de aversão.

— Eu sei! É nojento ao infinito, eu entendo. E sei que ele não devia dizer nada assim porque é machista e tudo mais, mas… Eu sou bonita. E gosto de ouvir isso.

— Mas aquele garoto disse que você era bonita?

— Não verbalmente, mas foi como se tivesse dito: "Ei,

te achei atraente e vou expressar isso do jeito mais grosseiro possível".

— Caramba, Jamie. — Estou fervendo de raiva. — Isso é tão errado, nem sei o que falar.

— E você é especialista, por acaso? Tem informações privilegiadas sobre o que fazer quando alguém diz que você é gostoso? Porque acho que ninguém nunca... — ela para.

O cascalho sob os meus pés. É tudo que consigo estudar no momento. Não há livros.

— Desculpe — ela diz.

— Tranquilo.

— Sinto muito, a frase saiu toda errada.

Olho para ela.

— Só não quero que ninguém te machuque.

— Por que todo mundo sempre me diz isso?

— Porque nós lemos os jornais. Porque programei meu celular pra mostrar uma notificação sempre que a palavra "transgênero" aparece, e as coisas são terríveis. Porque as pessoas são loucas. — Porque me importo com você.

— Eu também tenho essa mesma mania de olhar no Google, mas a maior parte das histórias é boa. Professores, pais, advogados, atores, atrizes, modelos trans. Tudo que você pode imaginar, e todos conquistando o mundo. Estou feliz por ser quem sou. Meu copo está metade cheio, eu não existo para ser a sua tragédia — ela diz. — Não sou idiota. Eu sabia o que fazer. Se aquele cara não tivesse aceitado meu não como resposta, eu teria ficado plantada do lado da garota do caixa até ele sair.

— Mas e se ele ficasse te esperando do lado de fora? E se estivesse com amigos?

—Você é pior do que a minha mãe — ela diz. — Ela se preocupa o tempo todo. É só isso que eu escuto. "E se tal coisa acontecer? Só quero dizer não sei o quê, você nunca pensa nisso…" Olha só, está vendo essa bota? — Ela estica a bota surrada de cano alto. As mesmas que ela usava quando nos conhecemos, quando ainda eram novas e brilhantes. — Estou gastando a sola dela de tanto andar a cidade inteira, porque quando estou frustrada ou doida ou o que seja, eu saio. Caminho. Refresco a cabeça. Topo com as pessoas. Faço contato visual. Sigo meu caminho. Faço isso sozinha. Quando caminho, me sinto livre. — Ela junta os pés outra vez. — Me deixe curtir ser eu mesma.

—Tudo bem. — É só o que digo.

Voltamos a caminhar.

—Talvez seja diferente para você porque…

— Porque sou feio pra caramba? — disparo. —Talvez seja.

— Não, não. Eu não ia dizer isso, nem nada do tipo, juro. — Jamie segura minha mão. Seus dedos estão congelando. Posso senti-los através do meu casaco porque seu toque me eletrifica. — Talvez seja só porque você é grande, então não precisa ter medo.

Quero gritar que isso é bobagem.

Isso é bobagem.

Mas é claro que não digo nada.

Paramos de andar por um momento. O chão está espesso, cheio de folhas molhadas grudadas na calçada.

A operação "Nada de bisbilhotar, vizinhos" começou.

Assim que saímos do parque, vamos para um escoadouro que direciona a água da chuva para os esgotos e caminhamos ao longo da linha de drenagem, até chegarmos ao trecho de terra bem atrás de minha casa. Há principalmente cascalho e poeira com gigantescos buracos enlameados, o que é bom para nós. Nada de carros, nada de nada. Caminhamos lado a lado, calados mais uma vez, mas concentrados, até chegarmos ao meu quintal. Ergo Jamie e minha mochila lotada de garrafas que carreguei como uma mula de carga e ajudo ela a pular com a cerveja sobre a cerca de aço no amontoado molhado de grama que chamamos de quintal. Depois nos dividimos por questões de estratégia.

Contorno todo o quarteirão, saio do beco, viro à direita e cruzo até a calçada da frente, onde pego a chave e abro a porta. Nenhum problema ou preocupação. Olá, vizinhos. Cheguei em casa perto das seis. Avisem a minha mãe.

Tão engraçado, a última coisa que minha mãe disse antes de viajar foi: "Você tem aula amanhã. Se for fazer maratona de algum seriado à noite, veja só quatro episódios". E: "Faça essa barba, você está ridículo".

E agora que eu e Jamie compramos cerveja, só consigo pensar em me barbear. Não que eu tenha alguma referência para comparar, mas essa foi a pior barba da minha vida. Vou até a porta dos fundos e deixo Jamie entrar. Ela continua gelada, se não congelando. A saia não deve esquentá-la direito.

É estranho: um mês atrás eu só conseguia pensar no que

havia embaixo da saia e agora não dou a mínima. Só estou pensando se ela está ou não aquecida o suficiente.

Deixo Jamie na cozinha para descarregar a cerveja.

— Dylan? — ela me chama. — Me dá uma ajudinha?

— Só um minuto — eu digo, indo direto para a caixa de correio na porta. Vasculho todas as cartas. Nada além de um monte de lixo. Quanto tempo leva para verificar uns hormônios em um exame de sangue? Sério. Uma eternidade, pelo visto. Já faz cinco dias. Cinco. Deixo a correspondência na caixa e me tranco dentro do banheiro porque não consigo suportar a barba. Preciso tirá-la do meu rosto. Hora de me livrar dessa fonte de coceira que me lembra de tudo que não quero ser. Fecho a porta e respiro fundo diante do meu reflexo no espelho.

Arranco os óculos. Eles batem na banheira com um estalo e deslizam barulhentos até o ralo. Abro a torneira e passo a espuma no rosto.

Tenho quinze anos. Quero que peçam a minha identidade.

De rosto pelado, respiro um pouco mais aliviado e me seco com a toalha. Tiro o blazer e o penduro num gancho livre. Jamie abre a porta com o pé, duas garrafas em cada mão.

— Oh, não! Sua barba se foi.

— E daí?

Ela me passa a garrafa cheia. Está gelada. Congelada. Cada anúncio que vi desde que era bebê dizia que cerveja é o néctar dos deuses. É incrível, a música feliz e as garotas de biquíni não vão te deixar esquecer. Você vai beber e se divertir. Então, cá estamos, nosso plano executado com perfeição, e eu não quero. Não é merecido. Eu a deixo na bancada do banheiro.

Ela deixa sua garrafa fechada perto da minha.

Sinto um desânimo e um arrepio nos ossos por ter andado tanto tempo no frio. Jamie olha em volta, mas não de um jeito que diz "uau, adorei os azulejos, eles são tão beges". Está mais para "talvez eu devesse ir embora". É provável que ela já esteja mapeando sua rota de fuga e contando a milhagem que vai acrescentar às suas botas ao andar para casa.

Não quero que ela vá embora. Nunca. É uma droga pensar que talvez ela parta.

Concordar com as observações dela talvez ajude. Isso sempre funcionou no laboratório de biologia no ano passado.

— Sei que sou medonho. Só não sei o que fazer sobre isso — digo.

— Ah, larga essa, Dylan. Não faça eu me sentir pior do que já estou. Sei que o que eu disse foi cruel — ela diz rápido.

— É um visual diferente e você faz dar certo, juro em nome de... de algo que não seja blasfêmia.

— Tudo bem, tô ligado. — Aponto para mim mesmo, tentando rir e levantando as mãos, o lado peludo para a frente. — O que eu queria saber é o que fazer com tudo isso. Comigo inteiro. Sou um tapete. Você pode achar que é besta e talvez seja, mas odeio ser tão peludo. Tenho pelo por toda parte. Na última vez que vi minha pele, estava totalmente vermelha e descascando por causa de uma cera ruim. E essa é só uma das coisas que me incomodam.

— Você não gosta de ser peludo? Esse é o grande problema?

— É que é nojento. Parece que não tem fim.

— Não é uma sentença de morte. Se tem alguma coisa que você não gosta, faça algo a respeito. — Ela dá uma geral no ambiente, pensando. —Vamos consertar isso agora mesmo. — Ela pega meu barbeador elétrico e liga o aparelho. — E aí?

Meu pescoço endurece.

— Não quero que veja as minhas costas. — Elas são nojentas e odeio elas.

— Mas isso é tão simples, é bobo. — Ela sacode a cabeça. — Além disso, se me permite a confissão, estou um pouco curiosa para saber qual a sua aparência sem um casaco de pele. Somos amigos, não é? Então não tem problema.

Somos amigos, somos amigos. Essa palavra está começando a me incomodar e não deveria. Amigos saem juntos, bebem cerveja quando as mães não estão em casa. Amigos barbeiam as costas uns dos outros. Meu Deus, o que estamos fazendo?

Mas confio nela.

Olho para a lâmina trepidando.

—Você sabe usar isso?

—Vamos dizer apenas que ganhei um desses no meu aniversário de treze anos e agora só uso nas pernas.

— Tá bom. — Me atrapalho com os botões da camisa e jogo-a no cesto. Esticando a mão para trás das costas, agarro a camiseta que uso por baixo e a puxo para a frente, deixando-a dobrada ao lado da banheira. Olho para Jamie. Essa é a primeira vez que ela vê o conjunto da obra. Tudo é espesso. Denso. Ela recua por puro instinto. Tenho vontade de me esconder. — Eu disse que a coisa era feia.

— Não, não. Sem problemas. Amigos ajudam amigos. — A

lâmina desce e corta uma faixa que vai da minha nuca até a omoplata. —Viu só? Tudo dando certo.

Um tufo repugnante de pelo cai no chão.

— Não. — Me estico para pegar a camisa. — Isso é nojento demais, nem pensar.

— Não olhe. — Ela passa a máquina de novo. —Vai ficar legal. A gente passa o aspirador depois.

Tento fingir que é completamente normal assistir a tufos de pelo caírem como pequenos flocos de neve negros e deformados. Que todos os garotos da nossa idade fazem isso quando estão sozinhos em casa. Não é sexo, drogas e rock'n'roll que os adolescentes buscam no horizonte, mas uma garota ajoelhada em uma privada para tirar os pelos das suas costas.

Na metade do caminho, Jamie suspira e deixa o cachecol amarelo na pia.

— Está ficando quente aqui — ela murmura, e bate na cabeça da lâmina para limpá-la. No espelho, vejo que ela está esfregando a testa com uma careta. Determinada a encerrar o serviço e atacar meus ombros, meus braços, as laterais do meu corpo, como se eu fosse o maior arbusto de seu quintal. Ela deixa a jaqueta de lado e tira as botas. Suas mãos percorrem a extensão do meu corpo. Deslizando enquanto ela trabalha. Quando termina, ela está vermelha e brilhando. Mas satisfeita, com as mãos no quadril.

— Pronto — ela diz, tomando fôlego. — Sério, não me importava com a sua aparência antes e continuo não me importando.

Levanto. Ela fez um ótimo trabalho. Virando para o espelho, assinto com a cabeça em aprovação. Está muito melhor do que a vez em que depilei com cera para ir ao parque aquático. Parece natural. Só a quantidade certa de pelos no peito; os braços não parecem mais uma família de esquilos. Nas costas tenho duas escápulas distinguíveis. Bem legal.

— Fica muito mais frio — digo.

Jamie passa a ponta de seu cachecol na testa.

— Sim. Bom, estou toda suada. Aproveite até fazermos de novo.

—Você faria isso?

— Claro. Eu depilo suas costas e você pode… Hum. Vamos pensar em alguma coisa.

Estendo as mãos para a frente. Há uma sarda no dorso da minha mão que nunca soube que existia. Vejo meus dedos e juntas. Eles se contorcem e movo meus braços pelo espaço. Para cima e para baixo. Dobrando os cotovelos, me torço de um lado ao outro para ver meus bíceps. Tudo descoberto. O ar toca a minha pele como moléculas de gelo. Meus pelos se eriçam e eu me arrepio. Quando olho para cima, Jamie está me encarando.

— O que foi?

Ela engole em seco.

— Só feliz de estar aqui.

— Estou com ciúmes.

— Por quê?

— Porque você está feliz. Estava falando sério quando disse que te acho uma guerreira. Não acho que eu aguentaria

simplesmente sair andando pelo mundo e mandar um foda-
-se. Eu bato os pés no chão porque sou grande e não tenho
onde me esconder — digo. — Posso te contar uma coisa?

— Sempre.

— Não tinha bola de futebol nenhuma — conto. — No
telhado. Nunca teve. Eu abri a janela, subi no telhado e saí. —
Olho para baixo porque, por mais que ame seu rosto, odeio
ver pena nele. Isso já aconteceu antes, e não quero que aconteça de novo. Em vez disso, remexo os pés para tirar meu chi-
nelo. Mais fácil falar do que fazer, e ele acaba embaixo da pia.

Quando olho para cima, não há pena. Nem tristeza. Só há
Jamie.

— Eu sei.

— Sabe?

— Não como uma verdade absoluta nem nada do tipo.
Mas eu sabia — ela diz. — Você já disse que odeia futebol
americano, odeia que as pessoas achem que você joga futebol americano, mas foi buscar uma bola de futebol americano
no telhado. Não fazia sentido.

— Isso não te choca?

Ela se aproxima de mim e puxa as mangas para cima. Cicatrizes finas se espalham em cada braço, como teias de aranha
da espessura de um corte de navalha.

— Quando digo que sei, eu realmente sei. Isso aqui sou
eu pegando a minha bola de futebol. — Ela abaixa as mangas
e se abraça.

—Você cortou seus braços.

— Sim, foi mais um "não sei o que fazer, quem sabe isso

ajude" — ela diz. Jamie esfrega os braços como se estivesse com frio, alisando um ponto com o polegar. — Aqui foi onde pensei em ir até o fim, deixando correr, mas não tive coragem.

— Meu Deus, Jamie. — Estico as mãos e ela pousa o dorso das mãos dela nas minhas palmas. Meus dedões percorrem as linhas irregulares de leve. — Sinto muito.

— Tudo bem. Eu não queria morrer, mas também não queria o que a vida estava me oferecendo naquele momento. Foi como abrir centenas de pequenas válvulas de escape com um estilete — ela diz. — Minha mãe descobriu. Ela me pegou no flagra um dia, quando eu estava me trocando. Viu os cortes. Alguns eram recentes. Não foi nada bonito. Ela pirou.

— Porque ela te ama.

— Verdade, ama. Meu pai também. Aquela foi a época mais sombria da minha vida, mas eles buscaram ajuda para mim na mesma hora. Começamos a conversar sobre a nossa família. Como ela é? Como se estivessem preocupados de que isso, de algum jeito, fosse me mudar para sempre. E eu disse que era como cada foto que havíamos tirado e pendurado nas paredes em molduras brilhantes e caras. Eu no meio. Mamãe, Jamie e papai.

Quando nos conhecemos, eu não sentia qualquer simpatia pelas garotas do grupo que se cortavam. Não fazia sentido. Elas eram bonitas demais para ter problemas.

— Nunca fiquei sabendo disso.

—Você e eu não íamos à terapia para trocar receitas — ela tenta brincar.

— Sempre te imaginei como alguém acima disso, acho.

— Acima do quê? Da dor?

— Não, como se tivesse domínio sobre a dor. E sobre todas as coisas que incomodam as pessoas, porque manda elas à merda e pisa em cima. Como se fosse destemida, forte, corajosa e tudo mais.

— Não diga isso sem me conhecer de verdade — ela diz.

— Ninguém vive sem medo.

Não estou aqui, não estou me abrindo para ela. Não estou sendo a história triste de uma música péssima tocada por trouxas sem talento. Não estou caindo no buraco do qual tenho fugido a vida inteira, não estou. Eu não paro para respirar. Engulo o choro e cubro o rosto com as mãos.

Ela segura meu braço.

Eu me solto e puxo o rolo de papel higiênico, cortando alguns quadrados e apertando-os nos olhos até só sentir cheiro de fibra de papel e espirrar.

— Tudo bem — ela diz, depois que seco as lágrimas.

— Tenho medo de mim mesmo — sussurro. — Não quero nada disso. Continuo crescendo sem parar. Sou um tumor.

— Você não é um tumor.

— Então sou o quê? — Levanto o rosto para olhar para ela. — Porque não sou um adolescente normal de quinze anos. Nunca fui criança. Nunca cheguei a ser livre. Sempre tive que lidar com o fato de ser grande. — Balanço a cabeça. — E continuo crescendo. Vou crescer sem controle, que nem o meu pai. Sou um tumor vivo com um boletim escolar. Meu corpo vai me consumir de dentro para fora e me matar do mesmo jeito que o do meu pai o matou.

— Não, não vai. Eu pesquisei também. O gigantismo pode ser controlado. Você vai ficar bem — ela diz.

— Vou ter câncer e morrer aos vinte e seis anos, que nem o meu pai.

— Bom, espero que não. — Ela para diante de mim enquanto sento. — Mas não tem como saber, né? Podíamos ir lá fora cheirar as flores e acabar atropelados por um ônibus. A vida é assim.

— A vida é assim. — Apoio a cabeça em seu quadril. Ela passa o braço por cima do meu ombro, mas não consegue dar a volta inteira e se satisfaz com a parte macia logo abaixo do meu pescoço. Pego seu pulso e o seguro contra minha bochecha. No silêncio do banheiro, onde a única coisa que existe somos nós, posso sentir sua pulsação na minha pele. Ela está aqui. Bem e saudável, e eu estou muito feliz por isso. Não quero que ela vá.

Mas deixo, beijando suas cicatrizes antes que ela afaste o pulso. Sento direito, ainda fungando. Ela pousa sua mão na lateral do meu rosto, cobrindo minha orelha.

— Acha que sou um fracasso? — ela pergunta com a voz baixa.

— Jamais — respondo. — Por que está dizendo uma coisa dessas?

— Porque não me acho corajosa nem nada do tipo. Eu não paro de tentar. Faço o dever de casa, dou comida pro cachorro, abraço minha mãe e meu pai, entro para clubes, faço todas as coisas, mas aí topo com uma dessas notícias malditas no Google e fico pensando se algum dia vou ser suficiente.

—Você é uma boa pessoa. Isso tem que ser suficiente.

— Na maior parte do tempo, consigo bloquear esse tipo de pensamento. Fico irritada e tal, mas o tanque emocional só aguenta até certo ponto, sabe? Às vezes não tenho vontade de conversar. Porque quando converso sempre sinto como se estivesse me defendendo, e já estou cansada de pedir permissão para existir. — Jamie coça a orelha na parte de trás do brinco. — Tudo fica ainda pior porque gosto de mim mesma e do meu corpo, então quando alguém vem me falar merda, sinto como se tivesse que recomeçar do zero. Você não faz ideia do que é ter que lidar com pessoas que vêm me perguntar o que eu sou. Tipo, qual é a resposta pra uma pergunta dessas?

— Nada. Dê um soco na cara de quem perguntar. — Apesar de tudo, essa ainda é a minha vontade.

— Certo, porque isso resolve tudo — ela diz. — Sem querer ofender, Dylan, mas seu único problema real é ser grande.

— E feio — acrescento. — E estar potencialmente infestado com um monte de câncer maligno capaz de fazer metástase em todos os meus ossos e órgãos.

Ela abre um leve sorriso.

— Tá bom. Mas não é obrigado a responder perguntas do tipo: "Você já fez a operação?". Ou: "Você é muito nova para tomar uma decisão dessas. E se mudar de ideia mais tarde?". Prefiro acreditar que me conheço um pouco melhor do que uma senhora aleatória no supermercado. — Jamie puxa o cabelo, girando a mesma mecha em que o cara mexeu mais cedo. — Foi por isso que me irritei na loja quando você tentou afastar aquele garoto esquisito. Ele estava sendo rude, mas honesto. Então você partiu pra cima. Não posso passar a vida inteira sendo resgatada.

— Não vou me desculpar por mandar aquele cara embora. Teria feito o mesmo por qualquer garota na mesma situação.

— Mesmo?

— Sim. Tudo que dá pra fazer é ser você mesmo e torcer para que alguém entenda.

— Alguém vai te amar — ela diz calmamente.

— Alguém também vai te amar.

— Você acha?

— Tenho certeza.

Seus olhos ficam marejados e ela vira para o outro lado. Ela tira umas coisas de uma bolsinha que estava dentro de sua mochila e limpa os olhos onde o rímel se acumulou. Ela me vê olhando.

— Dando uns retoques.

Sinto falta das mãos dela.

— Quero que me maquie também — digo.

— Tá falando sério? — Ela sorri. E aí ela dá o bote. A ponta de seus dedos afaga meu rosto, acariciando minha pele lisa, explorando. — O que você quer? Olhos esfumaçados?

Tanto faz, desde que ela esteja me tocando.

— O que você quiser.

—Vamos fazer um pirata moreno — ela declara.

Ela se aproxima, seu rosto perto do meu, e escrevo uma carta final de socorro.

Pai, me diga que isso é correto. Me dê um sinal, porque não consigo mais aguentar. Uma coisa é conversar até ficarmos exaustos, mas não quero mais falar e essa garota está a centímetros de distância e é macia. Posso sentir o cheiro dela. Baunilha e mel. Poderia inclinar a cabeça e tocar seu peito com a boca. Por favor, me diga que está tudo bem, porque eu quero. Me diga que sou normal e que isso é algo que acontece e que você vai continuar sendo meu pai.

Meus olhos são pressionados levemente, mas não me importo. Seus dedos estão quentes. Sigo todos os comandos. "Pisca. Olha pra cima. Levanta. Pisca. Olha pra baixo. Pra esquerda. Olha pra direita." E eu quero ela. Quero agarrá-la pelo quadril e puxá-la para mim, arrancar sua blusa e descobrir sua pele com a minha boca, mas não faço nada. Preciso de um sinal. Lambo os lábios. Ela faz o mesmo.

— Pronto, olha só — ela diz.

Giro a cabeça e explodo numa gargalhada.

— Meu Deus… — Rio mais. Estou com delineador preto e rímel nos olhos, minhas sobrancelhas estão penteadas e fixas. Acho que estou gato. Minha bochecha está iluminada e estou usando gloss. De abacaxi.

— Gostou? — ela pergunta.

Assinto.

— É diferente.

Jamie recua um passo.

— Uau, Dylan. Que surpreendente. Você não é mais aquela fera desajeitada em uma cadeira de rodas, não senhor.

Não há um sinal, talvez nunca haja um, mas não aguento mais esperar. Me levanto e encosto o nariz no dela. Ela põe a mão no meu peito.

— O que você tá fazendo?

Deslizo a mão pelas suas costas.

— Tudo bem fazer isso?

— Sim. Muito. — Jamie morde o lábio. — Não queria me encher de esperança.

— Meio que sempre gostei de você.

— Meio que nunca parei de gostar. — Suas mãos se movem pela minha pele nua. Se acomodam no fim das minhas costas e se firmam como ímãs. Todos os átomos voam da gaveta e afundam dentro do meu peito, no lugar deles, enquanto olho nos olhos dela.

Nos beijamos.

Começamos a beijar e paramos, nossos narizes a milímetros de distância. Apenas um toque, mas eu quero mais e mergulho em seu pescoço. Ela ofega, levando meus lábios na direção dos dela. É o único sinal de que preciso. Quebramos um no outro como ondas.

Esqueço o resto do mundo, existe apenas Jamie.

VINTE E SEIS

UMA CORRIDA. Esse é o melhor jeito que consigo descrever. Estamos no meio de uma corrida alucinada e não tenho ideia de como identificar a linha de chegada. Passo as mãos por todo o corpo de Jamie, e as dela sobem e descem pelo meu torso e pelas minhas costas. Quando ela toca na altura das minhas costelas, sinto cócegas e rio.

— Desculpe — ela sussurra, com um sorriso no meio do beijo.

— Pelo quê? — Eu a beijo de volta. E de novo e de novo e mais uma vez antes de passar os braços em volta dela e erguê-la bem alto. Ainda estamos na porcaria do meu banheiro. Não podemos nos teletransportar para o Taiti ou para Paris, mas posso carregá-la até meu quarto. Ela não pesa nada. Talvez eu não saiba dizer o quanto ela pesa porque minha cabeça está nas nuvens.

Nos jogamos sobre a cama. Jamie dá chutinhos e ri enquanto me posiciono em cima dela. Minha camisa está bem longe e agora a dela também. A luz tremeluzente de um poste na rua é a única que corta a escuridão do quarto. Olho para baixo. A pele de Jamie tem as cores do fim do dia. Ela toca a minha bochecha, me aquecendo até os ossos.

Ela é linda.

Não quero parar de beijá-la, então não paro. Vamos ficar assim para sempre, alternando beijos longos e curtos. Os bem-comportados que você daria na frente de um bibliotecário. Os intensos e furiosos que você guarda para quando ele for arrumar as prateleiras. Como agora.

Estamos sozinhos. A noite é nossa. Não há ninguém que possa nos impedir.

Toda essa pele incrível que temos, se esfregando e colidindo, dedos quentes e pontas dos dedos dos pés suadas, é como destrancar uma porta secreta que você nunca imaginou existir e descobrir uma trilha de migalhas de pão. Depois que você prova uma, é um caminho sem volta. Não dá para esquecer. Nunca mais voltaremos para casa.

E, em meio aos amassos e à pegação, vamos além. Quero dizer, vamos para baixo. Os dedos de Jamie exploram a minha cueca boxer. Suas unhas pintadas mergulham para dentro. Assim que sinto o seu toque, tenho a impressão de estar conectado à bateria de um carro. Explodo.

Morro de vergonha por ter sido tão rápido, mas Jamie me beija. Puxa meu lábio inferior com os dentes e dá uma piscadinha.

— Isso foi sexy — ela murmura.

— Certeza?

— Absoluta.

Ela muda de lugar na cama. Agora está por cima, seu cabelo se espalhando pelo meu peito enquanto beija meu pescoço. Nunca imaginei que precisasse disso. E é ainda mais incrível agora que meu sistema inteiro superaqueceu, se incendiou por completo e está sendo reconstruído, um carinho por vez.

Jamie começa a se esfregar em mim e continuo a me sentir à flor da pele. A saia dela sobe. Vejo nosso equipamento em comum e recuo. Ela fica apavorada e abaixa a saia.

— Desculpe, eu estava com medo de que não fosse uma boa ideia, é só que... Não quero que ache...

— Não precisa se desculpar — digo a ela. — Por nada. Vem cá. — Eu a trago de volta, e seu cabelo dança novamente sobre meu peito.

Só existe uma coisa que quero nesse momento, e é fazer por ela o que ela fez por mim. Fazê-la sentir como se seu corpo estivesse dançando dentro de uma estrela.

Seus olhos se reviram em direção ao teto azul que pintei para o meu pai e piscam enquanto ela estremece.

— Isso foi incrível. Tipo montar um cavalo sem a sela — ela diz.

Eu rio. Acho que isso está no topo da lista de todas as coisas que nunca esperei ouvir.

— Que foi? Sempre amei cavalos, várias meninas amam cavalos.

— Eu sei. Uma vez li um artigo que explicava como garotas transferem o amor que sentem durante a infância pelos cavalos, porque eles são grandes e musculosos, para os garotos quando ficam mais velhas. — Flexiono meu peito e ombros.

— Então acho que você veio ao lugar certo.

Ela dá um gemido acompanhado por um sorriso, mergulhando no meu peito.

—Você não inventaria um fato aleatório agora, né?

— Ao seu dispor. Meu cérebro nunca para de trabalhar.

— Hummm. — Jamie se inclina para cima e acaricia minha orelha. — Mas parou por um momento.

— Um momento embaraçosamente rápido, sim. — Eu a beijo. Primeiro um beijo que faria seus amigos engasgarem com tamanha demonstração pública de afeto. Depois, um que seria aceitável durante uma despedida em uma estação de trem. Estou ficando bom nisso.

— O que você faria se eu fizesse umas panquecas? — pergunto.

— Eu comeria todas.

— Então vamos.

VINTE E SETE

Ela dormiu. Eu não.

Estou elétrico, no meu quarto, embaixo das cobertas da minha cama e protegido pelo meu teto azul silencioso, tentando obrigar meus olhos a fechar. Não está dando certo. Quando fecho, revejo as últimas nove horas em um replay instantâneo e desperto outra vez. Dormir não é uma opção neste momento.

Ainda estou pensando em todas as peças desse quebra--cabeça. Nossas roupas são fragmentos espalhados pelo chão. Ficar aqui deitado no escuro tentando entender o que aconteceu é bem mais difícil do que foi fazer a bagunça. Naquele momento, tudo que eu queria era ela. E consegui. Muito depois de estarmos exaustos e cheios de panqueca, não posso evitar dissecar a noite como se fosse um sapo. Abri-la com precisão e gentilmente descamá-la até as entranhas ficarem expostas.

O que fico repassando sem parar é a pergunta que ela me fez.

Estávamos no meio do segundo round. Pós-panquecas e de volta à cama. Nos beijando. Estava escuro e quente, e estávamos nos divertindo um com o outro, quando ela perguntou:

—Você quer?

— O quê?

Ela acariciava meu rosto com um sorriso.

— Fazer pra valer.

O tempo parou. Cascalho e pedras rolaram ladeira abaixo com uma nuvem de poeira. Ela deitou debaixo de mim e olhou para cima, seu cabelo ondulado no meu travesseiro. Impossível contar quantas vezes sonhei com esse momento. Uma garota na cama querendo fazer sexo comigo. Porém, meu estômago deu um nó. A verdade é uma só.

— Não estou pronto — sussurro.

—Tudo bem.

—Acha que sou um trouxa?

— Não. — Ela balança a cabeça.

— Mesmo?

— Sim. — Os dedos dela descem pelas minhas costas. — Me dá um beijo.

Eu paro.

— Estou te machucando?

— Dylan, quando eu tiver um dia ruim, venha deitar em cima de mim — ela diz. — Nem precisa estar pelado. Só quero o peso de tudo que é real pressionando meu corpo. É intoxicante.

—Você é intoxicante.

Jamie arqueia as costas, pressionando o corpo contra o meu.

— Quando você diz isso parece que estou ouvindo um trovão.

Eu a beijo. Mais e mais. Depois assistimos a um filme e voltamos para a cama, horas depois da meia-noite. Jamie dormiu e tentei me juntar a ela.

Como não consigo dormir, fico olhando para ela e implorando que o sol continue longe. Que eu tenha mais tempo para vê-la respirando, para estar aqui sem me importar com mais nada.

A luz da lua entra pela cortina e ilumina seus ombros. Ela se mexe. Recuo para lhe dar espaço, e ela acorda de repente.

— Ah! — Ela esfrega os olhos. — Esqueci onde estava. Estava sonhando.

— Com o quê?

— Eu tenho um sonho que se repete. É sempre o mesmo, mas diferente — ela diz, se virando aos poucos. — Estou num avião, mas às vezes não há nada. E paro em um lugar onde vou tirar fotos. Tipo, como se estivesse sonhando com meu trabalho dos sonhos, sabe? Depois saio do avião. Às vezes não sei para onde ir, às vezes sei. Mas essa noite foi diferente.

— Diferente como?

—Você estava lá quando desembarquei. Aí eu acordei.

Dou um beijo na testa dela.

— Parece um sonho bom.

— E você?

— Ainda não consegui dormir.

— Sério? Por quê?

— Não quero que a noite acabe.

— Oun... — Ela se aconchega no meu peito. É por isso que não quero.

Ficamos em silêncio. Só ouvindo o som dos nossos corações batendo.

— No que você tá pensando? — pergunto.

Ela ergue a cabeça e o luar cobre seu rosto com uma camada fina de luz.

— Em nós.

— Existe um nós?

— Acho que sim — ela diz num sussurro. Jamie vira na direção da janela para olhar a noite, e percebo alguns vestígios de seus cromossomos XY, mas só porque procuro por eles. Dá para ver em seus ossos. Nunca tinha percebido até o dia em que ela me contou e realmente não me importo. Não aqui, onde só existe eu e ela.

Se fôssemos embora para um lugar onde ninguém nos conhecesse, seríamos livres. Poderíamos dar as mãos sempre que quiséssemos e não ligar para o que as pessoas pensam, porque seríamos como qualquer outro casal, o que de fato somos, mas não teríamos que responder nenhuma pergunta. Nos casaríamos e adotaríamos uns bebês. Ela poderia tirar fotos, e eu poderia ficar em casa com as crianças enquanto estudo e dou aulas como professor adjunto na Inglaterra.

—Vamos para a Inglaterra.

— Quê?

— Meu sonho, pelo qual luto todos os dias, é conseguir a bolsa de estudos Rhodes — digo. — E vou para Oxford fazer meu mestrado e estudar, quem sabe emendar um doutorado também.

Ela ri com o canto da boca.

— Em quê?

— Tenho essa ideia louca de que a disseminação do câncer se relaciona aos surtos históricos de maldade. Tipo a histeria. E quero saber se é possível rastreá-lo e identificá-lo num gene ou célula. Tipo, quem começou os julgamentos das bruxas de Salem: as adolescentes possuídas ou as pessoas que acreditavam nelas? Daria para conter Hitler antes de ele invadir a Polônia? Esse tipo de coisa.

— Hum, deixa eu ver se entendi. Você quer dar pensamentos humanos a células de câncer? — ela pergunta.

— Não, acho que elas já têm esses pensamentos. É por isso que você vê as pessoas fazerem coisas terríveis ao longo da história. O processo de ser mau começa aos poucos e vai se fortalecendo. Como se fosse uma ideia à qual as pessoas se agarram e permitem que ela adquira um status quase mágico, dando uma desculpa para as coisas muito ruins que estão fazendo, sabe? E então, só depois que a merda acontece, as pessoas param e pensam, é, poxa, todo aquele lance de nazismo era realmente ruim. Mas não era assim que os nazistas pensavam enquanto agiam. As adolescentes em Salem achavam que aquilo que estavam vivendo era real, mas se formos examinar em detalhes, as mulheres que morreram enforcadas eram quase todas viúvas — digo. Jamie me observa com atenção. — Isso me faz pensar que pode ser a forma como o câncer age. Ao se espalhar. Começa com algumas células e acaba tomando todos os órgãos e ossos. Tem de haver uma conexão.

— Uau. — Ela deita novamente no travesseiro. — É uma teoria e tanto.

— Obrigado. E adoro ler, então posso fazer algo relacionado à literatura, mas nada sério porque só quero uma desculpa para ler.

— Claro.

— Podemos achar um apartamento ou um flat, sei lá como eles chamam aquilo, e você pode ir para a Europa e tirar fotos sempre que quiser — eu digo. —Vai ser incrível, vem comigo. Vamos viajar e morar juntos. A gente adota um gato…

— Precisamos de um gato?

— Sempre me imaginei estudando em Oxford com um gato. Cachorro tem que levar pra passear, não vou ter tempo pra isso.

— Se não vai ter tempo nem pra passear com um cachorro, como vai ter tempo pra mim?

— E quem disse que não vou ter? Além disso, você vai estar pertinho do resto da Europa. Pode comprar passagens do Eurotúnel e ir num piscar de olhos para Paris sempre que quiser. Ir para Londres, visitar a National Gallery. Será perfeito.

— Então serei turista por quatro anos. — Jamie enruga a testa. — E quanto aos nossos pais?

—Você não suporta a sua mãe. Vai dar tudo certo.

— Eu nunca disse isso — ela fala, na defensiva. — Só queria que ela parasse de se preocupar com tudo. Talvez a gente possa voltar para casa quando você terminar seus estudos.

— Não, precisamos continuar na Inglaterra.

— Ei, que tal darmos uma de loucos e brincarmos de "O que a Jamie quer?" também? É um jogo divertido. Então, pronto? — Suas mãos tremulam. — Quero andar de patins com você. Quero comer pretzel e passear por bairros bonitos com enfeites de Natal. Quero andar de mãos dadas num dia ensolarado sem um destino específico. Só andar.

— Certo. Bom. Talvez você possa fazer faculdade na Inglaterra ao mesmo tempo que eu.

— E se eu não quiser ir para a Inglaterra? — ela questiona. — E se eu quiser uma coisa completamente diferente, como ir para a Esdri, como minha ídola, Francesca Woodman?

— O que diabos é *Esdri* e quem é Francesca Woodman?

— Escola Superior de Design de Rhode Island. Ela foi uma fotógrafa importante e seu trabalho é incrivelmente maravilhoso e eu amo ela, mas meus pais não gostam disso, porque ela se matou e esse é um assunto meio delicado lá em casa.

— Desde quando você tem uma ídola?

— Desde sempre, você que nunca perguntou.

— Por que você não pode tentar achar uma versão inglesa viva e não suicida da Francesca Woodman?

— Por que a Inglaterra? — ela devolve.

— Porque é meu sonho. Meu objetivo.

— Escrever artigos sobre os perigos do pensamento mágico nas células de câncer.

— Não fique tirando sarro da minha cara — peço.

— Não estou! Adoro pensamento mágico. Escute, lembra do dia em que nos conhecemos? Que eu disse no grupo que tinha feito um pedido para uma estrela cadente?

— Sim. — E realmente lembro.

Suas mãos brincam no meu peito.

— Desejei encontrar alguém que quisesse estar comigo, só isso. Simplesmente estar comigo.

— Quero estar com você.

— Quer mesmo? — ela pergunta. — Ou quer um plano para a faculdade que não leve mais nada em consideração? Porque eu estou animada para tentar uma vaga e tal, mas o caminho está cheio de corpos de pessoas que tentaram e não conseguiram. Não quero ser uma delas.

— Não é tão sério assim.

— Talvez para você não. Mas a maioria das pessoas não consegue dar um espirro e tirar nove.

Dez, penso em corrigi-la. Em vez disso, digo:

— Mas você é inteligente também.

— Muitas pessoas inteligentes tiram notas ruins. É intimidante pensar que a sua vida inteira depende de uma prova surpresa de espanhol. Não consigo acompanhar esse ritmo — ela diz. — Então tiro pétalas de flores: "bem me quer, mal me quer". Faço pedidos quando vejo horas e minutos repetidos nos relógios e quando viro o fecho do meu colar para cima. E, quando vejo a primeira estrela cadente da minha vida, desejo encontrar alguém que queira estar comigo. Fiz o pedido e te conheci no dia seguinte. — Ela olha para mim, seus olhos iluminando os meus. — Será que é você?

— Claro que sim.

— Então fique aqui e pare de pensar na Inglaterra.

— Mas já estou aqui.

Ela ri.

— Sabia que você ia dizer isso.

— Por isso somos perfeitos um para o outro.

—Você acha?

—Tenho certeza — digo. — Por isso vamos resolver tudo quando formos pra Inglaterra. Podemos fazer um mochilão. Carimbar loucamente nossos passaportes. Ir de um país para o outro, onde ninguém vai saber nada sobre a gente e poderemos ser livres.

— Merda.

— Que foi?

— Devia ter sacado que isso tudo é porque sou trans — ela diz.

— Não é. — Mas, de alguma forma, é.

— Está com medo de andar de mãos dadas comigo na rua?

Eu andaria em qualquer rua da Inglaterra com ela, mas não garanto que faria isso aqui em Portland amanhã.

— Bom, tive a minha rodada de problemas na escola por... te conhecer.

Ela disfarça um vislumbre de tristeza dando um sorriso largo e brilhante, e me sinto como uma lata de lixo ambulante.

— Bem-vindo, garoto branco e hétero, ao outro lado da moeda. Infelizmente, explicar que você é o especialista na sua própria vida para gente idiota e ignorante é algo que acontece de verdade. Tipo: "Ei, não que seja da sua conta, mas só porque um cara está namorando uma garota trans não significa que ele seja gay. Significa que ele gosta de uma garota". Foi com problemas desse tipo que você teve que lidar?

Faço que sim.

—Vai se concentrar no lado bom das coisas? Ou no lado complicado?

— No lado bom. — Me forço a calar a boca em seguida, porque existe uma pequena possibilidade de dizer: "Que lado bom?". Eu mal consigo lidar com o fato de ser eu mesmo, não sei se estou pronto para me tornar um representante da causa e namorar uma garota trans. Só por causa do que aconteceu hoje à noite. É diferente e ainda não estou acostumado com isso. É estar com outra pessoa num nível completamente novo. Estávamos nos divertindo muito conversando, mandando mensagens, rindo e saindo juntos. Aí tudo isso aconteceu. Diferente do que eu esperava de uma primeira experiência física com outra pessoa. Mas, na real, todas as experiências recentes ainda estão muito cruas para serem analisadas com cuidado, então guardo na gaveta.

O rosto inteiro dela se franze.

— Hum…

— Nada de "hum". Esse "hum" é por quê?

— E se essa cama estivesse bem no meio do shopping?

— As pessoas perguntariam o que uma cama está fazendo no meio do shopping.

— Humpf — ela resmunga, irritada. — Estou falando com a gente nela.

— O quê? Por que precisamos dar um show no shopping?

— Não é um show, é a gente.

— Não vou tirar a roupa no shopping.

— Quem está te pedindo pra tirar a roupa?

—Você.

— Não, não estou.

Agora eu resmungo.

— Por que estamos discutindo?

Jamie me dá um abraço de leve.

— Talvez seja isso que namorados e namoradas fazem — ela diz. — Além disso, não quero desperdiçar nem um minuto. Quero ficar com você, então esquece. Não temos que nos preocupar com a faculdade tão cedo.

— Oxford é só daqui a seis anos, de qualquer jeito. A sua é daqui a dois. Talvez pudéssemos falar com nossos pais sobre fazer os dois últimos anos do ensino médio em outro país e...

— Dylan — ela me interrompe. Uma perna se estende sobre o meu corpo. Olá. — São três e meia da manhã. Quer falar sobre isso ou se divertir mais um pouco?

Eu a puxo para cima de mim e respondo da melhor maneira que sei.

VINTE E OITO

ACORDO COBERTO DE CABELOS.

Pela primeira vez, não são meus, e sim de Jamie. Estão por toda parte. Espalhados sobre meu peito e ombros. Que acabaram de ser aparados pra valer.

— Espero que haja uma explicação muito boa para haver garrafas de cerveja na cozinha inteira e vocês estarem juntos na cama — ouço a voz da minha mãe dizer.

Meu coração para.

— Meu Deus. — Dou um pulo, alerta. — Jamie, acorde. — Cutucando-a com o cotovelo, espero que ela mantenha o lençol bem apertado. Tem muita pele nua embaixo dele.

— Oi? — ela murmura, tonta de sono e com os olhos apertados. De repente, Jamie levanta, segurando o lençol no peito e vendo minha mãe de pé no quarto. — Ai, meu Deus.

Também puxo uma parte do lençol para me cobrir.

— Nem ele pode nos ajudar agora — sussurro.

—Vista-se e vá pra casa, Jamie — minha mãe diz com a voz baixa. Ela sai do quarto com passos firmes e bate a porta com um estrondo. Que merda.

—Vai ficar de castigo agora? — Jamie senta e começa a procurar o sutiã.

— Não, vou morrer.

Jamie voa para fora da cama. O sutiã que eu consegui abrir depois de umas doze tentativas é colocado no lugar num estalar de dedos, graças a muita prática. Ela vasculha o chão procurando a saia e a blusa. A minha cueca sumiu, então levanto enrolando o lençol na cintura para pegar uma cueca nova. Fiquei totalmente sem roupa com Jamie, mas ainda assim não quero que ela me veja em plena luz do dia. Gostaria de pensar que todo mundo é assim no dia seguinte, mas não sei.

Toda vestida, Jamie abaixa a cabeça e sacode o cabelo, penteando-o com os dedos. Ela se endireita e ele cai nas costas. Pronta para ir, ela me espera.

— Estou com medo — ela sussurra.

— Eu também.

— Meus pais vão me matar.

—Talvez possamos ir ao funeral um do outro.

— Espero que sim — ela diz e se estica para me dar um beijo de despedida.

Eu a beijo de volta.

—Te vejo mais tarde?

— Seria ótimo, mas provavelmente vou ficar trancada pelo resto da eternidade.

— Me envie um pombo-correio.

— Combinado. Você também. — Ela desce a escada e entra no banheiro. Depois de pegar suas coisas, Jamie para na frente da porta da sala e tira uma última foto do meu rosto antes que eu seja executado.

— Engraçadinha — digo.

Ela pisca, abre a porta e vai embora.

— Dylan! Venha aqui agora! — minha mãe grita imediatamente.

Enfio a junta do dedo na boca e a mordo. Droga. Preferia estar em um quarto cheio de macacos ensandecidos arrancando cada pelo do meu corpo, um de cada vez, do que enfrentar a minha mãe. Não há como evitar isso. Tudo que posso fazer é ir até ela, ouvir os gritos, aceitar meu castigo e esperar que ele termine. E talvez escapar para ver Jamie algumas centenas de vezes para não enlouquecer de saudade.

Quando chego à cozinha, minha mãe está andando em elipse pelo chão. Presa em sua própria pista de corrida.

Sento em uma cadeira.

— Pensei que só voltaria para casa à noite.

— Como se isso fosse desculpa para o que fez. — Ela funga e pega um lenço de papel amassado no balcão. Ela não usa para secar o nariz ou os olhos; em vez disso, ela o amassa com força, despedaçando-o. — Você não respondeu minhas mensagens e eu sabia que alguma coisa estava acontecendo. Simplesmente sabia. Então voltei pra casa mais cedo.

— E a sua reunião?

— Você é mais importante que uma reunião. A promoção

pode esperar. — Me encolho, cheio de culpa. — Tentei te dar espaço, te deixar um pouco livre, e volto para casa para encontrar meu filho na cama com uma travesti. Não, espera. Ela é... — Minha mãe parece cansada. Ela olha para cima enquanto pensa. — Transgênera. Me perdoe por isso, eu me confundo. O ponto é que você está de castigo.

— Então a situação é pior porque ela é trans?

—Você estaria de castigo independente de quem estivesse no seu quarto, porque você mentiu pra mim — ela diz, fervendo. —Você disse que ia pedir pizza e ver TV sozinho e claramente não foi isso que aconteceu.

— Certo. — Mudo minha expressão para parecer mais conciliatório. Já estou envergonhado demais e me sinto péssimo por ela ter perdido sua grande chance. Me dê uma bronca de uma vez.

—Vá em frente, banque o espertinho.Você não está pronto para lidar com isso.

— O que você quer dizer com isso?

— Ela é uma jovem muito confusa, com uma história complicada...

—Você não para de falar isso — eu interrompo, me arriscando a pegar mais tempo de prisão. — Se Jamie fosse uma garota de acordo com a definição tradicional, você ainda diria que ela é confusa? Continuaria dizendo que ela é complicada? Não consigo entender. Não somos diferentes de outros adolescentes de quinze anos.

—Você não faz ideia de como o mundo é. — Seus dedos voam para as têmporas e ela pressiona com força, chegando a ficar com as unhas brancas. — E Jamie parece um garoto alto e magro feito um varapau usando saia — ela tenta murmurar.

— Não, não parece. Ela é incrível.

— Desculpa. Você tem razão. Isso não devia fazer diferença. Só estou preocupada que vocês dois nunca sejam aceitos. Já é difícil o suficiente pra você, Dylan.

— E daí? Já sei bem como é não se sentir parte de lugar nenhum. Fazer as pessoas se afastarem, ver todo mundo pensar que você é estúpido porque tem o tamanho de um urso, crescer sem pai.

— Não se atreva a enfiar seu pai nessa história! — minha mãe grita. — Só Deus sabe o que ele está pensando sobre isso lá em cima.

— E o que ele estaria pensando? — pergunto, calmo. Ele tem um lugar na primeira fila no meu teto azul.

Tudo que ela faz é sacudir a cabeça várias vezes.

— Mãe?

— Ele não ficaria feliz, para dizer o mínimo.

Sinto como se tivessem enfiado uma faca no meu peito. Meus ossos quebrados latejam com as batidas do meu coração, fazendo minha coluna tremer.

— Tá bom — é tudo que digo.

— Não está bom! Dylan, por favor, o que está acontecendo? — ela diz, de repente. — Sei que não tem nenhuma camisinha no seu quarto, então teremos...

— Calma aí, você mexeu no meu quarto?

— O que eu poderia fazer? — Ela ergue os braços. — Você não está falando comigo, não me deixou alternativa. Tenho que cuidar de você.

— Como assim, mãe?

— Bem, você oficialmente saiu do seu casulo, abriu suas asas e se divertiu pra valer — ela diz. — Tem cerveja na minha cozinha, pelo suficiente no banheiro para fazer uma peruca, e você acabou de fazer sexo com uma garota que tem um pênis. O que mais eu deveria pensar?

Oh, Deus, me transforme num pássaro para que eu possa voar para longe. Bem, bem longe daqui.

— Nós não chegamos a beber a cerveja. — É o melhor que posso fazer. Jamie e eu não bebemos uma gota.

— Você e eu teremos que ser proativos. — Ela junta as mãos. — Não foi assim que planejei, mas acho que vamos comprar uma cartela de camisinhas já.

— Nós não transamos — eu digo.

— Não?

— Não.

— Ai, graças a Deus. — Ela suspira. — Não digo isso de um jeito maldoso, é que você só tem quinze anos.

O que fizemos foi diferente. Nada pior do que as centenas de histórias que tenho que escutar todos os dias no almoço. E não estava pensando cem por cento sobre isso quando fizemos as coisas na noite passada, mas sob a luz do dia e sob o microscópio da minha mãe, minha impressão está começando a mudar. Talvez tenha sido errado. Na minha memória, vejo o rosto de Jamie na escuridão. Na luz do dia, ele começa a desaparecer.

Meu pai. O teto azul acima de nós o tempo inteiro.

Ela volta a andar de um lado para o outro.

— Querido, eu te amo. Converse comigo.

Eu... Eu não consigo encontrar as palavras.

— Parei de me comunicar com o JP; estou fazendo o melhor que posso para respeitar as suas vontades. — Ela me olha de cima, apoiada no balcão. É uma raridade. — Queria que você sentisse que pode se abrir comigo.

Mas eu não sei o que dizer. Já me sinto culpado, só estou esperando a sentença, mas minha mãe arrasta o assunto, me deixando inquieto.

— Bem. — Minha mãe inspira e expira bem devagar. — Jamie é realmente muito boa em fazer maquiagem, você continua ótimo até agora. É assim que a gente sabe que alguém tem talento.

Céus, a maquiagem. Pego um punhado de guardanapos e os esfrego nos olhos.

Minha mãe pega um pano de prato, deixa embaixo da torneira aberta e pinga algumas gotas de detergente sobre ele, passando-o para mim em seguida.

— Aqui. Você precisa de sabão e água para tirar essa maquiagem. Feche bem os olhos para não arder.

Não quero tirar o pano de prato da cara. Esfrego e esfrego, e quando o afasto, vejo a maquiagem preta no tecido. Meus olhos ardem e eu pisco. Limpando com o lado seco, não quero olhar para cima. Minha mãe pega a bolsa no chão e tira um livro cheio de marcadores de papel e adesivos. Leio o título e quero sair correndo. Não, na verdade quero nadar sem parar até o fundo do oceano e me afogar.

Em letras brilhantes cor de laranja sobre uma capa azul berrante está o título: *Seja o grande aliado deles: como lidar com a identidade sexual do seu filho.*

— Então, comprei esse livro que me recomendaram depois que encontrei vocês dois no shopping — ela começa.

— Tchau — eu digo, e levanto da cadeira.

— Dylan, volte aqui! — ela manda, e me impede de pular numa perna só para fora da cozinha. — Eu só quero te ajudar.

— Você leu isso no avião? — E se alguém que eu conheço a viu lendo esse treco?

— Leio em todos os lugares. Foi assim que descobri o significado do termo cisgênero, estou bem por dentro disso agora.

— Oh, céus.

— Converse comigo. Por favor. Eu te amo do jeito que você é. Sempre amei e sempre vou amar — ela diz. — Com o que estamos lidando aqui? Você tem gênero não binário? É bissexual? É um comportamento sexual situacional? Está sentindo... — Ela folheia o livro até um marcador amarelo gigante. — As pressões e restrições dos papéis de gênero heteronormativos?

— Eu... Estou? Não sei. Sou a porra de um homem gigante e ninguém me deixa esquecer disso, então talvez!

— Primeiro de tudo, olha a boca. Segundo, você não é um homem. Não ainda.

— Conta isso pro mundo.

— O.k. Vamos tentar por este ângulo: ter esses atributos físicos fez você se interessar por garotas trans? — Minha mãe segura o livro idiota como se fosse a Bíblia e não me deixa sair.

— Isso não faz o menor sentido. — Por que não posso simplesmente gostar de Jamie? — Por quanto tempo vou ficar de castigo?

— Ainda vamos chegar nessa parte.

— Por quanto tempo vou ficar de castigo? — grito.

— Meu bem — ela diz de um jeito carinhoso.

— Mãe, por favor. — Não quero conversar sobre isso. Não agora e, depois da noite passada, talvez nunca.

O barulho de metal da caixa de correio nos faz olhar na direção do corredor. Estamos ansiosos por isso, e a borracha da muleta guincha enquanto corro para chegar lá primeiro. Envelopes diversos se amontoam na caixa e pego todos. Contas, contas, propaganda, *carta do hospital para mim*.

— Chegou — digo.

— Abra!

O resultado do exame. A resposta para todos os meus problemas. Toda essa baboseira psicológica imbecil do livro da minha mãe pode ir pro inferno. Tudo que eu quero saber é quando será a data da ressonância magnética e da cirurgia. Quero que a maldita Fera fique no passado para sempre.

Leio. Leio outra vez.

Minha mãe cutuca meu braço.

— O que está escrito?

— "Não foram encontrados níveis elevados de GH e de IGF-1. Portanto, podemos concluir que não há confirmação biomédica de acromegalia." Não acredito.

— O que isso quer dizer?

A carta desliza da minha mão e cai no chão.

— Eu não tenho — respondo. Sinto o peso da decepção.

— Não sou gigante. Sou apenas... Grande.

Ela se joga em cima de mim e me aperta.

— Graças a Deus!

— Preciso sentar.

Vamos para a escada, e afundo a cabeça o máximo que consigo entre os joelhos. Minha mãe me diz para respirar, mas tudo o que consigo ouvir é um som alto e agudo. Ela me envolve em um abraço e é mais do que posso suportar. Eu me mexeria, mas não quero correr o risco de machucá-la de novo por acidente. Minha mãe diz coisas. Coisas desconexas e sem propósito que não fazem o menor sentido.

Não vai rolar cirurgia. Não há nenhum tumor benigno. Não existe nada em que eu possa jogar a culpa. Eu queria ter acromegalia. Mesmo com Jamie e minha mãe me dizendo que estou bem do jeito que sou, ainda queria ter um culpado para apontar o dedo. Queria um cartaz de "Procurado" com a palavra "Capturado" rabiscada com tinta vermelha brilhante em cima da minha glândula pituitária. Meu desejo não foi atendido. O tempo todo eu estava apenas sendo quem sou, e vou continuar crescendo até o dia em que magicamente parar. Quando quebrei a perna, o dr. Jensen disse que ainda cresceria um pouco mais porque minha placa epifisária ainda não tinha ossificado. E eu respondi, *bom, que merda.*

Ao ficar de pé, tenho o cuidado de não dar um encontrão na minha mãe. Ela está me pedindo para sentar, conversar, ouvir, compartilhar, fazer todas essas coisas que não sou capaz agora, então só peço desculpas e saio. Só tem um lugar na casa para ir e é para lá que eu vou. Desço as escadas até o porão, onde dou pulos tentando evitar cacos de vidro ocultos. Eles cutucam e perfuram, mas não paro até chegar à maquete, onde desabo no concreto e me encolho num canto cheio de teias de aranha.

A cidade segue inativa. Nada mudou desde a última vez em que estive aqui.

Meu pai construiu isso.

Meu pai tinha dois metros e dois centímetros de altura.

Me medi na semana passada e estava com um metro e noventa e nove de altura.

Estava perto dele. Minha mãe ficou orgulhosa por termos quase a mesma altura. Já eu acho que isso é um tipo de punição.

Na noite passada Jamie disse que não se importava com a altura que eu tivesse. Disse que estava animada porque vai poder usar o salto alto que quiser e ainda assim vai ser mais baixa do que eu. Pensar nisso agora me faz sorrir. E, depois, deixar de sorrir.

Me encosto na parede.

Antes de beijá-la na noite passada, pedi ao meu pai que me enviasse um sinal. Não recebi um. Ele nunca fala comigo do jeito que fala com a minha mãe. Mas talvez ele soubesse o que vinha pela frente e tenha se afastado da situação muito tempo atrás. Talvez tenha visto o que aconteceu e esteja decepcionado.

— Pai — sussurro nas sombras. — Por favor, me mande um sinal, caso eu tenha feito algo que não devia. Por favor: agora.

Aguardo atento. Conto até dez.

Estou a ponto de desistir quando alguma coisa cai no chão da cozinha, fazendo um barulho alto, e eu olho para cima com o coração acelerado.

— Desculpa! — Minha mãe grita lá de cima. — Derrubei uma panela. Quer um pouco de ravióli, querido?

— Não — eu grito em resposta. O lugar acima de mim parece congelado onde a panela caiu. Isso me causa um arrepio na coluna que não vem da parede fria do porão. Meu pai está desapontado. É por isso que não fala comigo. Talvez o tempo inteiro ele estivesse dizendo "Não faça isso".

Mas nós fizemos.

E agora perdi meu pai.

VINTE E NOVE

MEUS PAIS NÃO ME MATARAM!

Disse a eles que estava com um amigo, o que não é mentira, e que pegamos no sono. Também não é mentira!

Estou de castigo por uma semana pq não liguei pra eles pra avisar que ia passar a noite fora e por outra semana pq fiz isso em dia de aula.

E você?

Dylan? Alguém tirou seu celular?

Seu castigo deve ser longo.

Já faz quatro dias. Estou com muita saudade.

Estou tentando me convencer de que você se meteu na maior confusão da sua vida e não tem como se comunicar.

Juro que não estou fazendo a linha da namorada carente! É que já passou uma semana sem notícias suas.

Estou com medo de ir na sua casa.

Posso ir aí?

Vou dar um pulo aí.

Faz pouco mais de uma semana que eu e Jamie não nos falamos. Ela me manda mensagens pelo menos dez vezes por dia, mas não respondo nenhuma.

Não fico surpreso quando a campainha toca. Levo um tempo para ouvir lá do porão. Me afasto da maquete, pego as muletas e vou até uma janelinha que tem visão bem limitada de uma parte da calçada. Consigo ver um pneu de bicicleta parado no meio da chuva do início do inverno. Dezembro é um mês triste. Sempre tão úmido e frio. A campainha toca mais uma vez. Minutos depois, meu celular vibra. Olho a mensagem.

Está em casa? Estou aqui fora. Podemos conversar?

Sistema elétrico para iniciantes. É um bom livro, bem completo. Não dá para dizer que prende a atenção, mas tem sido útil. O sistema elétrico ainda não se conecta de uma guarita de sinalização à outra, e não consigo descobrir o motivo.

Enquanto leio e Jamie espera na porta da frente, digo a mim mesmo uma série de meias verdades:

1. A sra. Swanpole nunca sai de casa e vai contar para a minha mãe se eu atender a porta.
2. Ainda estou de castigo. (Praticamente.)
3. Só a ouvi bater quando já era tarde demais.

Meus alicates são muito pequenos e os fios estão sem revestimento; não consigo saber qual é qual. Meus dedos doem de frio aqui embaixo no porão. Ainda não consigo acreditar que meu pai construiu tudo isso, o que me incentiva a ler sobre adaptadores. Talvez seja o adaptador.

Deixando o livro de lado, esfrego as mãos para tentar me aquecer. Tomo um gole de café numa caneca que encontrei no armário, que diz MELHOR PAI DO MUNDO, e fico impressionado diante dessa pequena cidade. Passar a fiação de uma maquete de trem não devia ser tão difícil, mas é.

Recebo outra mensagem.

Você está partindo meu coração, ela diz.

Olho em volta do porão impecável. Tem sido meu lar nos últimos tempos. Tudo está limpo, fiz questão disso. A porta da caldeira de aquecimento está com dobradiças novas em folha, perfeitamente instalada. Varri todos os cacos de vidro do chão, e os pedaços maiores dos espelhos quebrados estão arrumados em pilhas esperando um descarte apropriado.

Consertei a mesa de madeira onde a maquete fica. A pequena cidade do meu pai está com um gramado novo, com arvorezinhas e flores. Ali, a primavera é eterna. E a paisagem está muito mais cheia do que antes porque adicionei mais colinas. Bem bucólica e tal. Por baixo, ajeitei as folhas de papelão e as colei como um bolo antes de moldá-las em um prado ondulado, do jeito que meu pai fez.

Ele está de olho.

Posso senti-lo esses dias. Pairando logo além do que é visível.

Estou fazendo tudo que posso para que meu pai me envie uma mensagem. Ele ajuda minha mãe a me encontrar no meio de uma cidade com milhares de pessoas e dentro de um shopping. Ele devia me enviar pelo menos um maldito sinal. Uma bola perdida, um passarinho, um gato falante, qualquer coisa. Não me importo. Preciso de ajuda para entender.

Cruzei uma linha que eu nunca esperava alcançar, e agora preciso entender por quê.

Não é que não tenha sido uma experiência maravilhosa. É que eu não sei o que fazer com ela.

Aphra Behn, a escritora britânica que escreveu o poema que causou na minha turma de inglês, "A decepção", aprovaria. Jamie se divertiu tanto quanto eu. Posso ver Aphra em seu lugar no céu, assentindo com orgulho.

Tudo bem, mas é meu pai lá na estratosfera que mais me preocupa. Ele está lá em cima dando as costas para Aphra e olhando decepcionado para baixo. Isso está me consumindo. Sua aprovação, por mais empírea que seja, é importante para mim. Sempre imaginei que meu pai estaria do meu lado, mas não consigo abrir caminho até ele.

Sei que ele está morto, mas sinto como se o silêncio falasse por ele. Talvez meu pai tenha desistido oficialmente de mim no momento em que Jamie tocou minha coxa. Não sei. Aquela noite foi muito confusa.

Minha mãe decidiu aceitar todo e qualquer relacionamento meu de braços abertos. Ela mudou a forma de pensar e está preparada para me apoiar com orgulho em qualquer orientação sexual que me interessar, basta passar a bandeira certa para ela.

Não existe bandeira alguma.

Isso silencia todas as conversas entusiasmadas que minha mãe está ansiosa para ter. O que, tenho certeza, a deixa frustrada até não poder mais. Parece que tudo que ela quer fazer nos últimos dias é conversar sobre seu filho que é gay, bissexual, pansexual, queer, intersexual, intergênero, assexual, binário, não binário, cis, trans, agênero, hipersexual, skoliosexual, terceiro gênero, em transição... Se pelo menos ela escolhesse um.

Mas eu não tenho que escolher nada. Eu sou o que sou: um garoto hétero. O mesmo de sempre. A única diferença é que agora um monte de itens na lista de primeiras vezes foi ticado com Jamie.

A necessidade incansável de esclarecimento da minha mãe me empurra cada vez mais fundo no porão. É como se ela não pudesse aceitar que sou heterossexual depois de me encontrar na cama com Jamie. Ela insiste em encontrar um motivo para elucidar a situação no livro que não larga mais nem por um segundo. Quanto mais ela fala, mais quero ouvir a voz silenciosa de um homem morto. Posso abstrair (quase) toda babaquice da escola porque aquelas pessoas não sabem a história completa. Tudo que sabem é que beijei na bochecha uma garota que foi designada com o sexo masculino ao nascer. Grande coisa. O escândalo desaparece depois de um mês, quando nada mais acontece.

O problema é que aconteceu mais coisa, e eu preciso saber se meu pai ainda está comigo.

E me pergunto o que virá a seguir, porque, sinceramente, isso me assusta.

Não consigo parar de repassar aquela noite na cabeça. De novo e de novo. Cada vez que penso que estou exagerando na reação e que devia simplesmente pegar o celular e ligar para Jamie, começo a me preocupar outra vez, a sentir os mesmos medos. Quer dizer, ela estava pronta para fazer e eu não estava. Será que vou ter que transar com ela só pra não ter que fazer as coisas com as quais já sei que não vou ficar bem? Ou devo apenas seguir em frente e agir como se isso fosse normal? Isso me faz pensar se enterrar aquela noite e fingir que ela nunca existiu é o caminho certo a seguir, porque é uma opção ou a outra. Pegar ou largar. Não dá para ter os dois.

Então, em vez de lidar com ela ou com a minha mãe, passo horas sozinho em um aposento escuro e gelado. Preciso da aprovação do meu pai. Por mais improvável que pareça, preciso do seu conselho. Minha mãe não entende que o único modo de ele conversar comigo é através da maquete de trem.

Alguém de bota caminha lentamente pela nossa calçada e levanta o pé de apoio de uma bicicleta rosa com cestinha e fitas no guidão. Fico aqui embaixo e espero. Meus ouvidos e olhos estão abertos. Estou ouvindo.

TRINTA

Entrei para o time de futebol americano.

Por dois motivos. Um: quem se importa? Tudo bem eu admitir publicamente que gosto de futebol. Só porque o mundo me vê como jogador e insiste em me associar com o esporte, não significa que não tenho permissão para gostar dele e jogar. Estudioso e atleta. Posso ser os dois.

Dois: ouvi minha mãe contando baixinho para a minha avó que não participar da reunião em Pittsburgh foi um atraso em sua carreira, que agora não vai poder pedir um aumento por um tempo e que não sabe o que vai fazer quando chegar a época da faculdade. Daí ela pediu dinheiro para a minha avó e eu me senti um bosta. Então, na manhã seguinte, fui direto para o escritório do treinador Fowler e ele deu um pulo e me abraçou.

Agora tenho uma atividade que me distrai todo dia depois da aula. A sala de musculação da escola faz mais do que jus ao nome. É uma sala e é cheia de pesos. Máquinas onde você senta, puxa e empurra coisas que ficam cada vez mais pesadas conforme repete. Além de exibir equipamentos pra lá de surrados com tinta branca descascada e uma faixa desbotada que diz "CAMPEÕES DO ESTADO — 1994", a sala tem um cheiro constante de meia suja. Depois de um tempo não percebo mais o fedor, mas ainda não sei dizer se isso é bom ou ruim.

Minha perna continua imóvel no gesso, então estou malhando a parte superior do corpo. Três dias por semana: segundas, quartas e sextas. Às terças e quintas, fico no escritório do treinador Fowler assistindo filmes e recebendo orientação sobre o manual de estratégias. Ele me deu uma lista de nomes de caras que foram das melhores faculdades do país para a Liga Nacional de Futebol Americano. Deixou superclaro que há muitas faculdades excelentes, mas como o meu objetivo é entrar em uma das melhores, ele respeita isso. Fiquei nervoso quando ele não me prometeu que eu não teria uma concussão, mas disse que insiste muito para os jogadores evitarem contato direto entre capacetes e que, desde que eu avance com os ombros e o peito para a frente, vai ficar tudo bem. Além disso, meu cérebro não é mais a única coisa que uso. Não vejo a hora de bater em alguém. Tipo, muito.

Linha ofensiva. É basicamente o que eu tinha imaginado, e onde vou atuar na temporada do ano que vem. Talvez se demonstrar boa técnica eu passe para a defesa, onde vou realmente começar a matar pessoas, mas vamos começar devagar. Então beleza, é o que estou fazendo. O dr. Jensen reforçou a base do meu gesso para eu começar a apoiar pequenas quantidades de peso sobre a perna. Ainda preciso usar muletas e ir aos poucos, mas isso não me impede de adicionar mais dez quilos em cada lado do aparelho para os braços. Me posiciono no aparelho.

No começo, odiei a ideia de levantar peso. Tipo, sério, por que eu preciso ganhar massa? Sou tão grande que devo estar bem próximo de ter minha própria atração gravitacional. Mas é realmente difícil. Estou sempre sem ar e em péssima forma por ter passado o dia inteiro sentado sem fazer nada durante os últimos quinze anos.

O treinador Fowler disse que, no mínimo, o futebol americano vai me ajudar a ficar no peso certo, então tudo bem, posso lidar com isso. Se tenho que ser a Fera, pelo menos vou fazer isso do jeito certo. Isso me incentiva a terminar os treinos de musculação. Faço isso por mim, pela minha mãe e pelo meu pai. Talvez ele possa nos ver e ajudar a ganhar uns jogos ou coisa parecida. Talvez, depois que eu fizer um *tackle*, ele se materialize nas arquibancadas e cutuque o sujeito ao lado para dizer, um segundo antes de se desmaterializar de volta: "Aquele ali é o meu filho".

Termino uma série de dez e paro para descansar. Faz bastante barulho lá fora, e meu estômago aperta. Pessoas estão chegando. Quando tem outros garotos aqui, posso senti-los me observando de canto de olho enquanto levanto pesos. É estranho. Um cara do último ano me disse uma vez que faria qualquer coisa para ser tão grande quanto eu.

Foi estranho, mas assenti e disse "obrigado".

O barulho aumenta e o time de beisebol entra todo de uma vez. Estão se preparando para a próxima temporada. Pego minha toalha e me mexo porque não quero ver o JP por nada nesse mundo. Tenho me esforçado ao máximo para evitá-lo há semanas, mas não sou rápido o bastante.

— E aí, cara — ele diz, entrando. — O que está fazendo aqui?

— Entrei para o time de futebol.

— Mas você não odiava futebol? — ele pergunta.

— Tenho uma predileção latente pela violência.

Vou para o supino horizontal e adiciono mais peso às poucas anilhas já encaixadas. Cento e quinze quilos. Dou uma olhada para o JP. Ele não tem a menor chance de conseguir levantar tudo isso. Sento e faço duas séries de cinco.

— Tenho mais repetições para fazer. Tchau.

— Então...

Mas que droga, ele não vai embora?

— Como vão as coisas? — ele pergunta.

Como se ele se importasse.

— Comprou algum jogo novo?

É claro que ele tinha que perguntar isso, ele não tem noção de como é viver quase sem dinheiro. Não, seu merda. Nada de jogo novo.

JP se inclina perto demais, para meu desconforto.

— Posso falar com você?

— O que você quer de mim, JP? — digo, tão baixo quanto possível. — Quer me usar? Me falar um monte de merda pra eu fazer algo idiota pra você porque algum infeliz não te pagou de volta? Adivinha só: isso acabou. Seja lá o que você tem pra me dizer, não tem mais porra de sentido nenhum agora.

—Você que sabe, cara. — JP vai embora e fico sozinho de novo.

Ótimo. Não era nada. Ele só queria conversar. Não é possível que tenha algo relevante para dizer. Cheio de merda, como de costume. Mantenho a cabeça baixa e apoio as mãos na máquina. Começo a fazer o movimento e conto um, dois, três, quatro, mas há um ruído no fundo da minha cabeça, martelando para saber o que ele quer.

TRINTA E UM

As festas de fim de ano são sempre solitárias em casa.

De diversas maneiras, eu culpo a casa. Minha mãe não quis mudar quando meu pai morreu e, doze anos depois, a hipoteca ainda leva embora todo o seu dinheiro. Para ela é mais importante manter a casa que escolheu com meu pai quando ele era um jovem engenheiro bem-sucedido do que mudar para um lugar mais barato. Então ficamos pobres para sempre por conta da casa. Às vezes, sinto que morar em uma barraca na rua seria mais prudente. Não viajamos. Não pegamos um avião e visitamos parentes longe de Oregon com frequência, muito pelo contrário. Somos eu, minha mãe e o fantasma de um homem morto que só fala com ela.

Ela sempre fica mal na véspera de Natal, ou na manhã seguinte — o que é pior, porque significa que passamos o resto do dia no maior climão até a hora da janta.

Infelizmente, esse ano aconteceu na manhã de Natal.

Bato na porta dela quando vejo que ainda não levantou, levando uma xícara de café. Abro a porta depois de ouvir um débil "Pode entrar".

As cortinas estão fechadas e ela senta na cama, afundando como uma bola de boliche.

— Feliz Natal — ela diz com a voz monótona. É, ele chegou.

— Você está bem?

— Sim.

Ela não está bem.

— Trouxe café pra você — digo.

— Obrigada, meu amor.

Sento perto dela e olhamos para a parede. Aprendi que é melhor não dizer nada. Demora, mas minha mãe acaba tomando um gole do café. Ela não precisa se preocupar em esfriá-lo, já que está bem morno a essa altura. Ela sempre faz a mesma coisa: vira a cabeça, sorri para mim com a alegria de um sapato velho esquecido em um lamaçal e diz:

— Sinto falta dele, sabe?

— Eu sei.

— Temos conversado, nós dois.

— O que ele disse? — Porque eu não sei. Acho que nunca vou saber.

— Desculpe, mas isso é entre mim e seu pai — ela diz.

— Ele disse mais alguma coisa? — Que não importa o que aconteça, eu vou ficar bem?

— Você sabe que sempre pode perguntar a ele o que quiser, meu amor.

Feliz Natal. É um soco no estômago porque, caramba, venho perguntando coisas a ele há mais de uma década e procurando sinais em cada pássaro morto e moeda perdida que vejo, e acabo sempre de mãos abanando.

Ela levanta e eu a sigo.Vamos para a sala abrir os presentes.

Comprei um espremedor de alho e chinelos novos para a minha mãe. Ela me comprou um vale presente da livraria local, um novo par de sapatos, fios para o trem e um salmão seco delicioso de um lugar que gostamos em Astoria. É praticamente uma bala de peixe, mas é absurdamente caro, então sei que é especial. Um dia, quando eu for rico, por causa do futebol, por ser um gênio ou pelas duas coisas, vou comprar a loja de peixe defumado inteira para a minha mãe.

É um bom objetivo.

Tenho muitos agora. São de curto prazo e não envolvem nada além de uma pequena recompensa. Como um experimento científico. Se passar fio dental hoje, ganho dez minutos a mais com esse livro. Se conseguir me adiantar e resolver cinco problemas do dever de casa de amanhã, ganha mais cinco séries de flexões. Coisas bobas assim. Não importa o que sejam, elas servem a um único propósito: não pensar em Jamie.

Temos alguns vídeos em fita do meu pai. Eu assisto no fim do ano e no meu aniversário. Nada muito frequente. Como se fossem virar pó se eu assistir demais, porque foi o que minha mãe me disse quando exagerei na dose no sexto ano.Ainda que tenhamos digitalizado as fitas depois disso, não quero correr o risco.

Inicio o computador para vê-lo. Os vídeos não têm a duração de um filme. Nada mais do que cinco minutos. Mas aqui está ele, ocupando a tela toda. Rindo. Falando, ouvindo. Comendo um tender inteiro bem rápido e depois alisando o rosto com um guardanapo, dedo mindinho para cima. Os que minha mãe gravou são hilários porque a câmera está totalmente voltada para cima e ele ri porque ela é tão pequena perto dele. Mas eles se amam, isso está muito claro. É por isso que ainda conseguem se comunicar. Isso me faz sentir desastrosamente completo. E, em seguida, imediatamente vazio.

Começa um vídeo que eu não sabia se queria assistir ou não. Tem um amigo dele perambulando pela república deles da faculdade. Garrafas transparentes e marrons junto a copos vermelhos vazios se espalham por um sofá velho e sujo, pela mesa do café, nos peitorais da janela e até nas hastes das cortinas. Há letras gregas na parede. Meu pai ocupa três quartos do sofá, e seu amigo bêbado tenta se arrastar por cima dele, erra e sua bunda quebra a janela. Meu pai dá gargalhadas e declara, em alto e bom som:

— Isso é tão gay!

Paro o vídeo e volto. Assisto outra vez.

Isso foi uma reprovação? Apenas uma frase besta? Impossível saber.

Deixo a tela congelada em seu rosto, cheio de vida e rindo da bunda do amigo pendurada para fora da janela barata.

Depois de um tempo, desligo tudo.

Não sei se quero ver esse vídeo quando fizer dezesseis.

Depois que minha mãe se animou o suficiente para levar um peru ao forno, olho meu celular porque, se não fizer isso, ainda mais em um feriado importante, vou me curvar em posição fetal. Imagino um rato em um laboratório pegando uma pequena ração cada vez que eu clico. Hoje o rato está com fome. Olho para a tela e pisco. Quatro mensagens de Jamie. Ela me escreveu. Engulo a sensação que sobe pelo meu estômago e finjo não ficar ansioso como qualquer outra pessoa na manhã de Natal.

Oi, sou eu. Quero te desejar um Feliz Natal.

Deixei um presente na sua porta.

Se levar para dentro e comer, significa que ainda pensa em nós.

J.

Levanto do sofá e vou para a porta da frente. O ar frio e cortante enche o corredor. Conforme anunciado, há um pequeno pacote embrulhado em guardanapo. Eu desembrulho e encontro um pretzel.

A rua está quieta como a morte. Nenhum carro estranho ou movimento além de uma rajada de vento ocasional. Olho por toda parte procurando Jamie e sua bicicleta. Saio de casa e ando com dificuldade pela calçada da frente, me arriscando a ouvir um sermão por deixar a porta escancarada, mas minha mãe ainda está mergulhada demais em sua depressão sazonal para notar.

O pretzel está congelado. Talvez Jamie tenha esperado para

me mandar a mensagem muito tempo depois de ter ido embora.

Pai. Agora. Me dê um sinal.

Esfrego os braços e olho em volta. Espero que uma folha me acerte na testa ou que uma tempestade repentina derrube uma árvore. Nada. Tudo quieto. Talvez haja um atraso entre o que acontece aqui e o além. Decido pedir de maneira mais explícita.

Tá bom. Lá vai.

Ei, pai, sou eu.

Preciso saber se vai ficar tudo bem se eu tiver um relacionamento com essa menina, porque sinto como se já tivesse ferrado tudo por não falar com ela e ficar esperando sua opinião e tal. Mas você é meu pai e é muito importante para mim, não importa qual seja seu atual estado somático, então, se você puder, por favor, me envie um sinal nos próximos dez segundos. De preferência algo que eu não possa deixar passar batido, como um raio de sol no meu pé ou um transformador explodindo. Você escolhe. Estarei bem aqui na entrada, por onde você carregou a mamãe quando comprou a casa. Gosto pra valer da Jamie.

É isso. Estou me abrindo oficialmente com você e agora você sabe que gosto dela. Diga que me ama. Diga que está tudo bem comigo. Diga que está tudo bem entre nós. Me dê a sua bênção.

Conto até dez e nada acontece.

Nenhum raio de sol. Nenhum fio elétrico sobrecarregado. Nenhuma sirene, nenhum fogo, nenhuma folha flutuando.

Arranco um pedaço do pretzel, quase a metade exata. Uma metade eu embrulho de volta no guardanapo e a outra levo para dentro de casa. Tranco a porta depois de entrar. Vou para o quarto e deixo o pretzel na minha mesa.

Quando receber o sinal, irei comê-lo. Mesmo que tenha que esperar para sempre. Só que não recebo um sinal, então o pretzel vai esperar.

Talvez meu pai esteja ocupado.

TRINTA E DOIS

Estou de volta à velha sala de musculação. Vai entender. Mas, considerando as opções de atividade depois da escola, é legal fazer parte de algo. Os garotos do time que conheci até agora parecem estar bem empolgados com a próxima temporada, e agora tenho um novo problema para me preocupar: ser péssimo no futebol americano e decepcionar todo mundo. Mas sem pressão.

Meu estômago congela sempre que penso sobre isso, mas estou tentando encarar como tudo relacionado à escola. Ir para a aula, fazer o dever, estudar. Então estou estendido em uma esteira de plástico fedida, tentando tocar os dedos dos pés para ficar mais flexível. É com certeza a pior coisa de todas. Bom, quase. Confusão debilitante supera tudo. E o fato de meu pai ainda não ter me enviado um sinal.

Me estico para a frente o máximo que consigo e meus

dedos roçam a canela. Se os mortos são capazes de expressar sentimentos, será que fazem isso todo dia? Tipo, será que meu pai está me observando e dizendo: "Manda ver, garoto, esses músculos estão parecendo blocos de cimento!"? Ou será que ele é tipo um radar, e por isso só pode ter contato direto com residentes da Terra previamente aprovados? Tenho pensado exaustivamente a respeito há séculos, mas ainda não consigo entender por que ele fala com a minha mãe e comigo não. A maquete do trem está perfeita, minhas notas estão impecáveis, sei a diferença entre a corrida aberta simples de um *off tackle* e uma corrida reta de *slant*. Sou o filho dos sonhos de todo pai. Além do motivo óbvio (ele estar superextramorto), não sei por que não recebo um maldito de um sinal.

Pessoas entram e saem da sala de musculação o tempo inteiro, então não percebo quando as portas se abrem ou mesmo quando alguém vem se alongar na mesma fileira de esteiras que eu.

— Quer uma toalha? — JP pergunta.

Viro rápido na direção dele.

— Não.

— Escuta, vou te mostrar um truque que aprendi em um campeonato de beisebol. — Ele pega uma toalha, passa pelas solas dos pés e segura com as duas mãos. — Isso funciona muito bem. — Alguns minutos se passam, ele dobrado ao meio segurando a toalha, antes de grunhir e sentar reto. — Toma. — Ele me passa a toalha.

—Valeu. — Eu a deixo no chão.

— Chegou o ano novo.

— Chega todo ano.

— O que vocês fizeram?

— Eu e meus novecentos amigos? Nada. — Joga na cara, babaca. Você é o sujeito que todo mundo ama e que deu uma festa enorme na casa da sua tia, e um milhão de pessoas foram e te disseram o quanto você é incrível. Do mesmo jeito que no ano passado. Eu estava lá.

— Perguntei sobre você e sua mãe — ele fala.

— Minha mãe? O que você quer, JP?

Ele balança a cabeça e seu cabelo perfeito acompanha.

— Só dando um oi. Tentando. — Ele abre as pernas em perfeitos quarenta e cinco graus e se inclina para a frente. — Odeio isso, queima pra burro.

— Não devia queimar.

— Ah, é?

— Se queima, é porque você está fazendo errado.

— Merda — ele diz.

—Você tá falando sério ou está tirando uma com a minha cara? — pergunto.

—Tá vendo? Você não consegue nem ver que estou sendo sincero, esse é o nível que as coisas chegaram. Me dê uma chance, cara. Olha só, janeiro chegou e fiz algumas resoluções. Uma delas é fazer as pazes com você.

Eu o encaro.

—Aham.

— Sinto falta de fazer coisas com você.

— Isso é… legal. — Se for sincero. Dou uma olhada nele.

Talvez esteja sendo. Ele está todo desanimado e cabisbaixo. Poderia ser fingimento, mas não sei dizer. Honestamente, não faço mais ideia de quem ele é.

JP fica de pé, alonga os quadríceps, um, dois, e se aproxima da máquina de tração lateral.

— Como essa aqui funciona?

—Você senta e puxa a polia para baixo. — Coisa de gênio.

— Faz uma vez pra eu ver.

— Melhor não, tenho que alongar.

— Por favor, me ajuda nessa. Fica de olho enquanto eu faço. Meu treinador disse que preciso puxar mais peso.

Não me mexo.

— Minha temporada começa em mais ou menos dois meses. Quebre o galho de um colega da St. Lawrence.

— Beleza. — Pego a muleta e me apoio sobre o pé bom. Só mais um dia e vou tirar o gesso da perna. Só mais um dia e vou tomar um banho pra valer e passar um tempo de verdade na banheira. JP espera na máquina. Passo por ele e carrego a máquina com vinte e cinco quilos. Não faço ideia do quanto ele consegue puxar, então vamos começar com pouco. — Você senta exatamente como está agora, isso. Segura aqui e puxa pra baixo — digo. — Traga o peito para a barra, desse jeito, e mantenha os cotovelos apontados para baixo. Puxe sentindo nas axilas.

Passamos pelo resto da academia. Mostro a ele tudo que aprendi, todos os treinos que estou fazendo. Dorsal, bíceps, tríceps, pescoço, abdome, e ele vai bem em todos de primeira. Quando termina, estou sorrindo de verdade. Não dá pra evitar. Sinto os velhos tempos batendo à porta. Talvez a resolução que ele fez esteja funcionando.

Me despeço do treinador Fowler e vou para o vestiário. JP massageia atrás do pescoço.

—Vou estar destruído amanhã.

— Você se acostuma. — Abro meu armário e enrolo para tirar as roupas dos ganchos. Penso em todos os anos em que ele riu das minhas costas, dos meus braços, minhas pernas, tudo. Pego a roupa e me visto. Foda-se. Pode rir. Ele está certo: as coisas vão mudar. Quando os olheiros vierem ao St. Lawrence, vai ser para me ver. Não ele, eu. Começando no *tackle* esquerdo, número sessenta e cinco. A Fera.

Fecho a porta com força.

Quando pego as muletas para levantar, percebo que ele está me esperando.

— Que foi? — resmungo.

— Nada. Vamos?

Talvez eu esteja sendo escroto. JP e eu saímos do vestiário e vamos para a entrada. Passamos quietos pelo mezanino escuro e seguimos em direção às portas duplas. É um daqueles dias em que o céu cinza é capaz de cegar. Nada de chuva ou sol, mas uma ameaça constante dos dois. A luz entra pelo vidro das janelas acima das portas. JP abre as portas com um empurrão. Antes de meus olhos se ajustarem, é como entrar em uma lâmpada de xenônio.

Eu lacrimejo enquanto pisco, e meus cones e bastonetes lutam para se ajustar.

É quando ouço uma voz que posso reconhecer até o último dos meus dias.

— Não acho que estou pronta para isso — ela diz meio sem fôlego.

— Jamie — eu digo.

A bicicleta bate na calçada.

— Ah, que bom. Você está aqui. — JP desce os degraus pulando, mais leve que algodão-doce, e passa o braço em volta do ombro dela. — Como foi na escola?

TRINTA E TRÊS

Os olhos de Jamie estão tão arregalados quanto os meus.

Estamos um de frente para o outro em choque, minhas muletas tremendo nas mãos. É ela. Estou feliz e em pânico, quero abraçá-la, quero me esconder, mas é tarde demais. Estamos no mesmo quadrado de concreto da calçada. Ela recua devagar, prestes a sair correndo. A única coisa que a impede é o JP.

O braço dele em volta dela, sua câmera com uma nova alça roxa. É um presente de Natal? Quero socá-lo até as mãos doerem.

—Vocês estão juntos agora? O que está rolando?

— Sério? É essa a primeira coisa que você diz? — ela pergunta.

Engulo em seco.

— Oi, Jamie.

— Não estamos namorando. — JP a solta e eles se afastam um pouco. — É que encontramos um ao outro.

— Ele me encontrou — Jamie esclarece.

O tempo muda e a neblina começa a baixar. Quero envolvê-la e respirar na curva do seu pescoço, mas não posso. Esses dias acabaram. Tê-la na minha frente desperta toda a dor que venho fingindo não existir, e ela explode de uma vez. Meus punhos estremecem e tenho que cerrá-los e apertá-los como duas bolas de pingue-pongue contra o meu estômago. Tem tanta coisa que quero dizer a ela, mas tudo desbota como a luz do sol no inverno. Não posso trazer de volta o que se foi. Jamie está de pé ao lado de JP, mais bonita do que nunca. Ela me flagra olhando para ela. Olhamos um para o outro por um longo minuto.

— JP e eu somos amigos — Jamie diz.

— Até parece. Aposto que ele quer alguma coisa.

— Quê? — ele diz, todo inocente.

Eu o ignoro e falo direto com Jamie, porque, se eu olhar para ele, mesmo só com a visão periférica, posso acabar indo para a prisão.

— Ele nunca faz nada sem tentar conseguir algo em troca. É a única coisa que ele sabe fazer.

— Não mais — ele diz. — Como te falei, é um novo ano, fiz algumas resoluções.

Uma tonelada de papinho de merda em formato de JP.

— Jamie, posso falar com você? Em particular?

— Não sem o JP — ela diz.

— Quê?

— Não vem com essa pra cima de mim, Dylan, juro por Deus, você tem sorte de haver uma pessoa querendo lutar por você, porque eu cansei.

— Não foi isso que você disse — JP sussurra para ela.

— Foi, sim — ela dispara de volta, falando baixo.

— Mas você está aqui — digo, tonto pelo choque.

— Sim, ela está porque ela é foda pra caralho — JP se mete. — Olha, cara, pode ficar com raiva de mim pra sempre, mas o que está fazendo com ela é idiota pra caramba. E tipo, sério, quando você está todo pra baixo desse jeito, você é um buraco negro de energia negativa. Está estragando o clima da escola inteira. É um festival literalmente gigante de depressão. É óbvio que você gosta dela, faria qualquer coisa por ela. Todo mundo sabe disso, todos nós percebemos isso. Supere isso de uma vez, se desculpe por tê-la tratado mal pra cacete e vamos tentar ficar todo mundo de boa.

—Vai se ferrar, JP. Ela está aqui, e só vou falar com ela a sós. Jamie, você e eu...

— Não existe você e eu! — ela grita. — Sabia que fiquei dias sem falar? Que caí de joelhos no banho e chorei por tanto tempo que minha mãe entrou porque pensou que eu tivesse me afogado? — Jamie morde a boca com tanta força que marcas roxas escuras aparecem em seu lábio inferior. —Você não faz ideia do quanto me torturei por causa daquele pretzel imbecil. Quem come metade de um pretzel? Que merda eu deveria entender com aquilo? Eu nunca devia ter comprado aquela coisa estúpida. Só me fez chorar tudo outra vez.

— Eu não sabia o que fazer com aquilo.

— Então dividiu ao meio para brincar comigo? Eu fiquei sem saber se você ia me ligar ou não, se queria me ver, falar comigo. Por que só pegou metade?

— Eu precisava de um tempo.

— Se precisa de um tempo, então crie coragem e diga.

— É só que…

—Você ficou divagando sobre a gênese do mal no câncer, como se fosse uma praga nazista, e depois me ignora e finge que nada aconteceu entre a gente?

Quero contar a ela sobre meu pai.

— Eu não…

— Ah, você fez isso, sim. — Ela se abraça. — Pensei que você tinha algo de diferente. Confiei em você. Mas pelo visto você é feio por dentro e por fora. — Jamie dá uma olhadinha para cima e guarda a câmera na bolsa para protegê-la da garoa.

— Isso é um pesadelo. Vou embora.

— Espera, espera, espera! — JP pula na frente dela, impedindo Jamie de pegar a bicicleta. —Você disse que me daria dez minutos, e ainda faltam seis.

— Que merda está acontecendo? — rosno.

Jamie anda num grande círculo em volta de JP e para bem na minha frente. Ela enfia a mão na bolsa e me passa um cartão-postal, uma fotografia preta e branca dela envolta por palavras em russo, chinês, francês e espanhol. A única que eu reconheço é "amor", numa névoa em torno de sua cabeça. Do outro lado está escrito:

Jamie McCutchen
Exposição individual
De 12 a 20 de fevereiro, no Café Crossroads

—Tem uma exposição minha vindo aí. Sabe, para apresentar todas as minhas fotos que você nunca quis ver. Talvez você possa aparecer por lá quando entender que o mundo não gira em torno do seu próprio umbigo. O JP pagou pelas molduras com *passe-partout* e todo o resto.

— As fotografias dela são incríveis — ele diz.

— Espera aí, como assim? Você viu? — Por algum motivo, isso me tira do sério.

— Ei, você teve sua chance. Não era como se eu estivesse escondendo o quanto gosto de fotografia. O JP pelo menos mostrou interesse pelo que faço.

— Ele fez tudo isso para que você viesse hoje. Não percebe o quanto isso é escroto?

Jamie olha para mim, quase abrindo um buraco na minha testa.

— As fotos dela são realmente incríveis, tô falando sério. Eu só… Não sei fazer isso de outro jeito — JP diz. — Tinha que fazer alguma coisa. Ultimamente tem sido uma droga. Você pode me odiar, mas sinto falta dos velhos tempos.

— Não acredito em uma palavra que sai da sua boca. — Quero cuspir. Há um gosto terrível na minha boca.

— Você realmente devia dar atenção pra ele. De todo mundo aqui, JP é a única pessoa querendo fazer as coisas darem certo pra você. — Jamie vai para o lado dele. — Ele é uma pessoa boa de verdade.

— Ela é uma garota legal de verdade — JP diz. — E nunca te vi tão feliz como quando estava com ela, mesmo que tenha visto só naquele dia por um minuto. Pensei que, se você a encontrasse mais uma vez, recobraria as energias ou algo assim.

— Isso não é uma competição de canoagem. Só está deixando tudo pior — digo.

— Ah, claro, porque você é o herói aqui? Sim, sim, óbvio — Jamie diz.

— Você aceitou ser comprada — digo a ela. — Não é melhor do que eu.

— Nem vem com esse papinho de superioridade moral pra cima de mim. Era você quem gostava de quebrar a cara dos outros. Nunca saí por aí batendo nas pessoas para ganhar doces, controles e sei lá mais o quê.

— Isso foi muito tempo atrás. Eu não faço mais isso.

— Não acredito que me apaixonei por um valentão.

— Epa, pode parar. Não era assim que as coisas deviam acontecer. — JP pula entre nós, mexendo as mãos. — Era para você finalmente desabafar todas as coisas que estava morrendo de vontade de dizer. Ele devia responder que agiu feito um babaca e te pedir perdão, e isso devia reacender a chama e trazer algumas faíscas de volta, para que vocês dois possam ser felizes e Dylan e eu possamos jogar videogame outra vez. Estou tentando fazer vocês dois voltarem. Esse era o plano.

— Isso não passa nem perto do que você me falou — Jamie retruca. — Você disse que Dylan tinha caído em si e estava arrasado demais para me mandar uma mensagem. Tá na cara que ele não fazia ideia de que ia me encontrar.

— É verdade, eu não sabia. Se vocês dois vão ser melhores

amigos, é melhor se acostumar porque ele fala um monte de merda, Jamie...

— Gente, estou tentando ser uma pessoa melhor, juro — JP argumenta. Ele toca seu rosto, seu cabelo, seu peito. Tudo perfeito. — Sei qual é a minha aparência e como usá-la. Estou trancado dentro de uma caixa que não pedi.

— Ah, vai se ferrar — eu digo. — Que triste pra você, JP, ser tão bonito. Deve ser muito difícil ter o mundo aos seus pés. Você deve tropeçar o tempo inteiro.

—Vai lá, pode rir. Você acha que a minha vida é maravilhosa? Todos têm problemas. Sei o quanto é fácil abrir um sorriso para alguém quando quero pedir algo. E aí a pessoa vai e faz. É um superpoder sinistro.

— Para um supervilão — acrescento.

— Que seja, tudo bem. Não tenho como desaprender todos esses truques em um dia. Me deem uma chance.

— Nunca devia ter deixado você me convencer a levar o pretzel — Jamie murmura.

— Espera aí! O pretzel foi ideia do JP?

—Você não falava comigo! — Jamie grita em resposta. — Não sabia o que fazer. Pelo menos ele estava lá e prestou atenção em mim, me ouviu. Ele foi um amigo. Onde você estava?

— Pois é, cara, você não pode tratar as garotas assim — ele diz.

— Meu Deus, não consigo acreditar nisso. Devo estar ouvindo coisas — resmungo. — Você está me dizendo como tratar garotas? Entrei num universo paralelo? Mas tudo bem, ótimo, eu quero que você me perdoe, eu quero...

Um cronômetro apita.

— Ufa, seu tempo acabou — Jamie diz, apertando um botão no celular. Ela vai até a bicicleta e a vira para o outro lado —Você vem? — ela pergunta ao JP.

— Mesmo com tudo que sabe sobre o JP, ainda quer a companhia dele?

— Ele está tentando, pelo menos.

— E eu não?

— Pare. Só pare — ela diz sobre o ombro.

—Você não sabe o que fez com ela — ele diz.

Minha testa está toda molhada de chuva. Eu passo a mão, jogando a água no chão.

— Eu sei. Machuquei ela demais.

— Ai, Dylan... — Jamie solta uma risada vazia. —Você sempre tentou ao máximo evitar que as pessoas me machucassem. E aí você vai e me machuca mais do que qualquer um no mundo inteiro.Você fez mais do que me magoar.Você me esfaqueou no rim com uma faca enferrujada. Toda vez que meu coração bate, só envia um negócio tóxico pelas veias. Não consigo nem olhar pra sua cara.

—Você conseguiu por dez minutos, só para ter uma exposição das suas fotos. E esse cara aí? — aponto para o JP. — Se ele tivesse mudado, pelo menos um pouco, patrocinaria sua exposição porque vocês dois são melhores amigos para sempre. Não porque precisa de um favor.

— Dylan, calma aí... — JP chega perto de mim.

Anos de raiva contida transbordam.Todas as coisas terríveis que fiz só para ter um lugar nesse mundo.

— Cale essa boca. — Cresço para cima dele e olho para baixo. — Você me tratou feito um cachorro a vida inteira. Eu fazia um truque e você me jogava um osso. Te odeio com todas as forças, JP.

Ele cobre o pescoço, e Jamie nos separa.

— Deixe ele em paz. Ele disse que você o estrangulou no refeitório. Não pode fazer isso. Tipo, nunca — Jamie diz.

— Meu Deus. — Giro em um círculo, praguejando em direção ao céu. — É, quase estrangulei ele. Ele te contou o motivo? Ele queria me envergonhar por estar com você.

— Ele disse que apoiou nosso relacionamento na frente da escola inteira.

Não consigo nem olhar para ele.

— Foi isso que você contou pra ela, JP? Que habilidoso. Quer saber de uma coisa, Jamie? Você conseguiu um acordo bem bacana aí. Vai realizar um sonho. Eu só consegui várias memórias quebrando a cara de um monte de gente.

— Supere a autopiedade, Dylan — ela diz. — E cale mesmo a porra da boca.

JP para entre nós, dividido. Olha para mim, olha para Jamie.

— Parece que essa foi a ideia mais bosta de uma longa lista de ideias bosta — ele diz. — Pensei que poderíamos chegar a uma solução. Parece que estava errado. Sobre tudo.

Ele segue Jamie e os dois vão embora juntos.

— Espera aí — digo, querendo impedi-la.

Jamie se vira bem devagar.

— Sabe o que eu penso quando olho pra você, Dylan? Como alguém tão inteligente pode ser tão idiota? — Ela segura a bicicleta com mais força ainda. —Vamos jogar video-game — ela diz para o JP.

Me apoio nas muletas e os observo subir a leve colina perto do campo de futebol. Com toda essa porcaria de garoa, sinto como se o mundo inteiro estivesse me tratando de um jeito realmente frio e úmido. Estou prestes a sair correndo. Ela pensa que sou o maior babaca do universo. Tudo bem, sei que mereço, mas ela teve chance de dizer o que pensa e eu não tive. Não pude falar que sinto falta dela e que penso nela todos os dias. Ela precisa saber. Resolvo correr atrás deles numa perna só para tentar fazer alguma coisa, dizer alguma coisa brilhante e impedi-la de ir para casa com ele. Então o tempo muda. O sol aparece através das nuvens e eu fico boquiaberto.

— Puta que pariu — murmuro.

Logo atrás deles, numa sequência feliz de cores, se forma um arco-íris. Um arco-íris brilhante, cintilando com cada átomo de luz no espectro. É o meu SINAL. Depois de todas essas semanas, meu pai finalmente me enviou um sinal. *Deixe ela partir*, ele diz.

Então eu deixo.

Me viro e vou pra casa.

Deixo ela partir.

TRINTA E QUATRO

MEU QUARTO NÃO ESTÁ TÃO AQUECIDO quanto eu gostaria. Minhas costas doem de arrastar montanhas de dever para casa e estou com frio e molhado. Sem falar que não sei o que fazer com todas as coisas que parecem obstruir minhas artérias. Não sei como explicar isso de outra forma: é como se todo o meu sangue tivesse parado de correr. O que explica por que estou congelando, imagino.

Mas enfim recebi meu sinal, então é hora de calar a boca. Vou fazer as mesmas coisas que tenho feito nas últimas semanas. Comer, dormir, fazer o dever de casa, tentar esquecer Jamie e levantar peso. O único lado bom vai ser tirar o gesso amanhã.

Solto a respiração.

Honestamente, essa é a única coisa legal em vista no meu futuro. Depois disso, não sei. Talvez um dia de tacos.

A noite cai e tento não pensar nos dois. Só posso torcer para que JP tenha um aquecedor na casa na árvore enquanto eles jogam videogame. Está ficando meio frio e quero que Jamie se sinta confortável. Todo tipo de pensamento pipoca na minha cabeça: eu aparecendo do nada e Jamie voando nos meus braços, nós dois fugindo. Jamie percebendo que tudo foi um erro, eu dizendo a ela que não, fui eu que cometi o erro. Queria tão desesperadamente que tudo acontecesse assim, mas não posso fugir.

Querido pai, estou deixando ela partir.

Ligo o computador e atualizo meus *podcasts*. Uau, o incidente do passo Dyatlov. Parece interessante. Clico e desabo na cama. Cinco minutos bastam para eu ser fisgado. Um possível incidente paranormal nos dias atuais com possíveis explicações científicas? Sim, manda ver.

Deitado na cama, fico tão apático quanto possível porque, se realmente assumir o que aconteceu, o processo será doloroso. Então eu me desligo do mundo e jogo um jogo estúpido no celular. Meus dedos são grandes demais para fazer muita coisa, mas gosto de superar a pontuação da minha mãe quando consigo. Estou no meio do nível 5 quando meu celular apita. É um aviso para atualizar as configurações. Tudo bem, é rápido e já estou perdendo o jogo de qualquer forma. Melhor fazer de uma vez. Deslizo para sair e entro nas atualizações. Segurança, pronto. Jogos, pronto. Privacidade… Espera. Um minuto. O que diabos é uGoiFindU e por que isso está na parte de privacidade?

Levanto e procuro no Google. O primeiro link que encontro me enche de fúria. "Instale em qualquer celular e rastreie o paradeiro de um indivíduo através do seu dispositivo. Ele não aparece na tela do aparelho e é praticamente indetectável. Perfeito para pais de menores de idade!"

A reação vem como uma tosse. Olho estupefato para o computador. Risadas difusas são sufocadas na minha garganta porque, meu Deus, passei esse tempo todo implorando para um aplicativo de dois dólares e noventa centavos falar comigo. Para me amar e me dizer que tudo vai ficar bem.

Fico furioso. Puta que pariu, isso é sério? Bato o celular na cama com força. Nunca foi o meu pai. Minha mãe mentiu descaradamente! Rodando pelo quarto sobre os restos estropiados do meu gesso, estou irado. Minha mãe usou um homem morto para tirar o dela da reta. Dizer que meu pai a havia ajudado a me encontrar no meio da cidade lá do céu? Porra nenhuma. Isso faz com que tudo que eu vinha esperando ouvir do meu pai vire uma tremenda perda de tempo. Minha mãe não tem uma linha direta com o paraíso, ela tem um aplicativo oculto no meu celular.

Ele está falando com ela tanto quanto está falando comigo, o que significa que não tenho que dar bola para o sinal de nenhum arco-íris maldito.

Nunca se tratou de cabos de força caídos e pinguins aleatórios. O que eu devia ter feito é falar de uma vez com a Jamie.

Quando a ficha cai para valer, é como receber um tapa na cara. Não, um soco.

Pego um casaco quente, escrevo um recado e deixo meu celular na cama com o *post-it* colado. Sigo para a casa na árvore. Sou péssimo em desenho, então não deixo a imagem de um dedo do meio gigante, só uma frase simples para a minha mãe: *Bela tentativa.*

TRINTA E CINCO

IRVINGTON FICA A QUILÔMETROS DE DISTÂNCIA, sem brinca-deira. A neblina — a maldita neblina miserável de congelar a bunda — continua firme e forte, mas por enquanto não me importo. Tenho uma missão. Chegar à casa na árvore. Dizer tudo o que quero dizer. Ver o que acontece a partir daí.

Minhas muletas escorregam nas poças e minha nuca está úmida, mas sigo em frente. Quando as casas começam a ficar um pouco mais luxuosas, sei que estou chegando perto. Essas casas são legais, casas dos sonhos, eu diria, com dois andares e quintais que parecem fazendas, delimitadas por cercas altas extravagantes. Lugares ideais para plantar raízes em todos os sentidos, mas ainda não estou em Irvington.

Irvington, especificamente a rua Knott, é cheia de semi-mansões de três andares e pessoas espiando pelas janelas e fin-gindo não te julgar. Isso faz com que acenar amigavelmente para a senhora que passeia com seu goldendoodle nas calçadas vagamente iluminadas seja uma experiência divertida. *Ei!*, quero contar para todo mundo. *Não se preocupem, sou um garoto de quinze anos de idade. Não vou dar uma porrada na sua cabeça e te roubar.*

Chego à casa do JP e paro. É de esquina. Três andares, cercada por um muro de pedra pelo menos uns quinze centímetros mais alto do que eu. A cada seis metros, uma lamparina de ferro forjado enfeita um poste. Quer dizer, caramba, é bem bonito. Quero ter uma exatamente assim um dia. Só que, considerando as poucas luzes solitárias que sugerem que a casa é um lar, com certeza não quero o que está dentro dela.

Parado na calçada, enfrento um dilema: como chegar à fortaleza de JP no grande carvalho do outro lado da propriedade? Em teoria, eu poderia tocar a campainha e pedir para a mãe dele, mas essa opção não me parece muito atraente. Ela pode estar desmaiada de tanto beber ou começar a gritar e atirar coisas em mim. Nunca perguntei a ele qual das duas versões da mãe ele gosta mais. Começo a sentir um leve indício de pena dele, mas ignoro de imediato.

Não vim aqui por ele.

Tento ser discreto para não chamar atenção dos vizinhos para o que vou fazer. A última coisa de que preciso é alguém chamando a polícia. Analisando a casa, chego à conclusão de que provavelmente posso passar pela garagem. Tem um código na porta, e acho que lembro qual é, mas por outro lado não quero que JP ouça o barulho dos botões. Ele pode pensar que é o pai. Não quero de jeito nenhum lhe dar esperanças de que seu pai possa ter voltado para casa. Seria péssimo. A janela logo acima de mim é a cozinha e acho que daria para passar por ali, mas eu poderia acabar quebrando alguma coisa.

Então eu rio porque, dane-se, sou a Fera e posso fazer o que quiser.

Dou um pulo e me suspendo por cima do muro. Jogo as pernas para o outro lado e salto. Pronto. Minha perna quebrada nem dói, então pontos pra mim.

O pai de JP mandou construir a casa na árvore mais legal de Oregon no terceiro ano do fundamental e desde então ele praticamente mora lá. Tem isolamento térmico, eletricidade e internet. Estou logo abaixo dela e olho para cima. As luzes estão fracas. Posso ouvi-los conversando. Em seguida, a conversa para. Eles estão lá em cima e eu estou aqui embaixo, mas não por muito tempo.

A escada está recolhida, como o cabelo da Rapunzel (ah, que fofo), mas não preciso de nenhuma escada idiota. Tudo que tenho a fazer é escalar. Seguro os galhos e protuberâncias nodosas do velho carvalho e escalo até chegar na porta da frente com um baque seco.

— Ouviu isso? — escuto Jamie perguntar.

Tiro a trava de madeira e empurro a porta.

— Oi.

Os dois soltam os controles e Jamie berra.

— MEU DEUS! Que puta susto. O que você tá fazendo aqui?

— Preciso dizer duas coisas e aí vou embora. Vocês nunca mais vão me ver ou ouvir falar de mim de novo.

Eles me encaram, incertos.

— Não quero machucar ninguém — digo.

Jamie bufa.

— Tarde demais.

— Foi por isso que vim. Porque sei que é tarde demais e sei que não tem nada que eu possa fazer a respeito. Eu vi um arco-íris hoje.

— Você escalou até aqui porque viu um arco-íris estúpido? — JP pergunta.

— É. Porque pensei que era o meu pai.

Eles não verbalizam qualquer comentário sarcástico que esteja passando pela cabeça e me ouvem. Fico grato por isso.

— A melhor explicação que tenho para dar é que tudo acabou de *cristalizar* na minha cabeça no caminho para cá. Está muito claro para mim, nem me incomodo que o JP esteja aqui e ouça tudo — digo, e olho para ele. — Não me entenda mal, por mim você ainda pode ir se ferrar, mas estou muito tranquilo agora.

— Isso é completamente injusto — ele diz. — Cá entre nós, fui eu que tentei me aproximar.

— Bem, podemos debater isso mais tarde. Mas, Jamie, eu realmente fiquei confuso depois daquela noite, você sabe — digo a ela. — Não esperava por aquilo e não soube como lidar com o que aconteceu. Fiquei assustado.

— Me tratou como se eu tivesse morrido porque ficou assustado? — ela pergunta. — Que conversa fiada.

— Foi pior. Tratei uma pessoa que já morreu melhor do que tratei você — digo. — Te tratei como se você nunca tivesse existido. Sei disso.

Ela contorce o rosto e olha para o outro lado. Isso me corrói por dentro.

— Como eu disse, vou embora daqui a pouco e você nunca mais vai me ver outra vez — digo com calma. — Mas quero que saiba que nunca tive nenhuma dúvida a seu respeito. Fiquei com medo foi de mim. Vai soar estúpido o que vou dizer, mas eu estava esperando um sinal.

JP ri.

— Um sinal?

— Do meu pai. — Ignoro JP e olho para ela. — Porque, sim, estava perdido. Passei a vida inteira achando que eu fosse uma aberração. Tipo, quem sou eu realmente? Sou violento por ser grande? Tenho raiva por ser tão feio? Se pelo menos eu tivesse alguém com quem conversar sobre tudo isso, mas bom, olha só, esse alguém está morto. — Os dois estão grudados um no outro, parecendo uma propaganda de coisas secretas para pessoas bonitas da Times Square. — Tenho certeza de que ser estupidamente bonito deve trazer alguns problemas, mas nunca saberei quais são. Mas eu não estava me tornando uma aberração, estava tentando desastradamente ser uma pessoa melhor, que, como você bem sabe, é algo meio anormal para mim. Não preciso de sinais. Só preciso fazer a coisa certa.

JP aperta os olhos.

— Falando sério, o que é um homem? — pergunto. — Um cara com barba, pelo no peito e voz grave? Grande coisa. Se isso é só o que basta para ser um homem, eu já era um no sétimo ano, mas não passava de um merdinha completo na época. Agora eu sei. Ser uma pessoa não tem nada a ver com a embalagem. Só tem a ver com ser bom. E eu não fui bom com você, mas espero ter uma chance de ser no futuro.

Jamie sorri para si mesma.

—Você foi horrível.

— Eu sei que fui... — Meus olhos encontram os dela. — Fui horrível.

— *Nós* fomos horríveis.

Uma chama quentinha brilha dentro do meu peito. Escurece e desaparece em seguida, quando ela desvia o olhar e mira o controle nas mãos. Como se fosse mais importante.

— Nós fomos — digo para mim mesmo. — Passei todo esse tempo esperando um sinal. O sinal era que eu devia ter aberto a porcaria da porta e respondido suas mensagens. Mas não respondi.

Ninguém diz nada e eu me sento, meus olhos concentrados no chão logo abaixo. Minha perna quebrada oscila sobre restos de grama brilhando sob a luz. Sinto que é hora de ir.

— Bem... Não vim aqui para te reconquistar. Mas quero ser o tipo de garoto de quem você sentiria orgulho de estar perto — digo. — Porque a melhor coisa que já segurei foi a sua mão na minha. E depois você nos meus braços.

Ela solta o controle. Ela torce e retorce os dedos, esfregando as juntas umas nas outras. Olho o rosto dela, mas está escondido. Ela não me olha. Então paro de olhar para ela.

— Mesmo que nunca mais te veja, ainda darei o meu melhor para levar um pouco de bom senso à cabeça dos Ethans e Bryces do mundo. Vou investir pesado nisso. Para que você possa tirar suas fotos, ir para a faculdade, ser mãe e fazer o que bem entender em paz.

— Quanto ao Ethan e ao Bryce — JP diz devagar —, eles não iam fazer nada com a Jamie.

— O quê? Eu estava realmente preocupada com aqueles idiotas e fazia o meu melhor para evitá-los — Jamie diz.

— Eu inventei.

—Você o quê?

— Eu só queria que o Dylan... Você sabe. Recuperasse o dinheiro que o Adam Michaels me devia. Você nunca correu perigo por causa deles.

— Jeremiah Phillip Dunn! — Jamie grita com ele. — A minha segurança é um jogo pra você? Isso é nojento. Você disse que era meu amigo, que estava do meu lado.

— Eu estou! Fui totalmente a favor de vocês ficarem juntos desde sempre. Entre mim e Dylan, a boa pessoa aqui sou eu.

Ela corre o mais longe possível dele. Uma abertura!

— Se quiser, eu te levo pra casa, Jamie — ofereço.

— Não, ela vai ficar — JP diz.

Ela olha para mim, olha para JP, olha para mim de novo.

—Vou embora.

Eba!

— Sozinha — ela diz.

Droga!

— Não sei qual é o problema de vocês, mas parece que passei os últimos meses trancada em uma casa de espelhos gigantes, cheia de emoções descontroladas. Preciso redescobrir quais são as que me pertencem. Não sei mais o que é real. —

Jamie esbarra em mim ao sair, arrastando a câmera e a bolsa porta afora. No primeiro degrau, ela se volta para nós dois.

— Não quero ver nenhum de vocês dois. Por muito, muito tempo. Se é que vou voltar a ver. Não me sigam. Não me liguem ou mandem mensagem.

Pouco antes de chegar na metade da descida, JP grita:

— E a sua exposição no café?

— O que tem ela? — ela grita. — Você quer pegar todo o dinheiro de volta só porque acho que você é um perturbado? Vai em frente. Vocês dois foram mesmo feitos um para o outro.

Jamie desaparece, e JP e eu somos deixados para trás como idiotas.

O portão bate e ele se vira para mim.

— Nada disso saiu do jeito que eu queria. Isso é difícil. Tipo, de verdade.

— O que é difícil? Ser honesto pelo menos uma vez?

— Bem... sim.

— Meu Deus, pra mim já chega. — Ponho minha bunda congelada em movimento para partir. Não para alcançar Jamie, porque sei que a perdi para sempre, mas para terminar meu dever de casa e dormir. Ele me segura.

— Não tenho ninguém — ele diz rápido. — Já disse que sinto muito. Me desculpei, tipo, milhões de vezes. Quando você não estava falando comigo, percebi que não tenho ninguém. Só quero sair por aí pra me divertir de novo, só isso.

— Arrume um bajulador.

— Não podemos começar do zero?

Eu pisco e estamos no terceiro ano outra vez. Ele tem tudo o que quer com apenas um aceno e eu faço tudo o que ele me pede. Não, obrigado. Mas, como uma conexão ruim, esse vídeo mental de nós dois para de carregar nossos anos do ensino fundamental e começa a mostrar um tempo em que brincávamos o dia inteiro. Em seguida, o vídeo corta para o ensino médio, quando fomos para Cannon Beach e tudo que fizemos foi aproveitar piscinas naturais e conversar sobre coisas legais. Na época em que mais confiei em alguém que não fosse minha mãe.

— JP... — digo.

Quando as pessoas se machucam, o que fazemos com o passado?

— Dylan.

— Me desculpe por nunca conversar sobre a sua mãe e por sempre ter ignorado isso — digo. — É uma merda e tanto ter que viver numa casa na árvore.

— Obrigado por finalmente dizer alguma coisa.

— Mas quanto ao resto? Sinceramente, não sei.

Vou embora também. Quando volto para a rua, vejo que minhas muletas desapareceram. Ótimo. Continue assim, universo. Vou para casa. Quando chego lá, estou congelado até os ossos e a casa está em silêncio. Nosso carro sumiu. Abro a porta da frente e só há uma luz acesa no corredor.

— Mãe?

Ela não responde.

Vou até a cozinha e vejo um bilhete em cima da mesa.

351

Se vir este bilhete, encontrei seu celular em cima da cama e saí para te procurar. Por favor, me ligue para eu saber que está bem!

Com amor, mamãe.

Pego o bilhete e prendo com um ímã na geladeira, me perguntando se ela está dirigindo em círculos e pedindo ajuda ao meu pai. Me pergunto se ela se sente tão desamparada quanto eu quando não recebo nada em resposta.

Me arrasto pela escada na direção da janela do meu quarto. Ela se abre com facilidade. Ir para o telhado é tão difícil quanto da última vez. Quer dizer, ainda mais difícil porque cresci uns quinze centímetros desde o dia em que quebrei a perna. Não é de espantar que a filha da mãe esteja demorando tanto para sarar.

Bom, não tem problema.

Sento nas telhas molhadas e balanço os pés para fora, abraçando a noite fria e escura de fevereiro e esperando o sol nascer outra vez.

TRINTA E SEIS

Do TELHADO, assisto pequenas faíscas douradas dançarem sobre os troncos das árvores à medida que o sol começa a nascer. Tons amarelados e rosados despertam gradualmente. Minha rua está silenciosa. Todos os vizinhos intrometidos ainda estão dormindo. É minha vez de dormir também, mas não quero. Meus olhos estão mais pesados do que eu e, ainda assim, se recusam a fechar. O sol dá um motivo para permanecerem abertos. Só preciso esperar um pouco mais para ver um novo dia nascer.

Quando o carro dela vira a esquina perto das cinco e quinze, eu aceno. O carro acelera e estaciona. Ela abre e fecha a porta com força, disparando pela lateral da casa, logo abaixo de onde estou sentado curtindo o nascer do sol.

— Dylan! — ela grita.

Ergo o dedo em frente aos lábios.

— Shh... As pessoas estão dormindo.

— Ai, meu Deus. — Minha mãe corre para a porta da frente e a ouço subir a escada correndo e em seguida abrir a janela do meu quarto o mais rápido que seu corpo de quase quarenta anos consegue.

— Dylan. — Ela se espreme para fora e sobe no telhado.

— Querido? — Fico sentido ao ver como é fácil para ela. Ela se arrasta vagarosamente na minha direção e se agacha. — Por favor, não pule. Por favor. Vamos resolver o que for, vamos conversar sobre isso. Só não pule, tá bom?

— Não vou pular. — Não quero que ela fique aqui comigo, mas estou cansado. Foi uma longa noite. Me sinto um pouco atordoado. Ela pode sentar se quiser.

— Ufa, graças aos céus. — Ela respira. — O que está fazendo? Por onde esteve? Passei a noite inteira acordada, preocupada demais, dirigindo por aí atrás de você. O que aconteceu?

— Precisava fazer algumas coisas. Depois voltei pra casa — digo. Tudo está opaco, meus olhos estão cansados. — Alguma vez você já teve um sentimento meio irracional de querer se jogar no meio dos carros, mas não de verdade?

— Dylan. — Minha mãe segura meu braço. — Você está me assustando.

— Não se assuste. Não estou falando de realmente andar no meio do trânsito. Só, não sei, aquela onda zen do tipo "se você piscar, perde o momento". Tipo um tratado de paz interno.

— Não sei do que está falando.

— Já se sentiu perdida, não sentiu?

Ela afrouxa a pegada.

— É claro.

—Você comete um erro inacreditável, do tipo que cheira a cabelo queimado, e é terrível. Mas depois acaba.

— Você andou queimando seu cabelo? — ela pergunta, preocupada.

— Não. Não preguei o olho nas últimas vinte e cinco horas e estou aéreo pra cacete. Não leve minhas metáforas de merda a sério. — Eu rio. — Mas, tipo, não há mais luta. Não existe nada mais pelo que lutar. Tudo acabou.

Minha mãe franze a testa.

— Então acho que você é um sortudo por ter chegado a esse lugar. Eu ainda não cheguei.

— Não? Nunca?

— Não, tudo tem cheiro de cabelo queimado pra mim — ela murmura.

— Aham — digo.

— Sou uma mãe solteira de trinta e nove anos que abandonou a faculdade e tem um filho que quer perambular em meio aos carros. Obviamente as coisas não estão indo bem.

— Você precisa aprender a confiar em mim. E parar de rastrear celulares.

— Ah. — Ela bate no meu joelho. — Então é disso que se trata. Bem, não vou me desculpar por isso. Preciso saber que você está seguro. E pode acreditar que, se no futuro eu vir o seu pontinho azul no meio da interestadual, vou correndo até lá. E é isso.

— Tire isso do meu celular.

— Quem é que paga seu celular?

— Confie no curso natural da vida, mãe.

— É difícil confiar quando meu filho mata aula, compra cerveja e passa a noite fora. Confiança tem que ser conquistada, querido.

— Justo — admito. —Vamos fazer um acordo.

— Estou ouvindo.

—Você tira aquele negócio do meu celular e eu começo a pagar as contas.

— Não quero que você arrume um emprego. A escola é muito importante.

— Futebol americano custará dinheiro — eu digo. Ela se encolhe. — E que tal eu ligar se perceber que vou chegar atrasado?

— E que tal você ligar de qualquer jeito?

— Qual será o preço, então?

Ela solta um suspiro.

—Termine o segundo ano com boas notas e já chega dessa sua desobediência que não para desde o outono. Aí nós podemos voltar a ter essa conversa sobre remover o aplicativo. Preciso ver algum progresso. — Minha mãe me abraça. — E me dê uma abertura. Converse comigo. Quero fazer parte da sua vida.

—Você faz.

— Dylan.

Olho para o nascer do sol. Baixo e preguiçoso com a inclinação de fevereiro.

— Eu amo a Jamie. — Pronto. Falei. — Mas ela não me ama e tenho que aceitar isso.

— Ah, querido.

— Perdi a garota mais incrível que já conheci porque não estava bem comigo mesmo — digo. — E agora passei do ponto do cabelo queimado, arejei o quarto e é uma droga saber que não vou voltar a vê-la.

— Talvez a gente possa convidá-la para jantar um dia desses.

— Ela não vai vir.

—Você tem que lutar por ela! Garotas dão valor ao esforço.Vá lá e garanta que ela saiba que você...

— Jamie sabe o que ela quer, e não sou eu, e não posso dizer que a culpo por isso — digo rápido. — Minha mãe parece abatida. Passo o braço em volta dela. — Não fique triste.

— Mas quero tanto que você seja feliz.

— Tudo bem — eu digo. — Então, é por isso que sumi a noite inteira. Precisava pedir desculpa pra ela.

— Imagino que não tenha dado certo.

— Parece que deu? Estou aqui completamente sozinho e sem uma máquina do tempo.

— Se pudesse voltar alguns meses no passado, o que faria?

— Ao descobrir que ela é trans, eu diria: "Legal". E então iríamos comer um pretzel.

— E como eu estou nesse universo alternativo?

—Você gosta dele. A preocupação constante está sob controle.

— Mas sabe por que eu me preocupo, né? É o que as mães fazem.

— A maioria — digo, lembrando do JP.

— Talvez eu não devesse admitir isso, mas, no fim do ensino fundamental, quando percebi que você gostava de meninas, dei um enorme suspiro de alívio. Não porque ser gay é errado nem nada, mas porque você não quer que a vida do seu filho seja mais difícil do que o necessário. As pessoas podem ser tão más — ela diz. — Quando conversei com a mãe da Jamie naquele dia, a Jessica, ela me contou que tem medo pela filha. Que ama Jamie e perde o sono toda noite pensando que sempre vai haver alguma coisa ruim esperando por ela do outro lado da esquina. Que ela se preocupa cem por cento do tempo pensando em como a vida de Jamie vai ser difícil. Eu... não queria que você se envolvesse com isso. Queria que ficasse afastado para que as coisas fossem mais fáceis pra você. Isso foi errado. Você me perdoa?

— Acho que sim. Foi péssimo, mas entendo.

— Quero participar desse universo alternativo também.

— Então acho que você vai dizer, tipo, que legal receber a namorada do meu filho para jantar. Vamos fazer bolinhos de caranguejo com caranguejo de verdade.

— Caranguejo de verdade, é? — Ela ri. — Fico muito feliz de saber que nós ganhamos na loteria nessa realidade alternativa.

— É uma pena que não passe disso. Este mundo é completamente diferente.

Um mundo completamente diferente. Já que estou delirando, tudo que consigo imaginar é um barco feito de almas, surfando rapidamente pelas ondas e encalhando numa praia feita de estrelas. Elas explodem com o impacto e voam para o espaço. Algumas são mais fortes do que outras. Algumas desaparecem completamente.

— Penso o tempo inteiro no papai.

— Eu também.

— Nunca precisei tanto dele quanto nesse último ano.

Minha mãe me segura ainda mais forte.

— Meu amor...

— O que acha que ele diria sobre o meu relacionamento com a Jamie?

— Bem... — Ela apoia um dedo no queixo. — Acho que todos os pais querem que seus filhos sejam felizes. E acho que bons pais aprendem e se adaptam para que essa felicidade só aumente. É isso que ele faria.

— Acha que o papai está em algum lugar por aí? — pergunto. — Não no paraíso nem nada assim, mas o que fazia dele uma pessoa, será que isso ainda existe?

— Tem que existir. Preciso que exista. Ele continua bem vivo para mim — minha mãe diz.

— Foi por isso que você nunca casou de novo?

Ela engole em seco.

— Em parte.

— Por quê?

— Porque não consigo me imaginar amando outra pessoa do jeito que amava o seu pai — ela diz. — Quando nos conhecemos na faculdade, eu me apaixonei perdidamente por ele. Todos os meus amigos pensavam que eu tinha ficado louca porque ele era tão grande e alto, tão isso e aquilo. Você sabe como é isso, é a cópia exata dele.

— Eu sei.

— Mas não me importei. Sabia que tínhamos sido feitos um para o outro. Mais tarde tivemos uma pequena surpresa, você, logo antes do último ano. Decidimos que ele continuaria a estudar e eu tiraria meu diploma mais tarde. Porém, quando compramos esta casa, ele já estava com câncer. A gente só não sabia ainda — ela diz. — Sonhamos tantas coisas para este lugar. Nós íamos plantar uma fileira de tuias bem ali. — Ela aponta. — Trocar aquela cerca feia por uma nova.

— Por que a gente não faz essas coisas?

— Tempo. Dinheiro. Tudo isso vai embora rápido. — Minha mãe fica ali, parada. Acho que percebi agora o quanto ela estava triste. Sempre pensei que ela suspirava e definhava simplesmente por ser mãe.

— Precisamos vender a casa — digo.

— Nunca vou fazer uma coisa dessas.

— Podemos vendê-la, mudar para um apartamento. Ficaremos bem — digo. — Será um bocado menos de estresse.

— Você é a minha prioridade. — Ela me abraça apertado. —Você vem em primeiro lugar.

— Não acha que o papai gostaria que nós dois fôssemos felizes? Não sou um labrador, não preciso de um quintal. — Ela me solta. Olha para a porcaria da cerca de arame. — Acho que é hora da gente ser feliz — digo.

—Talvez você esteja certo.

Agora eu a abraço.

—Vamos ficar bem.

Ela para e segura minha bochecha coberta de barba rala.

— Estou muito orgulhosa de você.

— Está?

— Claro que sim! Você é o filho dos sonhos — ela diz. — Na maior parte do tempo.

— Ha-ha.

Meu cabelo cresceu desde o outono e ela tira uns fios da minha testa com um carinho.

— Acho que devíamos convidar a Jamie para o jantar — ela diz.

— Já te disse, ela pulou fora.

— Bem, talvez outra garota em algum momento. Ou um garoto.

Olho para o céu.

— Sei que o livro que você comprou te deu um milhão de opções para me apoiar de todas as maneiras possíveis, mas a verdade pura e simples é que eu sou apenas um garoto que gosta de uma menina. Então eu sou seja lá o que isso se chama e pronto.

— Combinado — ela diz. — Parece bom pra mim.

Meu rosto está coberto por uma camada de sujeira e minha bunda está congelada. O sol nasceu e não há muito mais para fazer hoje além de uma última ida ao hospital. Preciso dormir. Minha mãe roça a cabeça em mim como um gatinho, e eu caio na risada.

— Que foi? — ela grita.

— Nada. Te amo.

— Que bom, porque eu também te amo — ela diz. —

Estou congelando. Venha para dentro comigo e trate de se aprontar para a escola.

Fico de joelho e começo a atravessar o telhado lentamente.

— Vou pra cama.

— Nem pensar. Se eu tenho que ir trabalhar, você tem que ir para a escola.

— Prometo que vou ser um bom menino amanhã, mas agora tudo que eu quero é dormir até a hora da consulta com o médico — digo. — Eu só assistiria meio período, de qualquer jeito.

Ela aperta a boca, mas dá para ver que está pensando a respeito.

— Vamos matar aula juntos, diga que está doente. Faça waffles, assista Netflix.

Ela me olha com malícia e dá uma piscadinha.

— Agora quem está sendo a má influência é você.

— Eba — comemoro.

Ela entra pela janela e eu vou atrás. Ela tranca a vidraça.

— Você precisa tirar o pó, Dylan. Deus amado, olha só pra isso. — Minha mãe me mostra o dedo imundo.

— Dia de folga — lembro a ela e desabo na cama.

Puxando minhas cobertas, ela esfrega meu ombro por sobre as mantas.

— Te acordo quando estiver na hora de ir.

A porta se fecha com um clique e eu apago.

Um buraco pesado e profundo se abre, deslizo para dentro dele e fecho a tampa. Quente e macio, sinto meus sonhos chegando na ponta dos pés depois de um tempo. Coisas selvagens e grandiosas que não fazem sentido e eu embarco na jornada, até que a escuridão me acerta como um martelo e caio inconsciente.

Sonho com Jamie. O avião dela aterrissou e ela está descendo a escada. Estou esperando no asfalto, vestindo um terno.

Algo me agita.

— Dylan?

Não quero acordar.

— Já está na hora de ir?

— Hum, não sei — diz Jamie.

Abro os olhos imediatamente. Me sento, e ela está na minha cama. Com as bochechas coradas, o cabelo bagunçado e remexendo as mãos sem parar.

— Isso é um sonho?

— Não. — Ela olha para as botas molhadas. Depois, cuidadosamente, para mim. — Oi.

TRINTA E SETE

Minha mãe continua grudada na porta do quarto, olhos indo e vindo de mim para Jamie. Não tinha notado a presença dela antes.

— Vou pra cozinha — ela diz. — Alguém quer alguma coisa?

Balançamos a cabeça, dizendo que não. Ainda não consigo acreditar que Jamie está aqui. Não só na minha casa, mas no meu quarto, e respirando e tudo mais. É um sonho. Estou sem palavras.

— Tudo bem, então. Vou deixar a porta aberta, o.k.? — Minha mãe inclina a cabeça e nos encara. — E ela vai continuar assim.

— Entendi. Aberta — murmuro.

Atrás de Jamie, minha mãe levanta os dois polegares antes de desaparecer, e eu rio dela.

— Estou te incomodando? — Jamie pergunta.

— Não, minha mãe que tá dando uma de doida.

— Ah. — Jamie começa a andar, deixando para trás uma mancha de umidade e sujeira no carpete onde estava. Estou tão feliz de ver aquela lama, mas ela está absorta em pensamentos. Está frio, e ela esfrega os braços dentro das mangas do casaco. Sua luz está fraca. — Não tinha intenção de vir aqui.

— Tudo bem. — Sento na cama e puxo as cobertas.

— Saí da casa do JP e fui caminhar. Andei, andei e andei. Bati perna pela cidade inteira. Pensando. Pensei sobre tudo. Aí, perto da meia-noite, vi muletas largadas em dois lugares diferentes a um quarteirão de distância uma da outra. Pensei: elas são maiores do que as presas de um mamute, só podem ser do Dylan — ela conta. — Fiquei preocupada que alguém as tivesse roubado ou coisa assim. Então trouxe para cá.

— Alguém roubou mesmo.

— Bem, isso é muito escroto.

— Às vezes as pessoas são escrotas. Que nem eu.

— Aham — ela murmura, concordando. — Eu ia deixá-las nos degraus da entrada, mas sua mãe me viu. Perguntou se eu queria entrar.

— Tá bem frio lá fora.

— Pois é. — Jamie esfrega as orelhas para recuperar a sensibilidade. — Daí eu pensei que tudo bem, e ela perguntou se eu queria vir te dar um oi porque você estava aqui em cima, e eu pensei por que não, né, então aqui estou. Oi.

— Está com fome?

— Pra falar a verdade, não. — Jamie encosta na minha

escrivaninha e analisa as formas e ângulos do meu quarto. —
Parece diferente na luz do dia.

— Imagino que sim.

— Pra ser honesta com você, estou matando o tempo.
— Jamie disfarça e leva um lenço aos olhos, fingindo que é
por causa do nariz escorrendo. Guarda-o de volta no bolso. — Não quero ir pra casa e ouvir minha mãe falar "eu
avisei".

— Ela não diz isso por mal.

— Aham, sei. Ela "não aprova minhas escolhas" ultimamente — Jamie diz. — E não quero fazer mais terapia. Levei
uma eternidade para reduzir para duas sessões por semana.
Estou cansada de me sentir como um projeto. Queria que as
pessoas simplesmente acreditassem em mim quando digo que
estou bem.

Ela soluça, mas dessa vez não disfarça.

— Quer uma coberta? — digo, e me estico para pegar
uma coberta dobrada na ponta da cama.

— Obrigada. — Jamie a desdobra, se enrola como um
burrito de lã e senta na beirada mais distante da cama. — Só
não estou no clima de ouvir "sabia que você seria uma dessas
garotas que passa a noite toda fora".

— Justo.

— É que eu me sinto… — A voz dela falha. Jamie afunda
na coberta. — Me sinto tão sozinha.

Me movo para tocá-la, mas minha mão só paira sobre ela.
Espero um sinal. Não sei se tenho permissão para tocá-la de
alguma forma, mas esperar por um sinal é uma experiência

bem bosta. O único sinal de que eu preciso é o dela. Desço a mão com suavidade sobre seu ombro.

Ela não se afasta. Não me pede para me afastar.

— Conheço bem a sensação — digo.

— O JP também — ela diz. — É engraçado. Quando ele me encontrou, eu estava destruída por causa do seu silêncio. E, de repente, era como se eu me perguntasse: "Quem é esse riquinho todo despedaçado?".

— Quem se importa?

— Ele não sabe como dizer o quanto você é importante pra ele. Nós dois estávamos meio que nos remoendo por sua causa, isso não é idiota? Ainda mais se levar em conta o quanto estou chateada com ele no momento. Que tipo de amigo faz uma coisa dessas? Por outro lado, ele é um ótimo ouvinte.

— É assim que ele aprende os seus pontos fracos.

— Pelo menos consegui uma exposição.

— Você fez de propósito?

— Não sou nenhuma santa — Jamie diz. — Toda vez que ele me pedia para falar com você e eu dizia que não porque estava puta da vida contigo, o que, aliás, ainda estou, ele aumentava a aposta. Comecei a me perguntar: "Hum, o quão longe esse garoto está disposto a ir para conseguir o que quer?".

— Ele faria de tudo.

— Ele me contou sobre a mãe dele.

— Uau. É um passo e tanto.

— Ele disse que você e sua mãe são as únicas pessoas que sabem.

— Isso é verdade. — Eu sabia, mas minha mãe é que ouvia e conversava a respeito. Nunca eu. Mas, quem sabe, isso ia mudar. — Então era nisso que estava pensando quando ficou lá fora andando por horas? Como me reaproximar do JP?

— Sim e não. — Jamie liberta seu braço da coberta e puxa as mangas para cima. — Continuei andando por aí, preocupada com a prova de espanhol que terei na sexta-feira e porcarias desse tipo, mas, além disso tudo, você continuava voltando pra minha cabeça.

— De um jeito bom?

— Na verdade, não. Odeio pensar em você o tempo inteiro. Não queria que fosse assim. Queria poder tomar um banho e deixar a água levar tudo embora, em vez de acumular cada vez mais. Odeio ficar me torturando com todas as lembranças que tenho de você. Sinto que te assustei e me odeio por isso.

— Não foi isso! Por favor, tire isso da cabeça. Foi minha culpa. Talvez eu não estivesse pronto, talvez estivesse culpando meu pai, talvez tenha sido só um idiota. Ou todas as alternativas. Tipo, quando você disse que queria transar, eu não estava esperando por isso. Mas fiquei nervoso sobre, bem, os esforços futuros.

— Mas eu só disse isso pra te manter por perto.

— O quê?

— Também não estou pronta. Foi o que a Keely, minha amiga, me disse pra fazer. Ela disse que é isso que os garotos querem. — Jamie aperta mais a coberta. — Ai, me sinto tão burra. Como se a Keely soubesse o que está falando. Ela nem consegue segurar um namorado por mais de um mês.

— Queria que tivesse me dito isso.

— Talvez a gente pudesse... Conversar? Sobre coisas desse tipo? Em vez de ficarmos nos sentindo dois bestas?

— Eu adoraria ter uma chance de conversar com você sobre tudo.

Esse novo silêncio não é frio. É tão quente quanto a minha mão que ainda está sobre o ombro dela.

— Quando nos conhecemos, você realmente não me ouviu falar no grupo?

— Eu estava numa espiral de autopiedade, então, não.

— Então por que quando descobriu a verdade não falou simplesmente: "Uau, não sabia que você era trans, mas não tô nem aí, porque gosto de você"? Tipo, em vez de cuspir na calçada e fazer eu me sentir um lixo? Até um "Obrigado, mas tô fora" educado teria sido melhor. Por que teve que agir de maneira tão terrível? Por que só se sente bem com a gente no escuro? — Jamie pega a câmera e começa a girar a tampa da lente com os dedos nervosos. — Por que continuo voltando nesse assunto?

A tampa da lente cai e ela se esforça para recolocá-la na câmera, desiste e larga no colo.

— Sinto como se estivesse presa nesse mundo onde não sei mais o que é verdade. Quando estou com você, só quero as coisas boas e fico cega demais para ver as ruins. Mesmo depois de tudo o que aconteceu, ainda insisto nessa porcaria. Odeio, não, *desprezo* a mim mesma por querer viver um conto de fadas.

— Mas todo mundo quer.

— Bom, então faça isso parar — ela diz. — Me diga que você é um cretino babaca e que se eu ficar aqui mais um segundo você vai me machucar. Outra vez.

— Jamie, também não consigo parar de pensar em você.

— Não, resposta errada. — Ela fecha os olhos com força. — O que tivemos foi real em algum momento?

— Foi.

— Todas aquelas coisas que você disse na casa da árvore eram verdade?

— Cada palavra.

— E minha mão foi mesmo a melhor coisa que você já segurou?

Agora fecho os olhos, me lembrando.

— Sem dúvida.

Já machuquei um bocado de pessoas no passado, mas nada tão ruim quanto isso.

Jamie abraça os joelhos.

— Dylan, acho que a gente…

Espero ela continuar, quando minha mãe grita da escada: "Querido, está na hora".

— Aonde vocês vão? — Jamie pergunta.

—Vou tirar o gesso hoje. Quer vir? Temos tanto para conversar.

Nós três nos amontoamos no carro como se nada de mais estivesse acontecendo. Ah, não se preocupe com a gente, sempre viajamos em grande estilo: minha mãe dirigindo, o banco do passageiro completamente empurrado para trás e a garota dos meus sonhos esmagada no banco traseiro.

Depois de uns dezessete minutos de puro constrangimento, com minha mãe observando a mim e a Jamie pelo espelho retrovisor, ela enfim entra no estacionamento e avisa:

— Chegamos!

Minhas muletas, as que Jamie encontrou, estão estropiadas. O metal todo arranhado nos lugares onde colidi com um milhão de latas de lixo, carros, carrinhos de compra e pedras. O pegador está rachado e amarelado por causa dos meses de mãos suadas segurando a espuma. Estão detonadas, de verdade.

Entro no hospital e as encosto na parede, enquanto meu peso é verificado pela última vez. Conheço o esquema e me encaixo na balança enquanto a enfermeira sobe em uma cadeira.

— Será que vou chegar a dois metros e quinze? — pergunto.

— Espero que não. Estamos ficando sem opções de lojas de roupa — minha mãe resmunga.

A enfermeira desliza a barra para baixo até alcançar minha cabeça.

— Dois metros — ela diz, anotando a medida no papel dentro de uma pasta de documentos.

— Quase tão alto quanto o meu pai. — Isso é tão legal que eu poderia explodir.

Levo as muletas para a sala de raio X e as deixo na cama pelo que espero ser a última vez. Quando chegarmos à sala de exames, vou aposentá-las de vez. Não importa o que o médico diga, nunca mais vou usá-las. Estou de saco cheio dessa perna quebrada. O dr. Jensen entra, prancheta a reboque, como sempre.

— Coloque aqui — ele manda, e giro minha perna sobre a maca coberta de papel amassado. Um enfermeiro, não o mesmo imbecil que me mediu como se eu fosse para uma luta de boxe, alinha minha perna direita para que fique voltada para fora e reta.

—Vamos direto ao ponto — o dr. Jensen diz. —Vou ligar a serra.

No fundo do peito, meu coração acelera. É isso. A serra oscilante parece um cortador de pizza motorizado. Ela zune e minha mãe segura meu ombro. Jamie aperta as mãos no estômago.

—Você vai ter uma sensação de cócegas de leve a moderada — o enfermeiro diz enquanto o dr. Jensen faz o primeiro corte.

Ele desce, começando no meu pé, firme e suave. Após cada passagem, ele volta e repete o movimento. Às vezes duas ou três vezes.

— A base desse gesso está muito mais desgastada do que eu gostaria. Mas o resultado do raio X parece bom, então vou deixar pra lá.

Depois que ele termina de cortar duas linhas em lados opostos do gesso, pega um negócio que parece a fusão de um macaco de trocar pneu e um alicate. Enfia a ponta dele na fenda e empurra. O gesso se abre em duas partes. Prendo a respiração enquanto ele deixa o ar tocar minha perna.

— A maior quantidade de gesso que eu usei em muito,

muito tempo, te garanto — ele diz, erguendo o topo e cortando a gaze com uma tesoura. Ele descasca todas as camadas e joga tudo de lado. Num passe de mágica, minha perna está livre.

E puta merda, ela está fedendo pra cacete.

Minha mãe aperta o nariz.

— Acho que vou vomitar.

— Que ótimo — digo. Mas, quando olho para minha perna, acho que também. Coágulos de pele bege escamosa se misturam com os pelos grossos da minha perna, e o cheiro é pior do que peixe morto dentro de um gato estrangulado apodrecendo sob a varanda. Ergo a perna do túmulo e empurro o velho gesso embaixo dela. Meu pé. Eu o mexo.

Jamie saca a câmera da bolsa.

— Uau, é a coisa mais asquerosa que já vi na vida. Posso?

— Tire quantas fotos quiser.

Ela vai à loucura.

— Está doendo? — o dr. Jensen pergunta.

— Um pouco. — Dobro o tornozelo pela primeira vez em meses. Parece que vai estalar. Ao virar a perna da esquerda para a direita, vejo as cicatrizes dos pinos e parafusos enterrados no osso. O enfermeiro se aproxima com uma ferramenta plana de metal para raspar todas as coisas desagradáveis da minha perna. — Deixa que eu faço — digo, e passo a lâmina cega na minha panturrilha enrugada.

O.k., isso é nojento.

O dr. Jensen me dá tapinhas nas costas.

— Regras daqui em diante: nada de esportes pelos próximos três meses. No verão, já deve dar pra jogar futebol. Quando é mesmo? Agosto? Vamos marcar uma última consulta para eu dar uma olhada, mas contanto que você pegue leve, imagino que não vá ter qualquer problema. Vá com calma. Se reacostume aos poucos, deixe sua perna ficar tão forte quanto o restante de você. Tudo bem?

Eu assinto.

— Mas não se preocupe — ele diz. — Uma vez que uma fratura se cura, ela vira a parte mais forte do osso.

— Como uma cicatriz — digo.

— Exiba com orgulho. — Ele me cumprimenta e vai embora. — Te vejo em duas semanas para a consulta de acompanhamento.

A porta se fecha. Minha mãe me ajuda a sair da mesa, me passa um jeans que trouxe e eu vou para trás de um biombo. Me visto sozinho. Abotoando o botão e subindo o zíper. Acaricio a perna de jeans da qual senti tanta falta todos esses meses. Duas pernas dentro de uma calça de verdade. A sensação de um jeans é incrível. Tiro a calça velha, a que só tem uma perna, e a empurro para dentro da lata de lixo, esmagando todos os copinhos de papel debaixo dela, mais para baixo, mais para baixo, mais para baixo, até minha calça velha e meu velho eu sumirem. E caminho. É um círculo pequeno e ridículo, mas eu ando e é maravilhoso. Minha mãe começa a se preocupar e me dizer para não ir tão rápido, mas me sinto no paraíso. Nada de cadeira de rodas, nada de muletas, apenas eu.

Jamie tira três fotos e para. Me espia de trás da câmera.

—Tudo bem se voltarmos andando? — pergunto à minha mãe.

— É meio longe. Não quero que sobrecarregue a perna na primeira... — Olho firme para ela. Minha mãe endireita as costas. — Ah, claro — ela diz. — Mas me ligue se achar que é demais, tá bom?

— Pode deixar.

Ela me dá um tapinha nas costas e aperta o ombro de Jamie.

— Façam uma boa caminhada, vocês dois. Vão devagar.

Na sala vazia, Jamie e eu ficamos quietos. Ela respira e não se move. Aponta o nariz para o teto e fala para o céu invisível sobre nós.

— Não sei o que temos. Se é que temos alguma coisa. Nem sei por onde começar.

Minha nova perna está macia. Eu a balanço enquanto penso. A voz da minha mãe ecoa em meus ouvidos. Confiança tem que ser conquistada.

— Nem eu, mas quando formos comprar um pretzel, quero comer inteiro na frente de todo mundo.

Um sorriso discreto aparece no rosto dela.

Olho para ela e finalmente consigo falar.

— Eu te amo, Jamie.

— Não ama, não.

— Amo, sim. E quero te mostrar isso todos os dias.

Ela cobre os olhos com uma mão e busca meu peito com a outra. Ela me toca e a prendo sobre meu coração. A ponta de seus dedos hesita. Jamie espia por entre os nós dos dedos para me ver sorrindo porque não consigo fazer nada além disso quando estou perto dela.

Esta é a garota que vê beleza no bolor, que voa com ou sem o meu apoio debaixo dos pés. Que topa me encontrar em um jardim cheio de flores mortas. A garota que, eu espero, vai estar lá comigo quando elas florescerem na primavera. A garota que mudou a minha vida. Espero que ela me enlouqueça para sempre, tirando mais de um bilhão de fotos de mim e do resto do mundo. Esta é a garota.

Partimos.

Saímos do consultório de ortopedia, deixamos a ala médica e saímos do hospital, deixando até o ponto de ônibus para trás. Passeamos sob a luz do sol. Na calçada, dou passos leves. Nervoso. Testo minha perna e forço um pouco mais. Dobro meu joelho e ouço meu tornozelo estalar.

As pessoas olham para nós enquanto caminhamos. Estou, tipo, é isso aí. Esse sou eu, essa é ela.

Esses somos nós.

— Não quero mais que sejamos horríveis — ela diz.

É como uma pequena adaga que surge do nada.

— Não quer?

— Não — ela diz. Jamie passa a mão pela minha. Seus dedos roçam o dorso da minha mão, e enlaço os dedos nos dela. — Quero que sejamos bons.

— Então vamos ser bons — digo.

A nossa sombra nos projeta como se fôssemos um, longos e esticados. Jamie tira uma foto. Inclino a cabeça para trás e absorvo a luz. Amanhã vai chover de novo, mas a única coisa que me importa é a mão dela na minha. É tudo o que preciso.

Dou um aperto de leve.

— Quer ver em quanto tempo eu consigo comer uns dez pretzels?

— Sim. — Ela aperta a minha também e ri. — Agora mesmo.

AGRADECIMENTOS

Tentei começar agradecendo um monte de gente de um jeito engraçado, mas não demorou para isso virar uma discussão sobre por que o sangue tipo O salvou tanta gente da peste bubônica na Europa medieval, em seguida virou uma frase sobre peitos suados, e depois eu pensei: quer saber? Esquece. Eu preciso saudar as pessoas que são importantes de verdade, porque isso é muito mais relevante *e* coerente.

Duas pessoas — papo reto, direto — vêm em primeiro lugar, porque sem elas... cara... não quero nem pensar. Esse livro não teria chegado em lugar nenhum sem minha agente incrível, Mackenzie Brady-Watson. Afiada e esperta, ela viu a história que eu entreguei inicialmente e sabia que tinha potencial. Não tenho como agradecê-la o suficiente por adorar Dylan e Jamie e sempre querer mais deles e de mim. E é quase injusto dizer apenas "obrigada" à minha editora extraordinária, Erin Clarke, porque suas ideias e anotações iluminadas merecem muito mais do que essa palavra. Obrigada por acreditar nestes personagens e saber exatamente quando precisavam de primeiros-socorros. E obrigada por dar vida a este livro.

Então, para essas duas mulheres brilhantes, minha gratidão eterna por todas as muitas coisas, pequenas e grandes. Vocês sabem quais são elas. Obrigada, obrigada, obrigada.

Minha capa. Meu deus, ela é linda. Eu estava enchendo o tanque do carro quando a vi pela primeira vez e comecei a chorar na hora. Leo Nickolls, você é o cara. Te aviso quando parar de elogiar o seu trabalho, mas acho que isso nunca vai acontecer.

Para todos na Random House, obrigada por serem tão maravilhosos. Um enorme agradecimento aos revisores porque, caramba, eu sou muito repetitiva. É um hábito (já mencionei que sou repetitiva?), e eles aguentaram o manuscrito inteiro. Verdadeiros profissionais, estou dizendo.

Eu sou sortuda porque, ao longo do caminho, conheci algumas pessoas superincríveis. Muito reconhecimento e agradecimento a Billie Bloebaum, Kiersi Burkhart, Cara Hallowell e Cynthia McGean. Martha Brockenbrough é uma joia rara. Meredith Russo é foda. Para uma pessoa muito especial, Sara Gundell Larson: o mundo dos livros é um lugar melhor porque você luta por ele. Obrigada por ser uma ótima amiga e uma pessoa gentil. Com amor, agradeço você por tudo.

E Whitney Gardner: você passou por todas as versões deste livro, do início ao fim, e presenciou todo o meu pânico nesse meio-tempo. Uma vez, quando estava cheia de dúvidas sobre a história, você escreveu na margem: "Se não terminar isso, vou chorar e chorar e chorar". É hora de brindar (emoji de bebida)!

Amor é amor. Desejo a todos os casais felicidade, alegria e a liberdade de poder discutir coisas estúpidas, como quem vai usar o controle remoto e por que as meias estão largadas no chão quando o cesto de roupas está logo ali.

Se você estiver pensando em se machucar, por favor, procure ajuda.

Nós gostamos de você. Eu gosto de você. Fique bem.

Centro de Valorização da Vida (cvv)
www.cvv.org.br
Telefone: 141

Casa 1 — Casa de Cultura e Acolhimento LGBT
www.facebook.com/casaum
Rua Condessa de São Joaquim, 277
São Paulo — SP

Fênix — Associação Pró Saúde Mental
www.fenix.org.br
Telefone: (11) 3271 9315

Disque Denúncia de Violência contra Crianças
e Adolescentes (Disque Direitos Humanos)
www.disque100.gov.br
Telefone: 100

GLOSSÁRIO

SEXO DESIGNADO AO NASCER Atribuição e classificação do sexo das pessoas com base em uma combinação de anatomia, hormônios e cromossomos, que estabelece uma diferenciação dos seres humanos dentro de um sistema binário polarizado — masculino e feminino.

INTERSEXUAL Pessoa com qualquer variação de caracteres sexuais — incluindo cromossomos, gônadas e/ ou órgãos genitais — que dificulta a identificação de um indivíduo como totalmente feminino ou masculino ao nascer.

IDENTIDADE DE GÊNERO Gênero com o qual uma pessoa se identifica e ao qual pertence, que pode ou não concordar com o sexo que lhe foi designado ao nascer.

CISGÊNERO Pessoa que tem sua identidade de gênero compatível com o gênero que lhe foi designado ao nascer.

TRANSGÊNERO Pessoa que tem sua identidade de gênero diferente da que lhe designaram ao nascer.

TRANSEXUAL A categoria transexual surgiu de uma classificação da psiquiatria para pessoas trans, mas hoje a comunidade T luta pela despatologização e pela ressignificação da ideia do que é ser trans.

TRAVESTI Identidade de gênero bastante ligada ao contexto social latino-americano. É uma pessoa que adota uma identidade de gênero feminina. Enquanto muitas se consideram mulheres, outras não se reconhecem nem como homens nem como mulheres, entendendo-se simplesmente como travestis.

MULHER TRANS Pessoa designada do sexo masculino ao nascer, que se identifica como mulher.

HOMEM TRANS Pessoa designada do sexo feminino ao nascer, que se identifica como homem.

CISNORMATIVIDADE É o padrão de comportamento imposto à sociedade, segundo o qual as pessoas devem atender às expectativas sociais ligadas ao sexo designado ao nascer, levando à marginalização e perseguição das pessoas cuja identidade de gênero se difere da cis.

ORIENTAÇÃO SEXUAL Indica por quais gêneros uma pessoa se sente atraída — física, romântica e/ ou emocionalmente. A orientação sexual independe da identidade de gênero e do sexo designado ao nascer.

HETEROSSEXUAL Orientação sexual de pessoas (cis ou trans) que sentem atração por pessoas do gênero oposto.

HOMOSSEXUAL Orientação sexual de pessoas (cis ou trans) que sentem atração por pessoas do mesmo gênero.

BISSEXUAL Orientação sexual de homens e mulheres que sentem atração tanto por pessoas do gênero feminino quanto masculino.

ASSEXUAL Ausência de atração sexual (mas não necessariamente romântica) por qualquer pessoa, ou interesse baixo em atividade sexual.

HETERONORMATIVIDADE É o padrão de comportamento imposto à sociedade, segundo o qual as pessoas devem se relacionar afetiva e sexualmente apenas com pessoas do gênero oposto, levando à marginalização e perseguição das pessoas cuja orientação sexual se difere da heterossexual.

QUEER Termo guarda-chuva para todos cuja identidade de gênero ou orientação sexual estão fora dos padrões de cisnormatividade e heteronormatividade. São as pessoas que fazem parte da comunidade LGBTQA.

ESTA OBRA FOI COMPOSTA PELA VERBA EDITORIAL EM BEMBO
E IMPRESSA PELA GRÁFICA BARTIRA EM OFSETE SOBRE PAPEL PÓLEN SOFT DA
SUZANO PAPEL E CELULOSE PARA A EDITORA SCHWARCZ EM ABRIL DE 2017

A marca FSC® é a garantia de que a madeira utilizada na fabricação do papel deste livro provém de florestas que foram gerenciadas de maneira ambientalmente correta, socialmente justa e economicamente viável, além de outras fontes de origem controlada.